MADELEINE WICKHAM

Auteur reconnu et célébré pour sa fameuse série des aventures de Becky, *Confessions d'une accro du shopping*, *Becky à Manhattan*, *L'accro du shopping dit oui*, *L'accro du shopping a une sœur* et *L'accro du shopping attend un bébé* (2002, 2003, 2004, 2006 et 2008) et pour *Les Petits Secrets d'Emma* (2005) et *Samantha, bonne à rien faire* (2007), Sophie Kinsella est aussi l'auteur de six romans signés sous le nom de Madeleine Wickham, dont *Une maison de rêve* (2007), *La Madone des enterrements* (2008) et *Drôle de mariage* (2008), tous publiés chez Belfond. Sophie Kinsella vit à Londres avec son mari et leurs trois fils.

DU MÊME AUTEUR
CHEZ POCKET

MADELEINE WICKHAM

UN WEEK-END
ENTRE AMIS

BELFOND

Titre original :

THE TENNIS PARTY
publié par Black Swan Books,
a division of Transworld Publishers Ltd, Londres.

Traduit de l'anglais par Marie-Claude Peugeot

Tous les personnages de ce livre sont fictifs et toute ressemblance
avec des personnes réelles, vivantes ou mortes, serait pure coïnci-
dence.

Le papier de cet ouvrage est composé de fibres naturelles, renouvelables, recyclables
et fabriquées à partir de bois provenant de forêts plantées et cultivées durablement pour
la fabrication du papier.

© Madeleine Wickham 1995.
© Belfond 1998 pour la traduction française.
ISBN : 978-2-266-19174-6

A mes parents,
David et Patricia Townley

J'aimerais remercier Araminta Whitley,
Sally Gaminara et Diane Pearson,
et, par-dessus tout, Henry Wickham.

1

C'était une de ces soirées tièdes et embaumées qui, pour Caroline Chance, évoquaient les vacances en Grèce : verres d'ouzo, serveurs entreprenants, contact frais de la cotonnade sur des épaules brûlées. A cette différence près que le doux parfum qui flottait dans l'air n'était pas celui des oliveraies, mais l'odeur du gazon anglais nouvellement tondu. Et que le bruit dans le lointain n'était pas celui de la mer, mais la voix de la monitrice d'équitation de Georgina, qui répétait inlassablement sur le même rythme monotone : « Toujours au trot. Toujours au trot. »

Caroline fit une grimace et continua à se vernir les ongles des pieds. Elle n'avait rien contre la passion de sa fille pour l'équitation, mais elle ne la comprenait pas non plus. Dès leur installation à Bindon, quand ils avaient quitté Seymour Road, Georgina s'était mise à réclamer un poney à cor et à cri. Et naturellement, Patrick avait poussé à la roue pour que les vœux de sa fille soient exaucés.

En fait, le premier poney, Caroline avait fini par s'y attacher. C'était une bête gentille, à la crinière hirsute et au caractère docile. Il lui arrivait d'aller le voir quand il n'y avait personne dans les parages, et elle avait pris l'habitude de lui donner des chocolats Ferrero Rocher à croquer.

Mais le dernier en date était un monstre – une énorme créature toute noire qui avait l'air d'une brute. Georgina avait beau être grande et forte pour onze ans, Caroline se demandait comment sa fille parvenait ne fût-ce qu'à grimper sur cet animal, et à plus forte raison à le monter et à lui faire sauter des obstacles.

Elle acheva de se vernir les ongles du pied droit et avala un peu de vin blanc. Le pied gauche était sec, et elle le souleva pour admirer le joli ton nacré à la lumière du soir. Elle était assise sur la vaste terrasse devant le grand salon. La Maison Blanche avait été conçue – une idée que Caroline trouvait assez stupide étant donné le climat anglais – pour capter un maximum de soleil. Les murs tout blancs réverbéraient ses rayons dans la cour centrale, et les pièces principales étaient orientées au midi. Au-dessus de sa tête, une treille qui donnait des raisins plutôt acides avait fini par grimper tant bien que mal le long du mur. Et, chaque été, on agrémentait la terrasse de quelques plantes exotiques que l'on sortait de la serre. N'empêche que c'était l'Angleterre, où l'on meurt de froid. Et à cela, on ne pouvait pas grand-chose.

Pourtant, elle devait reconnaître que cette journée avait été une des plus belles que l'on pût espérer. Ciel bleu et limpide, soleil brûlant, pas un souffle de vent. Elle avait passé le plus clair de son temps en préparatifs pour le lendemain mais, heureusement, toutes les tâches qu'elle s'était assignées – arranger les fleurs, préparer les légumes, s'épiler les jambes à la cire – pouvaient être accomplies à l'extérieur. Les mets principaux – terrine de légumes pour le déjeuner et tartelettes aux fruits de mer pour le dîner – étaient arrivés de chez le traiteur dans la matinée, et Mme Finch les avait déjà dressés sur des plats, avec un haussement de sourcils qui en disait long : *Vous auriez tout de même pu faire l'effort de cuisiner pour huit personnes, non ?* Mais Caroline était habituée à ces haussements de sourcils réprobateurs de Mme Finch et elle n'en tenait aucun compte. Et alors, se dit-elle en se versant un autre verre de vin, à quoi bon avoir de l'argent si ce n'est pas pour le dépenser ?

La leçon d'équitation était terminée, et Georgina arriva en traversant la pelouse à grands bonds, ses nattes blondes, défaites depuis peu, ondoyant dans son dos en flots abondants.

« Maman, cria-t-elle, Dawn a dit que mon trot enlevé était plus maîtrisé que jamais ! Et que, si je montais comme ça au gymkhana d'East Silchester... » Elle regarda sa mère comme si elle voulait l'impressionner. Eh bien quoi ? se demanda Caroline. Tu risques de gagner ? Tu ferais mieux d'abandonner ? Le trot enlevé était-il censé être maîtrisé, ou au contraire parfaitement décontracté ? Elle n'en avait pas la moindre idée. « Et en plus, je fais des progrès en saut d'obstacles, ajouta Georgina.

— Très bien, chérie », dit Caroline. Elle avait la voix rauque, éraillée par les cigarettes et, ces derniers temps, par la bouteille de vin blanc qu'elle avalait presque chaque soir.

« Du vernis à ongles, dit Georgina. Je peux en mettre ?

— Pas sur des ongles aussi sales. Il faut que tu prennes un bain.

— Et quand j'aurai pris mon bain, je pourrai ?

— Peut-être. Si j'ai le temps.

— Je veux du rose vif.

— Je n'ai pas de rose vif, dit Caroline en fronçant le nez. Tout ce que j'ai à te donner, c'est ce joli rose pâle, ou bien du rouge.

— Du rouge, beurk. » Georgina fit la moue. Puis, d'un bond, elle grimpa sur la terrasse et se jeta sur le dossier du fauteuil de bois de sa mère. « Qui est-ce qui doit venir demain ?

— Tu le sais bien, répondit Caroline en appliquant avec soin une seconde couche de vernis au pied gauche.

— Il y aura Nicola ?

— Oui.

— Elle va mieux ?

11

– Un peu.

– Je pourrai l'emmener faire du poney ? Elle a le droit ?

– Tu demanderas à Annie, mais je ne vois pas pourquoi on l'en empêcherait. Seulement, tu feras bien d'emmener Toby aussi.

– Il est trop petit pour monter Arabia.

– Eh bien, il n'aura qu'à regarder.

– Est-ce que je pourrai participer au tournoi de tennis ?

– Non.

– Je pourrai mettre ma jupe de tennis ?

– Si tu veux.

– Je pourrai ramasser les balles ?

– Si tu veux, mais tu en auras vite assez.

– Non. Je sais comment ça se passe. On les fait rouler le long de la ligne, et puis on les attrape et on les lance aux joueurs. La cousine de Poppy Wharton a été ramasseuse de balles à Wimbledon et elle a vu Navratilova. En plus, je sais servir. »

Elle lança en l'air une balle imaginaire, la frappa à toute volée et, ce faisant, elle heurta le fauteuil de Caroline. Le pinceau fit une bavure.

« Merde, s'écria Caroline sans aigreur.

– De toute façon, personne ne verra tes pieds, dit Georgina. Tu m'en mets aux mains ?

– Quand tu auras pris ton bain. Il faut que tu aies des ongles propres, pas ces ongles crasseux de cavalière. » Mais Georgina n'en avait déjà plus envie, et elle faisait un saut de mains sur la pelouse. Caroline leva les yeux : elle aussi avait eu droit à tout un entraînement de gymnaste autrefois. A présent, se dit-elle en regardant sa fille, on ne leur apprenait plus à finir un saut correctement, à se récupérer en beauté et à se présenter devant les juges avec un joli sourire. A l'école de Georgina, personne ne prenait la gymnastique au sérieux. Il s'agissait seulement d'endurcir les élèves pour des activités plus importantes – le netball, le lacrosse, et le cheval, toujours le cheval. Les compétitions, les exhibitions, les collants de gymnastique et les rubans chatoyants qui avaient été toute son enfance, rien de tout cela ne semblait intéresser les fillettes de maintenant.

Remontant du court de tennis, Patrick Chance vit sa fille, cette beauté agile, qui faisait la roue sur un fond de soleil couchant, et il s'arrêta un instant, séduit par l'aisance et la grâce de ses mouvements, par sa vitalité, son énergie. Était-ce propre à tous les pères de s'émouvoir ainsi ? Quand il parlait avec d'autres parents, il avait du mal à rester placide et détaché comme eux. Alors que les autres passaient sous silence les accomplissements de leurs enfants, lui ne pouvait s'empêcher d'énumérer tout ce que faisait Georgina, interrompant la conversation pour annoncer que sa fille, qui avait tout juste onze ans, venait de participer, au manège, à un concours pour les moins de quatorze ans. Quand les autres parents reprenaient leur bavardage, après un hochement de tête et un petit sourire, son cœur d'incompris battait de rage contenue. Il avait toujours envie de leur crier : Mais regardez-la donc ! Rendez-vous compte ! Et en plus, elle joue du piano, déclarait-il, dans un effort désespéré pour regagner leur attention. D'après son professeur, elle se débrouille très bien. Nous avons même pensé lui faire commencer la flûte.

Il vit que Caroline était de nouveau toute à son vernis à ongles. Il était toujours peiné qu'elle ne partage pas son admiration fervente pour Georgina, et qu'elle ne renchérisse jamais quand il se mettait à faire son éloge, même dans l'intimité. Et cela d'autant plus que, pour être honnête, Georgina tenait beaucoup plus de sa mère que de lui-même. La mère et la fille avaient les mêmes cheveux blonds, le même corps athlétique, la même propension à de bruyants éclats de rire. Mais c'était peut-être justement la raison pour laquelle Caroline était si mauvais public. Elle savait ce que c'était que d'être belle, à l'aise dans son corps et sympathique aux gens. A l'inverse de Patrick, qui était petit, boulot et myope.

Il continua à s'avancer vers la maison et Georgina, marchant en crabe, se dirigea vers lui.

« Bonsoir papa, dit-elle dans un souffle en s'effondrant par terre.

— Bonsoir mon petit chat. Ta leçon d'équitation s'est bien passée ?

— Super. » Patrick se tourna vers Caroline. « Tout est en ordre pour demain ?

— Les plats sont déjà prêts, si c'est ce que tu veux dire, répondit Caroline. Et Mme Finch s'est occupée des chambres ce matin.

— Qui va être à côté de moi ? demanda Georgina.

— Les petits jumeaux Mobyn et la jeune fille qui s'occupe d'eux. Comment s'appelle-t-elle déjà ?

— Martina, je crois, dit Patrick. Elle est allemande. Ou autrichienne peut-être bien. » Georgina fronça le nez.

« Pourquoi pas Nicola et Toby ?

— Demande à ton père, répliqua Caroline d'un ton aigre. Il a absolument voulu qu'on donne la grande chambre à Charles et à Cressida, alors, il faut bien installer les jumeaux à côté de toi. Cressida, ajouta-t-elle en prononçant le nom avec une application délibérée, aime bien les avoir tout près d'elle.

— Pourquoi est-ce qu'ils n'iraient pas tous au bout du couloir ? suggéra Georgina. Annie et Stephen auraient la grande chambre, et Nicola et Toby seraient à côté de moi.

— Ton père veut qu'on y mette Charles et Cressida, dit Caroline, parce que ce sont des gens très riches. Il a peur qu'ils nous snobent. » Patrick rougit.

« Ça n'est pas vrai du tout. Simplement, comme ils ne sont encore jamais venus ici, je me disais que c'était plus sympathique de les installer là.

— De toute façon, ils ne viendront sans doute pas. Qu'est-ce que tu paries qu'ils vont téléphoner demain matin pour se décommander ?

— Ils ne peuvent pas nous faire ça », dit Patrick,

conscient que cette réponse lui avait échappé. Caroline leva les yeux d'un air dubitatif.

« Et pourquoi pas ? Ils sont coutumiers du fait. On est ici depuis combien de temps ? Presque trois ans. Eh bien, ils sont tellement débordés qu'ils n'ont jamais trouvé un moment pour venir.

– Cressida est une conne », dit Georgina. Caroline se mit à glousser. Patrick dévisagea sa fille.

« Où diable as-tu appris à parler de cette façon ?

– Fiche-nous la paix avec ça, coupa Caroline. Qu'est-ce qui te fait dire que Cressida est une conne, mon chou ? Tu ne la connais pratiquement pas.

– J'aimais bien Ella, répondit Georgina d'un air buté.

– C'est impossible que tu te souviennes d'elle.

– Si, je m'en souviens. Elle était vraiment sympa. Elle me chantait des chansons. Et Charles jouait de la guitare. » Patrick regarda sa fille avec admiration.

« Quelle mémoire ! Tu ne devais pas avoir plus de six ans à l'époque.

– J'aimais bien Seymour Road, dit simplement Georgina. Si seulement on habitait encore là-bas ! » Caroline se remit à glousser.

« Tu vois, Patrick, autant pour la vie à la campagne ! » Elle planta sur lui un instant ses yeux bleus moqueurs, et lui, dans sa rage impuissante, soutint son regard. Les yeux de Caroline semblaient lui renvoyer ses propres échecs et ses soucis, et lui rappeler tacitement ses déboires et ses désillusions des treize dernières années.

« Il faut que j'aille établir un tableau pour notre tournoi de demain », dit-il soudain. Plus pour Georgina que pour lui-même, il monta sur la terrasse et posa un baiser sur la bouche de sa femme. Comme cette première fois où il l'avait embrassée derrière le stand du *Daily Telegraph* au Salon de la finance des particuliers, elle sentait le rouge à lèvres, les cigarettes et l'alcool.

« Je veux bien être en huitième position, dit-elle quand

il releva la tête. Au tennis, je ne me considère pas comme une grande joueuse.

– On joue en double, dit-il avec une irritation croissante.

– Des doubles mixtes, dit Georgina qui recommençait à faire le crabe. Je pourrais jouer avec Toby, et Nicola avec un des jumeaux. Et l'autre jumeau pourrait jouer avec leur nounou. Qu'est-ce que tu en dis, papa ? »

Mais il était parti.

En entrant dans son bureau, Patrick eut soudain une sensation d'abattement. La dernière pique de Caroline sur la vie à la campagne venait, inopinément, de toucher un point sensible. La vie à Bindon s'était révélée différente de ce qu'il en attendait, et lui aussi parfois avait secrètement la nostalgie de l'époque de Seymour Road. En fait, c'était pour Georgina qu'il avait pris la décision d'aller s'installer à la campagne. Apparemment, toutes ces fillettes de la bonne société qu'il rencontrait à son école habitaient dans des villages – de vieux presbytères ou de vieilles fermes, avec des chiens, des chevaux et des moutons, mais jamais des pavillons de briques rouges dans la banlieue de Silchester.

Alors ils avaient vendu leur maison de Seymour Road pour aller s'installer à Bindon, où ils avaient acheté un poney pour Georgina. Là, s'était dit Patrick, ils accéderaient à un nouveau mode de vie. Au cours des quelques semaines qui avaient précédé leur emménagement, il n'avait pas cessé de se représenter de grandes maisons aux allées majestueuses, des jeunes filles distinguées menant leur cheval par la bride, le croquet sur la pelouse, Georgina grandissant auprès de jeunes gens qui répondaient au prénom de Henry ou de Hugo.

Mais Bindon ne ressemblait pas à cela. Les familles qui vivaient au village n'avaient rien, pour la plupart, de cette « aristocratie terrienne » dont Patrick avait rêvé. C'étaient souvent des gens qui avaient quitté Silchester, ou même

Londres, pour venir s'installer là, attirés par la liaison ferroviaire rapide avec la gare de Waterloo. Patrick frémissait d'horreur à entendre leur accent londonien traînant, si différent du parler incisif d'écolière distinguée de Georgina. De plus, ils ne cherchaient pas à faire de nouvelles connaissances, se contentant de recevoir leur cercle d'amis de Londres – et, quand ils n'arrivaient même plus à maintenir ce type de relations, ils retournaient souvent vivre dans la capitale. Les anciens propriétaires de la Maison Blanche avaient vendu pour se réinstaller à Battersea, découragés avant même d'avoir goûté à la vie de village.

Car il existait bien à Bindon une communauté villageoise. Patrick et Caroline fréquentaient l'église un dimanche sur deux, ils assistaient à la fête du village, et ils avaient de bons rapports de voisinage avec le fermier dont les terres jouxtaient leur propriété. Ils connaissaient la vieille dame dont la famille avait possédé le manoir autrefois – et qui vivait à présent dans une petite maison à proximité. Ils connaissaient les deux sœurs inséparables et papillonnantes dont le frère avait été pasteur à Bindon jusqu'à sa mort. Ils connaissaient les Taylor, des excentriques qui vivaient au village depuis des générations, et qui probablement, comme Caroline se plaisait à le dire, se mariaient entre cousins depuis des générations. Mais Patrick n'avait rencontré aucune de ces grandes familles terriennes élégantes, mondaines, avec des noms à rallonge, qu'il avait espéré trouver là.

Silchester, hélas, avait-il entendu dire par un parent d'élève à l'école de Georgina, n'était plus désormais qu'une banlieue de Londres, avec ces fichus résidents qui allaient tous les jours travailler en ville. Patrick, qui faisait lui-même la navette jusqu'à son bureau, ne s'était pas senti offensé par ces propos. Ni lui ni Caroline n'appartenaient à la bonne société. Mais Georgina, elle, pourrait accéder à ce monde-là si seulement elle avait l'occasion de fréquenter les gens qu'il fallait. Il pensait maintenant sérieusement à s'établir plus loin, dans le Dorset, le Wiltshire ou le

Somerset peut-être. Il voyait déjà une grande maison du XVIIIe ; une propriété de quelque cinq ou dix hectares. Si ses affaires marchaient bien cette année, ils pourraient peut-être commencer à prospecter.

Si ses affaires marchaient bien.

Son regard s'arrêta sur sa table de travail, sur les papiers qu'il avait préparés pour le lendemain. Après le déjeuner, il inviterait Charles à entrer dans son bureau incidemment. Sans le brusquer, une simple transaction entre amis, librement consentie, sans contrainte. D'ailleurs, forcer les gens n'était pas son genre, et ne l'avait jamais été. Même du temps où il n'était qu'un petit courtier, il avait toujours fait marche arrière avec élégance à la moindre réticence de son client, restant calme et courtois. Parfaitement courtois. Parfois, le client était intrigué, et il arrivait même que ce soit lui qui relance par téléphone. Quand Patrick le sentait intéressé, il adoptait alors quelquefois un ton intime et enthousiaste du style C'est-en-ami-que-je-fais-cela-pour-vous. Mais jamais quand il avait affaire à un investisseur très averti, ou qui se considérait comme tel – ce qui était plus délicat encore. Dans ce cas, il y allait en douceur, de son approche Je-ne-voudrais-pas-faire-insulte-à-votre-intelligence. Pour vendre, il faut savoir à qui l'on s'adresse, se disait-il. Quel que soit le client, il y a toujours un moyen de lui faire sortir son argent.

Il s'assit, mit de côté le dossier marqué « Charles », et commença à dresser avec application le tableau pour le tournoi. Mais un doute le taraudait. Chaque fois qu'ils avaient été invités à Bindon, Charles et Cressida avaient trouvé une bonne raison pour se décommander ; un enfant malade, une bonne d'enfants rétive, et une fois – ce qui était moins crédible – leurs deux voitures qui refusaient de démarrer. Cette fois-ci, Charles avait promis qu'ils viendraient le lendemain, mais, à la seule idée qu'ils puissent de nouveau faire faux bond, Patrick sentait des signaux de détresse lui parcourir la moelle. Si cette rencontre n'avait pas lieu, il n'aurait sans doute plus l'occasion de voir Charles pendant plusieurs mois.

Il se laissa aller en arrière dans son fauteuil, fixant la bibliothèque d'un regard absent. Peut-être ferait-il mieux de les appeler pour vérifier qu'ils venaient bien demain ? Il prépara dans sa tête ce qu'il allait leur dire. Ton de voix décontracté, sans précipitation : « Charles, mon petit vieux, ne nous annonce pas que vous allez encore vous défiler. Caroline ne vous le pardonnera jamais. » Ou, s'il tombait sur Cressida, une question d'ordre domestique, qui la flatterait : « Je voulais juste m'assurer que les jumeaux ne sont pas allergiques aux couettes en duvet d'oie. » Il attrapa son Filofax et composa le numéro – ses doigts tremblaient légèrement.

« Allô ? »

Merde. La bonne d'enfants teutonne. Mais Charles était peut-être là.

« Bonjour, pourrais-je parler à M. Mobyn ?

– Désolée, il est sorti, il y a un message ? »

Ah putain !

« Patrick Chance à l'appareil. Je voulais juste m'assurer que vous venez toujours demain pour notre tournoi de tennis.

– Le tournoi de tennis. » La fille semblait hésiter. Patrick retint son souffle. « Oui, on part vers 10 heures, je crois.

– Bon, très bien. » Il essaya de ne pas laisser paraître son allégresse.

« Qu'est-ce que je dois dire, s'il vous plaît ?

– Euh, il n'y a pas de message. Je m'assurais juste que vous veniez bien demain.

– Est-ce qu'il faut dire à M. Mobyn de vous rappeler ?

– Oui. Enfin, peu importe. Je vous attends tous, donc. Entendu ?

– C'est ça le message ?

– Oui, c'est ça. » Patrick capitula.

Il reposa le combiné et ferma les yeux. A cette heure-ci demain, en toute logique, l'affaire serait dans le sac, les documents signés, cachetés, tamponnés. Il se saisit du dossier et le parcourut encore deux, trois fois. Mais il en connaissait déjà le contenu par cœur. Il le plaça dans le tiroir du haut, qu'il ferma à clé. Puis il étala une feuille de papier afin de faire son tableau pour le tournoi, inscrivant le nom des joueurs tout en haut, deux par deux. Patrick et Caroline, écrivit-il. Stephen et Annie. Don et Valerie. Charles et Cressida.

Charles et Cressida Mobyn assistaient au cocktail donné chez sir Benjamin Sutcliffe avant l'exécution du *Messie* dans la cathédrale de Silchester pour un concert de bienfaisance. Leur verre de kir royal à la main, ils frayaient là avec la crème des résidents de Silchester, dont un grand nombre habitaient, comme eux, sur la place de la cathédrale, et aussi avec certaines célébrités des environs et même de Londres. Le salon de sir Benjamin était une pièce en longueur, haute de plafond, avec d'énormes fenêtres sans volets qui donnaient sur la cathédrale illuminée, et la plupart des invités se tournaient inconsciemment de ce côté, levant de temps en temps les yeux sur le monument, comme pour vérifier qu'il était toujours bien là.

Cressida était une des rares invitées à tourner le dos à la cathédrale. Grande, élégante, un port de reine, elle semblait indifférente à cette présence imposante, et pourtant personne n'ignorait qu'elle était parmi les plus inlassables à rassembler des fonds pour la restauration de la tour ouest. Son nom figurait d'ailleurs au dos du programme de la soirée en tant que membre très actif du comité qui avait rendu possible cette manifestation.

Pour l'instant, elle parlait avec un célèbre présentateur de radio qui devait faire une allocution avant le concert. A grand renfort de gestes ostentatoires, il lui montrait la vue splendide sur la cathédrale, et Cressida, l'air quelque peu interloqué, se retourna pour jeter un coup d'œil. Puis, presque aussitôt, elle reprit sa position initiale en souriant poliment. Après tout, depuis quatre ans, elle voyait la cathédrale presque tous les jours. Elle habitait juste en face.

Charles, qui l'observait de l'autre bout du salon, lisait dans ses pensées. Malgré le passage du temps, l'esprit borné de sa femme, sa beauté blonde et mince, et sa fortune formaient un tout qui agissait sur lui comme un aphrodisiaque. Quand, au petit déjeuner, elle levait les yeux de son journal pour demander en toute innocence ce que l'on entendait par privatisation, ou encore ce qu'il y avait de mal à commettre un délit d'initié, il sentait immanquablement monter en lui un regain d'énergie sexuelle. Quand, ouvrant les lettres de ses portefeuillistes, elle plissait le front d'un air perplexe puis posait d'une main distraite son courrier à côté de son assiette, il ne savait pas s'il devait rire ou pleurer. Contrairement à ce que l'on croyait communément, il n'avait pas épousé Cressida pour son argent, mais pour son indifférence totale à l'argent.

Fille unique d'un fabricant de jouets qui avait réussi, Cressida avait été habituée par son aristocrate de mère à disposer en permanence de carnets de chèques, de comptes dans les magasins et de cartes de crédit – le tout aux frais de papa. Elle continuait d'ailleurs à n'avoir que très peu d'argent sur elle. Son portefeuille, géré par une société de placement londonienne au service des grandes familles, alimentait régulièrement en revenus son compte à la Coutts, et, à présent, c'était Charles, et non plus papa, qui faisait tous les mois le calcul des factures.

Au cours des trois dernières années, le montant du portefeuille avait sérieusement diminué. Une bonne partie était passée dans cette maison au pied de la cathédrale, et une autre avait servi à racheter la part d'Angus, l'ancien associé de Charles, ce dernier étant désormais seul propriétaire du Silchester Print Centre, à la fois galerie et boutique d'art où l'on trouvait des reproductions en tout genre. Du temps où il s'occupait du Centre avec Angus et Ella, c'était tout autre chose. Ils organisaient souvent des expositions pour de jeunes peintres, ils avaient mis sur pied des ateliers de gravure, ils parrainaient chaque année un concours de reproductions au collège technique et d'art plastique régional. Tandis qu'à présent, plus ou moins seul pour diriger l'affaire, et absorbé par Cressida et les jumeaux, Charles s'orientait vers un marché plus sûr et moins hasardeux : des gravures anciennes de la cathédrale de Silchester, des reproductions d'aquarelles de Sargent, et même des affiches des *Tournesols* de Van Gogh. Il mettait en avant des raisons financières pour justifier ce changement : son chiffre d'affaires avait baissé, et il fallait cesser de dépenser de l'argent en projets expérimentaux de toutes sortes, éviter de se disperser. Quand une petite voix à l'intérieur de sa tête lui faisait remarquer que son chiffre d'affaires n'avait commencé à baisser qu'*après* l'abandon de tous les projets expérimentaux, il ne voulait rien entendre.

Il ne regrettait pas d'avoir quitté Ella. Il avait, de temps à autre, et passagèrement, un vague sentiment de nostalgie en repensant à l'intimité de leur existence à Seymour Road. Mais cette vie-là n'était pas la vraie vie. La vraie vie, c'était ce qu'il connaissait en ce moment : frayer avec des gens importants dans une de ces très belles maisons de la place de la cathédrale. Choisir une école pour les jumeaux, demander à Coutts de leur ouvrir de nouveaux comptes. Être sollicité, comme c'était le cas aujourd'hui, pour être le parrain de l'honorable Sebastian Fairfax – tout cela, c'était la vraie vie.

Seymour Road, avec ses maisons toutes simples en brique rouge, n'avait été qu'une introduction au monde réel. Il en gardait un souvenir ému et lui conservait sa tendresse – mais une tendresse semblable à celle qu'il avait éprouvée pour son cheval à bascule lorsqu'il avait cessé d'être un enfant. Quant à Ella, c'est à peine s'il avait encore une pensée pour elle.

Il y avait de la lumière au numéro 18 de Seymour Road quand Stephen Fairweather rentra son vélo par le portillon du jardin et l'attacha à la barrière avec l'antivol. La végétation envahissante répandait dans l'air du soir une odeur de fraîcheur et de chèvrefeuille, qui, lorsqu'il ouvrit la porte d'entrée, se mêla à des effluves de champignons à la poêle.

Au sous-sol, dans la cuisine, Annie préparait une omelette, tandis que Nicola, assise à la table, coloriait avec application une carte d'Afrique. Stephen resta un instant sur le seuil à la regarder. Son cœur se serra à la voir tenir le crayon aussi fermement que possible et faire de son mieux pour contrôler son bras, puis plisser le front d'impatience quand, soudain, un geste incontrôlé expédia du vert hors des limites du trait noir du contour.

D'après le physiothérapeute, le coloriage était bon pour la coordination des mouvements. Il fallait encourager la fillette par tous les moyens à faire travailler le côté droit de son corps, qui avait été atteint. De sorte que la table de la cuisine était constamment encombrée d'albums de coloriage, de petits sacs de billes de polystyrène qu'elle devait lancer en l'air et rattraper, de cordes à sauter, de crayons de couleur, de ciseaux, de jonchets, d'anneaux, de balles en caoutchouc, de puzzles. A côté de sa carte d'Afrique, Stephen aperçut la chemise contenant les devoirs de vacances de Nicola. « L'Afrique n'est pas un pays, c'est un continent, lut-il. La Zambie et le Zimbabwe sont en Afrique. Il y fait très chaud et il n'y a pas beaucoup d'eau. Parfois, les habitants meurent de faim. » Nicola commençait tout juste à apprendre à écrire quand elle avait eu son attaque. A présent, elle avait une écriture en pattes de mouche, avec des lettres mal formées, trop appuyées. Chacune de ces lignes irrégulières révélait sa frustration.

Elle leva les yeux, qui s'illuminèrent de plaisir derrière ses verres épais.

« Bonsoir papa ! » Annie leva le nez de la poêle.

« Stephen ! Je ne t'ai pas entendu entrer ! » Il traversa la cuisine, ébouriffant les cheveux de Nicola au passage, et il donna un baiser à sa femme. Annie avait les joues empourprées par la chaleur, et ses cheveux noirs frisottaient autour de son visage. « Ta journée s'est bien passée ? » lui demanda-t-elle.

Stephen ferma les yeux et repassa rapidement dans sa tête les douze dernières heures. Il avait pris un des premiers trains du matin pour Londres, et avait dû patienter une heure avant de voir son directeur de thèse, puis il avait avalé un sandwich à la British Library en attendant les documents qu'il avait demandés, et c'est alors seulement qu'il avait eu quelques bonnes heures de travail. Il avait fait une apparition tardive au séminaire auquel il avait promis d'assister, et il avait repris le train pour rentrer... Il rouvrit les yeux.

« Oui, pas mal », dit-il.

Il était censé terminer sa thèse l'été suivant. Au rythme où il travaillait, il pourrait sans doute y arriver – mais la perspective d'avoir à organiser ses notes, ses idées et ses théories en un ensemble substantiel et cohérent l'emplissait de panique et le déconcertait. Des bases de départ qui avaient l'air assez solides au moment où il avait présenté son projet, des arguments apparemment de poids et convaincants semblaient presque réduits à néant et flottaient de façon insaisissable dès qu'il essayait de les formuler en termes académiques ou même de les placer dans son introduction.

Dans son département, dans les séminaires, et même chez lui, avec Annie, il sauvait la face, affectant avec une fausse aisance l'assurance de quelqu'un qui sait qu'il va vers la réussite. Jamais il ne parlait de ce qu'il craignait secrètement, à savoir ne pas être à la hauteur des exigences d'un projet aussi ambitieux, avoir fait l'erreur de ne pas rester le modeste professeur qu'il était, et qui, à ce moment-là, n'avait pas la prétention de changer la face de l'histoire musicale du XIVᵉ siècle.

Il ouvrit le réfrigérateur et déboucha une bière.

« Qu'est-ce que je viens de dire ? Que j'avais passé une bonne journée ? s'écria-t-il avec humour. Je suis fou, il faut croire. Mark n'était pas libre pour me voir à l'heure qu'il avait fixée, mes documents ont mis une éternité à arriver, et j'ai été contraint et forcé d'assister au séminaire de cette folle bulgare. » Nicola pouffa de rire.

« Elle est vraiment folle ?

– Complètement cinglée, confirma Stephen d'un ton solennel. Pendant une heure, elle nous a entretenus de ses idées sur la musique de la nature qui nous entoure.

– Le chant des oiseaux ? suggéra Nicola.

– Si seulement ! Mais non, elle a parlé des arbres et des coquilles d'escargot, et d'autres créatures totalement silencieuses.

– Une folle, en effet », dit Annie. Stephen avala une gorgée de bière.

« Et pour vous, la journée a été bonne ? Toby est couché ? demanda-t-il en regardant autour de lui.

– Oui, répondit Annie avec un grand sourire. Notre promenade sur les collines l'a épuisé. On avait emporté un pique-nique. Il faisait tellement beau.

– Et après on a préparé toutes les affaires pour demain », dit Nicola. Stephen n'eut pas l'air de comprendre.

« Qu'est-ce qui se passe, demain ?

– Le tournoi de tennis chez les Chance, voyons ! dit Nicola avec stupéfaction. Tu le sais bien tout de même !

– Bien sûr qu'il le sait, dit Annie. Il fait juste semblant d'avoir oublié. » Stephen hocha la tête.

« Non, cette fois, je n'ai pas eu besoin de faire semblant. Ça m'était réellement sorti de la tête.

– Heureusement que maman s'est rappelé, elle, ajouta Nicola, toutes nos affaires étaient à laver.

– J'ignorais que j'avais des "affaires de tennis", dit Stephen avec une grimace.

– Un vieux short blanc et une chemisette en cellular, répliqua vivement Annie. Et ta raquette est à peu près en état. Il y a une corde qui manque, mais...

– Mais quand on est aussi doué que moi, on peut se passer d'équipement, je sais, dit Stephen. Et toi ?

– Eh bien, expliqua Annie en rougissant un peu,

Caroline m'a gentiment proposé de me prêter quelque chose. Elle a dû comprendre... » Elle ne termina pas sa phrase, mais ses yeux noirs et les yeux verts de Stephen se croisèrent. Un instant, il fut saisi de colère. Il connaissait bien les commentaires compatissants et un peu trop marqués de Caroline, sa manière de juger les gens. Qu'un professeur puisse lâcher un poste parfaitement satisfaisant pour reprendre des études, c'était là une chose qui la dépassait complètement. Il n'allait pas cesser, toute la journée, de penser à ce geste qui, certes, partait sans doute d'un bon sentiment. Mais il eût été impardonnable d'expliquer tout cela à Annie.

« Très gentil de sa part, dit-il d'un ton léger. Dommage que Patrick soit un si gros gabarit. Sinon, j'aurais pu me produire tranquillement dans sa Lacoste. Ça peut encore se faire d'ailleurs. » Et, mettant son sac sur son dos, il sortit de la cuisine et monta ranger ses livres.

2

Le lendemain matin, Caroline s'éveilla peu à peu en sentant dans son cou l'haleine tiède de Patrick. Gardant les yeux fermés, elle eut d'abord conscience qu'une vive lumière, qui devait être celle des premiers rayons du soleil, lui imprimait sur les paupières un rougeoiement éblouissant. Puis elle s'aperçut que les doigts courtauds de Patrick vagabondaient sur son corps, sous sa chemise de nuit, lui procurant malgré elle un réveil agréable. Mais elle n'ouvrait toujours pas les yeux, faisant semblant de dormir, ou en tout cas de rester impassible.

Même quand Patrick la pénétra, avec un enthousiasme manifeste de baiseur matinal, elle s'arrangea pour ne rien laisser paraître sur son visage. Elle se força à penser à la tenue qu'elle allait mettre pour cette journée, puis elle s'obligea à réfléchir à ses sourcils – devait-elle s'épiler ou non ? –, et puis soudain, vaincue malgré ces efforts, elle laissa involontairement échapper un cri et s'abandonna au plaisir.

En s'effondrant à côté d'elle, épuisé, Patrick lui dit d'un ton accusateur : « C'était bien, hein ? Je t'ai fait jouir. » Elle fit la sourde oreille. « Pas vrai ? » insista-t-il. Elle haussa les épaules.

« Oui, sans doute.

– Alors pourquoi faire semblant du contraire ? » Il se souleva sur un coude pour la regarder. Elle sourit paresseusement. Elle avait des fourmis dans les doigts et se sentait dépourvue de toute agressivité.

« Je ne sais pas, dit-elle. Pour t'emmerder, je suppose. »

Ils restèrent allongés quelques minutes, sans rien dire, après quoi Patrick se redressa en évitant le regard de sa femme, puis il s'enveloppa inutilement d'un drap de bain et disparut d'un air de reproche dans la salle de bains. Caroline le regarda s'éloigner sans pouvoir faire l'effort de le rappeler. Autrefois, elle l'aurait suivi, elle l'aurait embrassé et se serait fait pardonner sous le jet puissant de la douche.

Mais, ce matin, elle se sentait indolente, les membres lourds. A peine si elle arrivait à tendre le bras pour atteindre son étui à cigarettes, alors comment aurait-elle eu l'énergie de sauter du lit pour un deuxième round ? Elle fixa le plafond blanc, les rideaux de mousseline blanche que la lumière matinale rendait translucides, et elle se demanda vaguement pourquoi elle n'arrivait plus à répondre aux caresses de Patrick. Aucun doute, elle n'était pas frigide, et lui n'avait pas perdu la main. Peut-être souhaitait-elle tout simplement ne pas lui donner une trop bonne opinion de lui-même.

Elle poussa un soupir, tendit le bras pour prendre son briquet et, sans décoller des profondeurs de ses oreillers garnis de broderie anglaise, elle alluma une cigarette mentholée, et se mit à tirer de longues bouffées, puis à rejeter la fumée dans le ciel du lit à colonnes en chêne sombre. Elle entendait le bruit de la douche. Patrick n'allait pas tarder à revenir, sans doute avec le même air offensé. Eh bien, aujourd'hui, il faudrait qu'il encaisse le coup. Il s'en remettrait vite. Il pouvait encore s'estimer heureux de partager ce lit avec elle – même si ce n'était pas toujours l'harmonie parfaite. Elle connaissait des couples qui avaient essayé de faire lit et chambre à part et n'avaient plus jamais retrouvé l'intimité douillette des nuits sous la même couette.

Mais, en fait, lorsqu'il revint, les cheveux lissés en arrière et le torse luisant de gouttelettes, il sifflotait. Caroline lui jeta un regard méfiant à travers son nuage tabagique, attendant qu'il lui fasse remarquer qu'en fumant au lit elle risquait de mettre le feu, mais il ouvrit vivement son armoire, en sortit des chaussettes, une chemisette et un short, d'une blancheur impeccable, et il commença à s'habiller.

« Qu'est-ce qui te met d'humeur aussi joyeuse ? » lui demanda-t-elle tandis qu'il ajustait sa chemisette. Il ne répondit pas, et se mit à passer un peigne dans ses cheveux mouillés. Puis il tira les rideaux et ouvrit la fenêtre toute grande. La brise s'engouffra dans les tentures, et Caroline, bien au chaud sous sa couette, fit la grimace quand l'air frais lui frappa le visage.

« Tu devrais te lever, lui dit-il. Il va encore faire une journée torride.

– Quelle heure est-il ?

– 9 heures. On devrait se bouger un peu. Ils vont sûrement tous arriver vers 10 h 30, 11 heures. Les Mobyn doivent se mettre en route à 10 heures. » Il se regarda dans la glace et donna quelques coups de raquette imaginaires.

Encore ces fichus Mobyn, se dit Caroline en décochant à Patrick un regard soupçonneux.

Stephen et Annie arrivèrent à Bindon à 10 h 30 précises. Contrairement aux prédictions de Stephen, ils avaient trouvé des routes très peu encombrées en venant de Silchester, et en plus, à la station-service, les enfants s'étaient montrés fort expéditifs pour choisir leurs glaces.

« J'espère que nous ne sommes pas trop en avance, dit Annie quand ils abordèrent l'allée goudronnée de la Maison Blanche. Il y a déjà d'autres voitures ? » Ils regardèrent tous par les vitres. Un arroseur était en marche sur la pelouse en demi-lune devant la maison, aspergeant en alternance, par un mouvement de bascule, les arbustes impeccablement taillés en bordure de l'allée et le massif de fleurs central. Quand il changea de direction, quelques gouttes d'eau atteignirent l'auto et les enfants poussèrent des cris de joie.

« Il y a une voiture, là, dit Nicola en montrant la Mercedes bleu marine, rutilante, garée de travers devant la maison.

– C'est celle de Caroline, dit Annie. Nous sommes sûrement les premiers. Enfin, ils nous ont bien dit d'arriver entre 10 et 11 heures.

– On peut aller sous le jet ? demanda Nicola.

– Je ne sais pas..., répondit Annie en interrogeant Stephen du regard.

– Pourquoi pas ? dit celui-ci, un peu sur la défensive. Ils ne feront rien de mal.

– Bon, eh bien alors, mais faites attention de... » Annie n'avait pas fini sa phrase que Nicola et Toby sortaient déjà de la voiture. Le petit Toby, tout brun dans son short et son tee-shirt bleus, galopa droit vers la pelouse. Nicola se pressa à ses côtés, en traînant un peu maladroitement le pied droit. Quand elle se précipitait ainsi, elle oubliait toujours de se servir de ses deux pieds. Une fois sous le jet d'eau, ils semblèrent ne plus savoir quoi faire. Finalement, ils se mirent à s'éclabousser mutuellement sans grand effet.

Stephen soupira.

« Voilà ce qu'il faudrait à Nicola plus souvent, dit-il. Du grand air, de l'exercice... » Annie se mordit la langue pour ne pas lui répondre que leur fille faisait déjà beaucoup d'exercice. Elle le regarda à la dérobée. Il avait le front plissé, l'air inconsolable, les yeux fixés sur la façade imposante de la Maison Blanche. Depuis le début de la matinée, il était de mauvaise humeur : au petit déjeuner, il avait arraché les cordes usées de sa raquette, il avait grondé Toby quand celui-ci avait renversé le lait.

Annie était à peu près sûre que ce qui n'allait pas, c'était son travail. Il avait cessé, désormais, de revenir de la bibliothèque tout débordant d'idées et d'enthousiasme. Chaque fois qu'elle essayait de l'interroger, il adoptait une attitude de repli et coupait court en répondant par des sarcasmes. Ce n'était plus du tout comme à l'époque où sa recherche était un simple passe-temps, où il n'avait pas à produire quelque chose de tangible. Elle aurait tant souhaité qu'il s'ouvre à elle de ses soucis afin de les partager avec lui, mais elle n'était même pas sûre qu'il se les avouât à lui-même.

« Nous y voilà », dit Stephen. Levant les yeux, Annie suivit son regard. Une silhouette corpulente en tenue de tennis coûteuse apparut sur le côté de la maison : c'était Patrick.

« On ferait peut-être bien de descendre de voiture », dit Annie en essayant d'égayer l'atmosphère par une note d'humour. Ébauchant un sourire avec effort, Stephen ouvrit la portière.

Patrick les avait aperçus et leur faisait signe avec sa raquette en arborant un large sourire. Il s'approcha de leur voiture en leur criant quelque chose d'incompréhensible.

« Bonjour ! s'écria Annie.

– On peut se garer ici ? demanda Stephen, quand Patrick fut plus près.

– Sans problème. Sauf si... » Ils se retournèrent tous les trois involontairement pour regarder la vieille Vauxhall poussiéreuse dont la carrosserie était tout éraflée à l'endroit où Stephen avait embouti un portail en marche arrière. « Sauf si vous voulez la mettre sous les arbres. Là, au soleil, elle va avoir un peu chaud.

– Bonne idée », dit Annie. Stephen reprit le volant et manœuvra pour se garer dans l'herbe, sous les arbres.

« Viens boire quelque chose ! dit Patrick en prenant Annie par les épaules.

– Ah oui, je... » Elle se tourna du côté des enfants, qui gambadaient toujours sur la pelouse.

« Ils viendront bien quand ils en auront envie, dit-il en devinant sa pensée. Caroline a hâte de te voir.

« Tu as l'art de persuader les gens », dit-elle en riant. Sous sa chemisette, son corps était chaud, et il sentait un after-shave de grande marque. En passant à côté de la voiture de Caroline, Annie promena ses doigts avec admiration sur la carrosserie parfaitement lisse.

« Elle est superbe, dit-elle.

— Oui, c'est une belle machine, admit Patrick. C'est le cadeau que j'ai fait à Caroline pour son anniversaire l'an dernier.

— C'est vrai, je me rappelle. La veinarde !

— Va donc le lui dire. Maintenant, elle a envie d'un modèle plus sport.

— Quoi, par exemple ? Une Porsche ? demanda Annie, impressionnée.

— Chut ! C'est le mot à ne pas prononcer devant elle. J'essaie de la convaincre de garder celle-ci. » A l'angle de la maison, Annie se retourna pour jeter un dernier coup d'œil à la Mercedes, qui étalait son luxe au soleil.

« Tes affaires doivent bien marcher », lui dit-elle. Patrick haussa les épaules.

« Pas trop mal ces deux dernières années. Je me suis assez bien défendu, l'un dans l'autre. Je continue sur ma lancée, disons. Tu sais ce que c'est.

— Pas exactement, répliqua Annie. A Seymour Road, on n'est pas vraiment sur une lancée quelconque. » Patrick s'esclaffa.

« Ne dis pas de mal de Seymour Road ! J'ai de si bons souvenirs de ce quartier !

— Ah oui ?

— Ne prends pas cet air étonné. Pas plus tard qu'hier, en fait, Georgina nous disait qu'elle regrettait qu'on n'y habite plus. » Il eut un regard triste qui amusa Annie.

« Les enfants sont tous les mêmes ! Jamais la moindre reconnaissance !

— C'est ce que je lui ai dit. »

Ils arrivèrent à l'arrière de la maison, et Caroline, sur la terrasse, leva les yeux. Elle servait à boire à deux personnes qu'Annie ne reconnut pas. Elle était très bronzée, et Annie se sentit vaguement mal à l'aise en remarquant la pâleur de ses propres jambes.

« Annie, s'écria Caroline. Tu arrives juste à point pour un petit Pimm's ! » Elle versa une giclée de liquide ambré dans le grand verre que l'inconnue tenait à la main en riant avec affectation.

« Holà, Valerie, il ne faudrait pas que tu sois éméchée avant même de commencer à jouer, dit l'homme.

– Et pourquoi pas ? » demanda Caroline en remplissant un verre pour lui. Valerie se remit à glousser.

« Bonjour tout le monde, clama Patrick. Annie, je te présente Don Roper et sa fille Valerie.

– Enchanté », dit Don en faisant un petit clin d'œil à Annie. C'était un homme trapu, jovial, avec une bonne grosse bouille au regard vif.

« Bonjour ! » s'écria joyeusement Valerie. Elle paraissait un peu plus jeune qu'Annie – une trentaine d'années, peut-être – et elle avait le visage large de son père, mais dépourvu de tout attrait. Elle était d'une pâleur cadavérique, et ses yeux noisette manquaient d'éclat.

« Qu'est-ce qu'on te sert ? demanda Patrick en montrant le chariot à boissons d'un geste large.

– Un Pimm's, je veux bien, dit Annie, mais pas trop fort si possible... » Caroline lui en versa un grand verre presque plein et ajouta un peu de limonade.

« Un petit brin de menthe, dit-elle en farfouillant dans le broc en verre. Et une ou deux fraises. »

Annie s'assit dans une chaise longue, avala une gorgée de Pimm's et attendit que l'alcool fasse son effet. Le soleil lui chauffait le visage et elle regrettait de ne pas avoir apporté de lunettes noires. En jetant subrepticement un coup d'œil à la façon dont les autres étaient habillés, elle comprit qu'il lui faudrait certainement accepter la proposition de Caroline de lui prêter une tenue de tennis. Valerie était toute en Slazenger très chic, et Don avait un short tellement apprêté qu'il en paraissait inconfortable. Quant à

Caroline, elle était splendide, comme d'habitude, dans un ensemble de tennis rose pâle – un haut sans manches et une jupette plissée assortie. Ses cheveux épais, aux reflets blonds, étaient coiffés en une queue de cheval fournie, et elle portait un poignet blanc en éponge à chaque bras.

Stephen surgit au coin de la maison : il s'avançait à grandes enjambées avec Toby sur les épaules.

« Bonjour à tous, dit-il.

– Qu'il est mignon, ce petit garçon ! s'écria Valerie.

– Je te sers un verre de Pimm's, proposa Patrick. Tu connais Don et Valerie ?

– Enchanté. Stephen Fairweather.

– Et qui est ce petit jeune homme ? » demanda Valerie en s'adressant à Toby d'un air enjoué. Toby cacha son visage dans le cou de son père.

« C'est Toby, notre fils, dit Annie.

– Il est merveilleux ! J'adore les enfants. »

Nicola parut elle aussi à l'angle de la maison, avec son tee-shirt trempé et ses lunettes ruisselantes. Elle traînait légèrement la jambe droite et elle était tout essoufflée.

« C'est génial cet arroseur ! C'est bien mieux que d'aller se baigner.

– On dirait bien que tu reviens de la baignade, dit Caroline en accueillant Nicola avec un sourire chaleureux. Georgina sait que tu es là ? Elle meurt d'impatience de te voir. » De plaisir, Nicola piqua un léger fard.

« Je ne l'ai pas vue, dit-elle.

– Elle doit être dans sa chambre. Tu veux aller la chercher ? Ou bien tu veux te reposer une minute et boire un Coca ?

– Je vais aller la chercher, je crois, dit Nicola en avisant avec inquiétude l'élégance des sièges et des gens inconnus sur la terrasse.

– Tu sais où est sa chambre. Emmène Toby, si tu veux.

– Oui, vas-y, Tobes, va ennuyer les grandes », dit Stephen en faisant un grand sourire à Nicola.

Comme Nicola s'éloignait en traînant Toby derrière elle,

Valerie se tourna vers Annie avec une expression d'horreur et de sympathie mêlées.

« Mon Dieu, la pauvre petite ! dit-elle de sa voix haut perchée, un peu flûtée. Comme ce doit être dur pour vous !

– Pas vraiment, non, répliqua Annie.

– Elle doit être très affectueuse, reprit Valerie. J'ai lu dans un article que les enfants qui ont une infirmité sont souvent ceux qui donnent le plus de satisfactions. » Annie et Stephen se regardèrent. « Mais votre petit garçon est tout à fait normal, lui ? C'est un amour d'enfant, je dois dire. »

Nicola s'avança à pas timides dans le grand couloir frais de la Maison Blanche, en essayant de se rappeler quelle était la porte de Georgina. Elle tenait Toby fermement par la main, car la maison de Georgina était pleine d'objets délicatement posés sur des piédestaux et des étagères, et dont elle savait bien qu'ils étaient précieux et fragiles. Elle se disait même vaguement que c'était sans doute la raison pour laquelle Caroline et Patrick n'avaient pas eu d'autres enfants après Georgina, qui, c'était bien connu, était soigneuse et ordonnée, ne faisait jamais rien tomber et ne bousculait jamais rien. Mais s'ils avaient eu quelqu'un de maladroit comme elle, ou comme Toby, qui ne tenait pas en place... Ils passèrent devant une petite table couverte de porcelaines de Lladro, et elle frémit à l'idée qu'un mouvement intempestif de son bras ou une balle égarée de Toby pourrait les réduire en miettes.

Elle pensa avoir enfin trouvé la bonne porte et elle frappa timidement.

« Oui ! »

Georgina était assise à son bureau près de la fenêtre et, quand ils entrèrent, elle leva les yeux d'un air radieux.

« Ah chic ! Vous voilà ! dit-elle. Pourquoi êtes-vous tout mouillés ?

– On est allés sous les arroseurs, répondit Nicola, un peu penaude.

– Moi aussi je fais ça quelquefois, dit gentiment Georgina. Vous voulez un verre d'eau ?

– Oui, je veux bien. » Nicola était fascinée de voir Georgina se diriger vers un grand distributeur d'eau transparent installé dans un coin de sa chambre.

« C'est fantastique, non ? Maman m'a acheté ça parce que je n'arrête pas d'aller chercher des verres d'eau la nuit. Dans ma salle de bains, l'eau est infecte. » Elle retourna à son bureau pour prendre une feuille de papier couverte de son écriture. » J'ai réfléchi à tout ce qu'on va faire ensemble.

– On ne va pas aller voir Arabia ? demanda Nicola.

– Si, bien sûr. Mais il faut prévoir quelque chose pour cet après-midi. » Nicola but une gorgée d'eau. Une eau limpide, fraîche, délicieuse. Elle regarda Georgina et attendit la suite.

« J'ai décidé qu'on allait monter une pièce, dit Georgina. On va en inventer une. Bonne idée, non ? Aujourd'hui, on répète, et demain on donne la représentation. Avec des costumes et tout. Qu'est-ce que tu en dis ? » Ses yeux bleus pétillants fixaient Nicola d'un air décidé, et celle-ci lui rendit son regard, pleine de respect.

« D'accord, dit-elle. Excellente idée. »

En passant devant la porte de Georgina, Annie et Caroline entendirent la fillette donner ses instructions de son ton net et précis.

« C'est un vrai petit gendarme, dit Caroline en roulant des yeux. Elle se croit dans un roman d'Angela Brazil.

– Quel dommage de rester enfermé par ce beau temps, dit Annie.

– Tu as raison. C'est le genre de choses qui ne me vient jamais à l'esprit. » Elle ouvrit la porte de Georgina. Les trois enfants levèrent les yeux. « Vous devriez aller dehors, dit Caroline. Ce n'est pas ici que vous allez bronzer. »

La penderie de Caroline était presque aussi grande que la pièce qui servait de débarras au 18 Seymour Road. Tout en essayant sans succès de rester détachée, Annie regardait son amie jeter négligemment sur le lit un monceau de chemisettes et de jupes de tennis, de tee-shirts et de shorts dans des tons pastel. Certains de ces vêtements étaient très simples, d'autres discrètement travaillés, et d'autres encore arboraient toutes sortes de motifs abstraits. Elle guignait les logos du coin de l'œil, pas très fière de sentir que son cœur se mettait à battre à la vue de toutes ces marques célèbres – Ellesse, Tacchini, Lacoste – et de ces insignes universellement convoités que l'on ne pouvait plus désormais ne pas remarquer : Gucci, Yves Saint Laurent, Chanel. Son regard s'arrêta sur un tee-shirt blanc tout simple avec deux C entrelacés. Combien cela avait-il pu coûter ?

« Qu'est-ce qui te plairait dans tout ça ? demandait Caroline. Essaie tout ce que tu voudras.

– Je ne sais pas par quoi commencer, dit Annie. Je ne pensais pas que tu étais aussi fana de tennis. » Caroline parut surprise.

« Pas vraiment. Mais comme on va jouer au country club de Henchley, on est obligés d'avoir des tenues un peu chic. Pas juste du blanc, Dieu merci. Pour porter du blanc, tu vois, il faut être vraiment bien bronzé. »

Annie, qui était sur le point de choisir un haut blanc sans manches, changea d'avis.

« Qu'est-ce que tu me conseilles ? » demanda-t-elle, désarmée. Caroline la considéra avec attention, et, involontairement, Annie regarda ses jambes, pâles et courtes, mais encore fermes. Comme le reste de sa personne, au demeurant. La peau, comme chez beaucoup d'Anglaises, virait très vite d'une pâleur cadavérique à un rose fâcheux. Quant aux autres parties de son corps, advenait ce que pouvait, elle ne s'en souciait guère.

« Une teinte abricot », décréta Caroline d'un ton catégorique.

Stephen en était à son deuxième verre de Pimm's. Il étendit les jambes au soleil et se demanda comment il allait rassembler assez d'énergie pour jouer au tennis. Patrick était arrivé avec un grand tableau qui portait la mention « Tournoi de tennis de la Maison Blanche » et il expliquait à Don le déroulement des opérations. Valerie pêchait maladroitement des morceaux de fruits dans son verre pour se les fourrer dans la bouche. Ses yeux noisette rencontrèrent ceux de Stephen et elle se mit à glousser.

« Ah, dit-elle, je trouve que vraiment... » Elle s'arrêta là et plongea de nouveau dans son verre. Un silence se fit, pendant lequel Stephen soupira intérieurement. Ce serait par trop grossier de l'ignorer complètement.

« Vous habitez le village ? » demanda-t-il pour engager la conversation. Valerie sursauta et leva les yeux vers lui. Elle avait le front moite, et quelques mèches de cheveux bruns ébouriffés y restaient collées.

« Oh non ! répondit-elle en riant, comme si la question était absurde. Non, je vis à Londres. Mais papa habite ici, un peu plus loin, et Patrick lui a téléphoné pour demander si je rentrais ce week-end.

– C'est bien tombé, alors, dit Stephen.

– Ça n'était pas vraiment prévu. Quand papa m'a parlé de cette invitation, j'ai pris mon vendredi pour pouvoir venir. Et puis j'en ai profité pour faire des courses et j'y ai laissé tout mon salaire d'un seul coup ! » Elle se remit à rire.

« Vous êtes venue exprès, alors ? s'étonna Stephen.

– C'est-à-dire que j'aime bien jouer au tennis, et j'aime bien rencontrer des gens nouveaux. A Londres, je fais partie d'un très bon club, et, de temps en temps, il y a des festivités, des soirées dansantes, des fêtes... » Stephen, quelque peu ahuri, acquiesça en hochant la tête. « Seulement, à ces soirées dansantes, on ne parle pas beaucoup, poursuivit-elle, et je ne sais jamais exactement comment je dois m'habiller. » Elle s'interrompit, et Stephen ne trouva rien à lui répondre.

Annie n'en revenait pas de se sentir si séduisante dans le polo et la jupe plissée abricot de Caroline. Elle contemplait son image dans la glace et respirait le parfum délicieusement fleuri que Caroline avait tenu à lui faire essayer.

« Mets aussi cette crème hydratante antirides qui active le bronzage, dit Caroline en brandissant un pot argenté. Mets-en partout.

– Je devrais refuser, dit Annie. Ça doit coûter très cher.

– Quatre cents balles. Mais ça vaut le coup. Et puis, Patrick gagne assez d'argent.

– Ses affaires doivent vraiment bien marcher, dit Annie, laissant temporairement ses scrupules de côté pour s'enduire les jambes de crème à quarante livres le pot.

– Je crois qu'il n'est pas le seul dans sa boîte. Les gens investissent sans se soucier du lendemain. Dieu sait où ils prennent l'argent. Surtout en ce moment. Toujours est-il qu'il touche des primes incroyables.

– Des primes de quoi ? Je suis désolée, je suis d'une ignorance crasse.

– On lui fixe une somme à atteindre et, s'il l'atteint, il reçoit une prime sacrément importante. Tout ça, dit Caroline en indiquant d'un geste vague ce que l'on apercevait par la fenêtre, c'est grâce à l'argent des primes. » Annie commença à se passer de la crème sur le visage.

« Ce n'est pas juste, s'écria-t-elle. On devrait donner des primes aux profs quand les élèves réussissent leurs examens ! Stephen devrait toucher une prime pour finir sa thèse.

– Et moi, je devrais toucher une prime pour supporter les humeurs de Patrick, répliqua Caroline. Quand il a l'impression qu'il ne va pas y arriver, il est à cran, et ça me rend folle. » En soupirant, elle saisit une jupe de tennis qui était encore dans son emballage de cellophane, une jupe bleu pâle à rayures blanches avec un logo doré. « En voilà une que j'avais complètement oubliée, dit-elle, surprise. Il faudra tout de même que je la mette un jour. »

Quand Annie et Caroline revinrent sur la terrasse, elles trouvèrent Patrick l'œil rivé sur sa montre.

« Je voulais qu'on démarre à 11 heures, grogna-t-il, mais les Mobyn ne sont toujours pas là.

— Et alors ? dit Caroline. On n'a pas besoin d'être plus de quatre à la fois. On peut très bien commencer tout de suite.

— Mais, en principe, c'est Charles et Cressida qui doivent jouer en premier. Et puis, je voulais d'abord expliquer à tout le monde le déroulement des opérations.

— Enfin, bon sang ! s'écria-t-elle en s'emparant du tableau pour l'examiner. Eh bien, voilà : en second, c'est nous deux qui jouons contre Don et Valerie. » Elle lança une œillade à Annie, qui se mit à rire, tandis que Patrick en était encore à considérer son tableau.

« Oui, ça doit pouvoir marcher comme ça, dit-il à contrecœur.

— Alors, en avant ! dit Don. Allons-y pour les balles coupées, ma fille ! » Valerie sauta sur ses pieds, attrapa sa raquette et, ce faisant, fit tomber la bouteille de Pimm's débouchée.

« Ah, quelle maladroite je fais ! s'écria-t-elle d'une voix perçante. Je suis désolée, Caroline. Oh, je me suis blessé la main ! Quelle idiote ! »

Une fois le Pimm's épongé et après que Valerie fut partie mettre un pansement sur sa coupure, Stephen s'approcha de sa femme qui s'admirait subrepticement dans les baies vitrées de la terrasse.

« Tu es superbe ! dit-il. Cette couleur te va à merveille. » Annie baissa les yeux pour savourer sa splendeur nouvelle. Même les socquettes étaient des petits chefs-d'œuvre de luxe en tissu-éponge blanc duveteux avec des pompons abricot qui dansaient gaiement au-dessus du talon de ses tennis.

« C'est assez joli, non ? dit-elle en essayant vainement d'affecter l'indifférence.

— Tu devrais demander à Caroline où elle trouve tout

ça, dit-il. Il faudrait peut-être que tu te rachètes quelques petites choses.

– A des prix pareils ? Cela m'étonnerait ! répliqua-t-elle en fronçant les yeux d'un air amusé. Si tu savais ce que coûte ce petit crocodile !

– Tout de même, insista-t-il. Tu as bien le droit d'avoir quelques jolies choses, toi aussi.

– J'ai des tas de jolies choses, repartit-elle. Un manteau marron particulièrement ravissant, par exemple. » Stephen ne put retenir un sourire. Ce manteau marron, c'était sa mère qui l'avait offert à Annie. En dame respectable et pleine de bonnes intentions, elle s'était dit, quand elle avait vu ce vêtement dans une vente de charité, que c'était exactement ce qu'il fallait à son infatigable belle-fille. Il avait des surpiqûres orangées aux revers, une doublure d'un vert violent, et, comme Annie le faisait souvent remarquer, il durerait bien encore vingt-cinq ans. Il était accroché au portemanteau de la cuisine, pour que Mme Fairweather puisse le voir quand elle venait garder les enfants, et il ne sortait jamais de la maison.

« On pourrait peut-être y coudre un petit crocodile vert », suggéra Stephen.

Caroline et Valerie reparurent sur la terrasse, Valerie la main gauche décorée d'un pansement adhésif.

« Une chance que ce ne soit pas la main droite, lui dit Annie en la voyant prendre sa raquette.

– Je ne sais pas. A vrai dire, je fais mes revers à deux mains.

– La coupure n'est pas profonde, dit Caroline avec condescendance. Une simple égratignure. Ça ne vous gênera guère. »

Valerie fit prudemment quelques mouvements avec sa raquette en grimaçant un peu. « Ça va aller, dit-elle.

– Il faudrait peut-être nous accorder un handicap, suggéra Don, mi-figue, mi-raisin. Un ou deux points par set, quelque chose comme ça. » Patrick leva les yeux avec un petit rire dubitatif.

« Ça devient un peu trop technique pour moi, dit-il.

– Ce n'est pas grave, poursuivit Don. Seulement, si Valerie est désavantagée à cause de sa main... » Les deux hommes se dévisagèrent, et Annie comprit soudain que Don parlait sérieusement. Elle regarda avec effarement la main de Valerie : le pansement avait tout juste deux centimètres et demi de long. Elle ne pouvait pas s'être fait grand mal.

« Vous croyez vraiment que cela va affecter votre jeu, Valerie ? » demanda-t-elle. Valerie la regarda, l'air froissé.

« Oh non, je ne pense pas que cela change grand-chose. Du moins, si j'essaie d'éviter de jouer en revers...

– Très bien, clama Caroline en allumant une cigarette. Dans ce cas, pas de handicap, nous sommes d'accord ? Alors, allons-y, commençons ! » Elle entraîna Valerie sur le sentier qui menait de la terrasse au court de tennis, en gratifiant Don d'un coup d'œil méprisant. Les autres lui emboîtèrent le pas docilement. Le sentier descendait en pente douce jusqu'au court, entouré de haies, avec une pelouse aménagée pour les spectateurs. C'était un court en gazon, en parfait état, et Annie contempla avec plaisir la douceur engageante de cette verdure.

« Formidable ! » dit-elle. Patrick se tourna vers elle et lui sourit.

« Pas mal, hein ?

– J'ai toujours dit que ce court était excellent, lança Don. Vous connaissez l'histoire de l'Américain à Wimbledon ? Il demande au gardien comment on fait pour avoir un court en si bon état. "C'est très simple, dit le gardien. Il suffit de passer le rouleau et d'arroser, de passer le rouleau et d'arroser... pendant une centaine d'années." » Don regarda autour de lui d'un air satisfait. « Rien de tel qu'un bon court de gazon anglais ! Encore que je ne sois guère habitué à jouer sur herbe, bien sûr. Trop rapide, vous comprenez.

42

– Gènèralement, papa et moi, on joue sur du quick, intervint Valerie. Sur gazon, ça n'est pas du tout la même chose.

– Il va falloir nous laisser le temps de nous habituer, s'excusa Don en s'adressant à Caroline avec bonne humeur. Vous allez sans doute nous écraser au début.

– J'espère bien », acquiesça Caroline d'un ton d'ennui. Patrick lui décocha un regard ponctué d'un petit rire.

« Cela m'étonnerait beaucoup. Vous m'avez l'air de joueurs très assidus. Tandis que nous, nous ne jouons presque jamais.

– Oh, mais attention à ceux qui prétendent ne jamais toucher une raquette ! répliqua Don d'un air entendu. Ne t'y fie pas, Val ! »

Quand le père et la fille entrèrent sur le court tandis qu'Annie et Stephen s'asseyaient sur le côté en spectateurs, Caroline fit signe à Patrick.

« J'aimerais bien savoir ce qui t'a pris d'inviter Don », dit-elle d'une voix suave. Patrick prit un air gêné.

« Il n'est pas si terrible que ça, en fait, répliqua-t-il. Je ne croyais pas qu'il allait prendre les choses tellement au sérieux. Et puis, ajouta-t-il comme pour s'excuser, Don est un de mes bons clients. Il n'est pas mauvais de lui faire quelques amabilités.

– Ah ! J'aurais dû me douter qu'il y avait anguille sous roche. C'est sans doute pour la même raison que tu as invité les Mobyn, lança-t-elle avec un coup d'œil oblique. Eux aussi sont de bons clients. » Patrick haussa les épaules en regardant ailleurs. « Mais enfin, Patrick, on est censés passer un week-end entre amis ! Il ne s'agit pas d'une réception pour les clients de ta société. » Elle tira sur sa cigarette avec rage. Il la fusilla du regard.

« N'oublie pas, lui dit-il dans un sifflement, que c'est grâce à des gens comme Don que tu peux t'offrir tout cela, ta raquette neuve, ta nouvelle coiffure, ces cigarettes de frime. Sans parler de la maison, de la voiture, et du poney... » Il s'arrêta net quand il vit Don approcher.

« Alors, on met sa tactique au point ? dit ce dernier d'un ton jovial. En tout cas, ne profitez pas de la situation, rappelez-vous que Valerie a la main blessée.

– Ah pitié ! maugréa Caroline.

– Bien sûr, répondit Patrick tout fort, en évitant le regard de sa femme. Allez viens, chérie, qu'on les fasse souffrir un peu. » Il adressa un large sourire à Don, qui gloussa d'un air satisfait. Caroline écrasa sa cigarette en roulant les yeux.

Dès qu'ils commencèrent à échanger des balles à quatre, il apparut clairement que Don et Valerie étaient des joueurs chevronnés. Valerie, d'un geste assuré, envoyait des balles dures à Patrick, tandis que Don gratifiait habilement Caroline de balles coupées. Celle-ci se précipitait pour les frapper à toute volée, mais, écœurée, elle les voyait partir dans une autre direction sans pouvoir les toucher.

« Ces balles ne rebondissent pas normalement, finit-elle par déclarer. Je suis sûre qu'on n'a pas le droit de faire ça.

– Ça s'appelle des balles liftées, lui dit Patrick. Et c'est parfaitement réglementaire.

– Eh bien, c'est sacrément emmerdant, dit Caroline en lui jetant un regard furieux.

– C'est un effet de raquette, voyez-vous, intervint Don. C'est très simple.

– Oui, ben, je vous prierais d'arrêter, décréta fermement Caroline. Ça me déstabilise. »

Don et Valerie la regardèrent, effarés. Patrick s'empressa de leur dire en souriant : « Sur le court, Caroline a un sens de l'humour très particulier. Il ne faut surtout pas la prendre au sérieux. »

Le sort désigna Don et Valerie pour le service. Patrick attendait en plissant les yeux tandis que Don faisait rebondir la balle deux fois et armait son service avec une torsion du corps, refermant son mouvement pour frapper avec tout son savoir-faire, et la balle passa par-dessus le filet. Patrick se précipita en avant et l'envoya dehors.

« Pas de chance, Patrick. Joli service, papa », clama

Valerie. Elle était au filet et elle sautillait, prête, manifestement, à liquider toutes les balles qui arriveraient de son côté.

« Complètement merdique, Patrick ! » s'écria Caroline tout fort. Annie, qui était assise sur le talus, se mit à rire doucement.

« Regarde la tête de Valerie », dit-elle tout bas à Stephen.

Stupéfaite et horrifiée, Valerie regardait Caroline se diriger nonchalamment vers le fond du court. Elle se retourna pour échanger un regard avec son père, mais celui-ci n'avait pas entendu la réflexion de Caroline et s'apprêtait à servir de nouveau. Il fit rebondir la balle deux fois, la lança en l'air et frappa de façon que Caroline la rattrape en coup droit. Celle-ci prépara sa raquette et renvoya la balle en plein sur Valerie.

« Aïe ! cria Valerie en se tenant l'épaule.

– Pardon, dit Caroline d'une voix traînante. J'essayais de passer au-dessus de vous. Ça fait quinze partout, je crois. »

Stephen croisa le regard d'Annie et s'étouffa de rire.

« C'est impayable, dit-il en se levant avec le verre vide de sa femme à la main. Je vais nous rechercher quelque chose à boire. Tu me raconteras ce qui s'est passé en mon absence. » Annie acquiesça d'un signe de tête et s'allongea sur le gazon, sentant avec délice la fraîcheur des brins d'herbe contre ses bras nus. Elle ferma les yeux et écouta le bruit irrégulier des balles contre les raquettes. Clac, clac, clac. « Dehors ! » « Bon Dieu de merde ! » « 30-15. » Et puis le silence. Et de nouveau clac, et clac et clac.

Elle était calme, heureuse, légèrement engourdie par l'alcool – elle éprouvait une sensation de plénitude presque parfaite. Soudain, elle repensa aux après-midi d'été, du temps où elle était à l'école : allongée près des courts de tennis, elle écoutait rêveusement le bruit des joueurs, n'ayant alors d'autres soucis que de faire ses devoirs, d'aller à la chorale et de se demander ce qu'on allait servir au dîner. Et, pourtant, elle devait bien admettre que

45

certaines choses lui avaient causé plus de tourment qu'il n'y paraissait maintenant. La biologie renforcée lui gâchait la semaine, bien plus qu'aucune des obligations auxquelles elle avait à faire face à présent. Mais, tout de même, à cette époque-là, se disait-elle rétrospectivement, elle avait la partie facile. Sa vie d'alors était bien réglée, équilibrée, inscrite dans un cadre précis établi par d'autres. Dans un monde scolaire d'emplois du temps bien construits, que dirait-on de sa vie actuelle ? Qu'elle manquait d'efficacité, de calme et d'équilibre ? Ou bien sa propre existence n'avait-elle plus d'importance ? En tant que mère, son rôle était peut-être simplement de veiller à ce que la vie de ses enfants soit aussi bien réglée que l'avait été la sienne.

Quand la pensée des enfants lui traversa l'esprit, elle fut transpercée, comme chaque fois qu'elle ne les avait pas devant les yeux, par un coup de poignard, la crainte irrationnelle qu'ils soient en danger, exposés à un mal quelconque, à la mort – et cela par sa propre faute, à cause de son irresponsabilité. Mais, cette fois-ci, c'était un coup au cœur très peu violent, une angoisse ténue. Ils étaient avec Georgina, une enfant raisonnable. Stephen était remonté à la maison et entendrait leurs cris s'ils étaient en détresse. Gagnée par une douce indolence, elle n'arrivait pas à s'inquiéter vraiment. Elle se sentait sombrer lentement dans l'inconscience. Devait-elle faire l'effort de suivre la partie de tennis ? Ou pouvait-elle se permettre de glisser dans le sommeil ?

Elle eut l'impression de n'avoir sombré qu'un instant quand Stephen la réveilla en lui posant un glaçon sur le front.

« Ah, chameau, cria-t-elle et, en ouvrant les yeux, elle vit à l'envers le visage hilare de son mari.

– Valerie devrait avoir droit à un autre service, je trouve », dit une voix sur le court. Elle tourna la tête et vit Don qui la regardait d'un air désapprobateur. « C'est un point important, ajouta-t-il sur un ton qui en disait long.

– Quel est le score ? demanda gaiement Stephen.

– 3 partout au tie-break, répondit Don. Recommence, Val, dit-il en se retournant vers elle.

– Je t'avais recommandé de faire attention et de me raconter ce qui se passerait, se plaignit mollement Stephen en s'asseyant à côté d'Annie. Apparemment, j'ai raté le plus intéressant.

– Il ne fallait pas partir si longtemps.

– J'ai mis une bonne demi-heure pour trouver la cuisine. Et une autre demi-heure pour trouver les glaçons. Mais je savais que Madame ne voudrait pas d'un Pimm's tiède.

– Très juste », reconnut Annie. Et elle avala plusieurs grandes gorgées de son breuvage ambré. « Ah, c'est fameux !

– Pas mauvais, hein ? Au fait, le tie-break, comment ça fonctionne ?

– 3-6, annonça Don.

– Encore un point pour Don et Valerie, et ils ont gagné, dit Annie. C'est le moment ou jamais de regarder. »

Patrick se préparait à servir. Sa première balle arriva dans le filet.

« Faute ! » s'écrièrent Don et Valerie à l'unisson.

Patrick lança sa seconde balle, qui passa en douceur au-dessus du filet et atterrit juste dans le carré de service.

« Faute de pied », annonça Don. Valerie, qui courait déjà pour renvoyer la balle, s'arrêta net.

« C'est vrai ? demanda-t-elle, tout essoufflée.

– Faute de pied ? dit Caroline d'un ton incrédule.

– Oui, oui, répliqua Don. Vous aviez le pied sur la ligne, je l'ai bien vu. Si vous ne me croyez pas, on peut rejouer le point, proposa-t-il en faisant mine de consulter Valerie.

– Non, dit Patrick en essayant de prendre une voix aimable. Vous avez sûrement raison. Ce qui donne...

– Set et match pour nous, s'empressa de conclure Valerie.

– Voilà une fin de partie passionnante », lança Caroline d'un ton sarcastique. Patrick la foudroya du regard.

« Il y a vraiment eu faute de pied ? demanda tranquillement Annie.

– Qui sait ? D'ici, je ne peux pas voir, lui répondit Stephen en haussant les épaules.

– Je n'ai pas l'impression que Don voie grand-chose non plus », dit-elle avec un regard entendu. Ils se retournèrent tous deux et le virent serrer la main de ses adversaires, l'air radieux. Il semblait parfaitement content de lui.

« Après tout, si ça lui fait tellement plaisir...

– Certes, mais ça n'est pas juste, dit Annie. On ne devrait pas obtenir ce que l'on veut juste parce que ça vous fait plaisir.

– Tu trouves ? Et pourquoi pas ? »

Annie réfléchit un instant et ouvrit la bouche pour répondre, mais elle en fut empêchée par l'arrivée de Don et de Patrick, qui approchaient à grandes enjambées.

« Bravo, leur dit-elle avec chaleur. La partie a été serrée.

– Oui, c'est vrai, approuva Don. On a eu quelques beaux échanges.

– Surtout le dernier. Quel coup fumant ! » commenta Caroline par-derrière.

Annie baissa les yeux en réprimant son rire.

« C'est à qui maintenant ? demanda-t-elle en hâte. C'est à nous ?

– Oui, vous jouez contre Charles et Cressida, dit Patrick. Quand ils seront arrivés.

– Eh bien, si on allait s'entraîner un peu », proposa Annie à Stephen.

Elle l'emmena sur le court et ils se mirent à échanger des balles. Les autres les regardèrent quelques instants. Manifestement, Annie avait le niveau honnête d'une écolière bien entraînée. Quant à Stephen, c'est à peine s'il arrivait à faire passer une balle par-dessus le filet.

Il ne cessait de s'excuser. « Ah, bon sang ! Pardon. Regarde-moi ça ! »

Caroline voyait les traits de Don se détendre à ce spectacle. Rien à craindre de ces deux-là, se disait-il. Valerie et lui n'auraient aucun mal à les éliminer. Soudain, Caroline lui voua une haine intense.

« Chérie, je vais remonter à la maison, lui dit Patrick d'une voix suave en la rejoignant. J'ai quelques petites choses à vérifier, et comme ça je serai sur place si les Mobyn arrivent. Entendu ?

– Si tu veux », répondit Caroline en allumant une cigarette, la mine renfrognée. Elle se demandait comment elle avait pu se réjouir à l'idée de ce foutu week-end.

« Tu as vraiment très bien joué, ajouta Patrick encore plus tendrement.

– Va dire cela à ton ami Don », répliqua Caroline en lui envoyant une bouffée de fumée en plein visage. Patrick haussa les épaules d'un geste résigné.

« Ah, je sais. Ne m'en parle pas. »

Avec un mélange de déplaisir et de démission, Caroline regarda la silhouette courtaude de son mari disparaître en haut du sentier. Puis elle se tourna vers le court. Stephen s'apprêtait à servir. Il lança la balle beaucoup trop haut, en balançant maladroitement derrière lui sa vieille raquette de bois, et la balle vola de l'autre côté de la haie.

« Zut ! Je ferais bien d'aller la rechercher », dit-il.

Caroline ferma les yeux. Quelle équipe, ces trois hommes ! Son fichu Patrick, ce Don détestable, et ce Stephen, qui, avec son vieux short et ses jambes maigrelettes, jouait absolument comme un pied. Elle l'avait toujours trouvé un peu bizarre – et maintenant, regardez-moi ça, il n'était même pas capable de tenir une raquette, et encore moins de gagner assez d'argent pour offrir des vêtements convenables à sa femme. Elle se demandait comment Annie pouvait être encore aussi heureuse avec ce minable constamment accroché à ses basques. Puis elle pensa à Patrick, et elle se demanda comment elle-même arrivait à garder si bon moral.

3

Patrick était dans son bureau quand la Bentley des Mobyn s'engagea dans l'allée. Il jeta un coup d'œil par la fenêtre lorsqu'il entendit le bourdonnement discret du moteur, et il admira les lignes arrondies et distinguées du véhicule avec un mélange d'envie, d'amertume et de sourde excitation. La voiture s'arrêta, et il aperçut une tête blonde qui semblait hésiter quant à l'endroit où se garer. Normalement, il aurait dû immédiatement taper sur la vitre de son bureau et crier bonjour de loin à ses invités avant de sortir bien vite pour accueillir toute la famille. Mais il ne bougea pas de sa place. Il n'était pas encore prêt à affronter Charles.

Caroline parut à l'angle de la maison avec un plateau chargé de boissons. Elle cria quelque chose à Charles, qui coupa aussitôt le moteur. La portière s'ouvrit, et il descendit en étirant les jambes, examinant les lieux en connaisseur. Après quoi, la gouvernante des enfants, une petite boulotte d'une vingtaine d'années à peine, sortit de l'arrière de la voiture. Elle en tira un grand fourre-tout informe qu'elle posa sur le sol, puis elle replongea à l'intérieur pour extraire les jumeaux – deux bambins blonds identiques, qui partirent dans des directions opposées dès qu'ils eurent posé pied à terre. La dernière à paraître fut Cressida. Jambes longues, pantalon beige impeccable, cheveux blond pâle, lisses, coupés au carré, visage impassible, sans une ride. Elle salua Caroline avec un sourire fade, l'embrassant sans chaleur sur les deux joues.

Patrick ne put s'empêcher de comparer les deux femmes tandis qu'elles échangeaient quelques mots. Toutes deux étaient des blondes aux yeux bleus, en pleine santé, toutes deux portaient des vêtements coûteux. Caroline était à peine plus bronzée que Cressida, elle avait les cheveux un peu plus brillants, elle était un peu plus fardée, et elle parlait nettement plus fort. A côté de l'élégance discrète de Cressida, son eye-liner bleu et ses bracelets en or semblaient un peu outranciers. Soudain, elle éclata de rire, et Patrick vit Cressida lui sourire poliment d'un air un peu perplexe. Charles la regardait, amusé. Qu'avait-elle bien pu leur dire ? Subitement, il éprouva pour sa femme une bouffée de tendresse ardente. Ils étaient vraiment faits de la même étoffe tous les deux – quelque chose de plus fort, de plus rude, de plus corsé que toutes les Cressida de la terre.

Son regard se posa sur les documents étalés sur son bureau. Ils lui renvoyèrent les chiffres de ses résultats de l'année. Objectivement, il avait bien travaillé. Nom d'une pipe, il avait vendu ces foutus plans d'investissement tous azimuts pratiquement. Il arrivait à un total supérieur de vingt pour cent à celui de l'an dernier. Mais, naturellement, ces salauds, ça ne leur suffisait encore pas. L'année dernière, il avait atteint tous ses objectifs – alors, cette année, ils avaient relevé la barre. Il sortit le tableau des primes de la société. Le chiffre de la prime la plus élevée – cent mille livres – rutilait de façon alléchante en tête de la feuille. Mais, pour décrocher cette prime, il lui restait fort à faire. Il arrivait en fin d'exercice dans une semaine, et il lui fallait encore quatre-vingt mille livres. Pour être sûr d'obtenir cette prime de cent mille, cela aurait presque valu la peine qu'il investisse lui-même les quatre-vingt mille qui manquaient. Seulement, il ne disposait pas d'un tel capital. Et jamais il n'aurait voulu acheter les plans d'investissement qu'il était chargé de vendre.

Ce qu'il lui fallait, c'était trouver quelqu'un qui, dans la semaine à venir, investisse d'un coup un capital de quatre-vingt mille livres. Il regarda de nouveau par la fenêtre. Charles amenait un des jumeaux à Caroline pour un petit baiser. Il riait, il semblait détendu – et il avait tout lieu de l'être, se dit Patrick. On était bien loin du temps de Seymour Road, où Charles et Ella mangeaient des spaghetti tous les soirs et parcouraient l'Europe sac au dos quand ils en avaient les moyens. A l'époque, c'est Patrick qui avait aidé Charles à s'en sortir grâce à un prêt – pas très important, c'est vrai – alors que la galerie était au bord de la faillite. Et c'était Charles qui se moquait de Patrick quand celui-ci parlait d'argent, lui conseillant de ne pas prendre tout cela trop au sérieux, d'être plus détendu, et de venir fumer un peu d'herbe avec Ella et lui.

Et voici qu'à présent il roulait en Bentley et portait un blazer bleu marine. Il n'avait plus besoin de l'aide de personne, et surtout pas de celle de Patrick. Cressida avait remboursé le prêt intégralement aussitôt après avoir épousé Charles. Ou même peut-être un peu avant. Manifestement, elle exécrait l'idée que Charles pût devoir de l'argent à quiconque. Mais Patrick considérait que Charles lui devait bien encore une faveur.

Quand Caroline les emmena pour leur montrer leur chambre, Charles observa les lieux, impressionné par ce qu'il voyait. Patrick leur avait parlé de sa nouvelle demeure, bien sûr, mais Charles n'avait pas imaginé quelque chose d'aussi somptueux. Cela lui rappelait les James Bond des années 70. Pas du tout son style, ni celui de Cressida, évidemment – il la vit esquisser un mouvement de recul quand ils passèrent devant un bar aménagé –, mais tout était très luxueux et, à n'en pas douter, très onéreux.

Encore que, bien entendu, dans cette campagne, l'immobilier était forcément bon marché en comparaison du centre de Silchester, où ils vivaient eux-mêmes. Pour avoir une maison comme celle qu'ils habitaient, Cressida et lui, sur la place de la cathédrale, avec un jardin, il fallait être prêt à payer des sommes énormes. Malgré cela, Charles se mit à éprouver une amertume étrange en parcourant les couloirs frais, en apercevant au loin par la fenêtre ce qui lui sembla être une écurie. Depuis son mariage avec Cressida, il s'était habitué à une certaine idée de lui-même, celle de quelqu'un qui a réussi et que l'on envie, et il avait délibérément évité de faire étalage de sa bonne fortune auprès de ses amis.

Si jamais il avait accordé quelque attention à Patrick et à sa carrière, c'était pour s'étonner, lui, Charles Mobyn, de compter un vulgaire courtier au nombre de ses amis, des amis qui incluaient désormais les personnages les plus talentueux, les plus marquants et les plus en vue de la bonne société britannique. Il savait que Patrick gagnait beaucoup d'argent, naturellement, mais il ne lui était jamais venu à l'esprit que l'argent d'un vulgaire agent financier fût convertible en quelque chose qu'il pût convoiter, lui, Charles. Pourtant, à constater le confort évident dans lequel Patrick et Caroline vivaient là, Charles ne put s'empêcher de faire une comparaison brève et déloyale avec leur propre maison près de la cathédrale, une maison classée, datant du XVIIIe siècle, certes, mais terriblement sombre, pleine de courants d'air, et d'un entretien très coûteux.

La suite réservée aux amis de marque était une symphonie en rose, depuis la tête de lit, en forme de coquillage, jusqu'aux mouchoirs en papier posés sur la coiffeuse.

« J'espère que vous avez tout ce qu'il vous faut, dit Caroline. Si vous voulez un Jacuzzi, vous appuyez sur les commandes murales.

— Merci beaucoup, murmura Cressida d'un ton glacial.

— Bien, alors, à tout à l'heure. Je vous attends en bas. »

La porte se referma. Charles et Cressida se regardèrent. Cressida tâta délicatement le dessus-de-lit.

« Du satin. Les draps aussi sont en satin, dit-elle en glissant la main par-dessous. Affreux. Je ne vais pas pouvoir dormir.

– Ça dépend, dit Charles. Ça peut avoir un certain charme. Et un Jacuzzi ! »

Cressida soupira et laissa tomber son sac par terre avec un air de patiente résignation.

« Il faut que j'aille voir si tout se passe bien pour les enfants.

– Je suis sûr que tout va bien », commença Charles. Mais elle avait déjà disparu. Il jeta son sac sur le lit et s'empressa de se mettre en tenue de tennis.

Quand elle revint, il était prêt.

« Bénédiction ! Ils ont des draps en coton imprimé, dit-elle. Avec les dessins de *Mon petit poney*, on pouvait s'en douter.

– Impayable ! Il faut que j'aille voir ça. Et Martina ?

– Elle trouve tout cela ravissant. Elle a une couette satinée bleue bordée de dentelle en polyester. » Charles sourit. Martina, leur bonne d'enfants, avait passé sa jeunesse dans une petite niche douillette de la banlieue de Bonn, et elle avait du mal à s'adapter à la maison des Mobyn. Elle avait traîné misérablement tout l'hiver avec des jambières et des mitaines, et il y avait eu cette séance mémorable où, ne se méfiant pas, elle était entrée dans une baignoire remplie d'eau glacée. On avait appris à cette occasion qu'en Allemagne – l'Allemagne de Martina du moins – la plomberie fonctionnait toujours parfaitement.

« Ah, au fait, ajouta Cressida en brandissant un paquet de lettres. Elle a pris le courrier en quittant la maison et elle a oublié de nous le remettre.

– Je croyais qu'on partait en week-end précisément pour échapper à tout cela, dit-il en faisant la grimace.

– Tu appelles ça "partir en week-end" ? fit-elle avec

54

mépris. Ça n'est pas tout à fait comme lorsque nous descendons chez les Blake. »

Les Blake avaient un château dans le Devon et ils donnaient justement une partie de campagne ce week-end-là. Cressida avait essayé de persuader Charles de laisser tomber le tournoi de tennis chez les Chance et d'aller dans le Devon, mais il était resté inébranlable, ce qui avait presque suscité une vraie dispute entre eux. Il la regarda d'un air las.

« Franchement, Cressida, nous sommes allés chez les Blake des centaines de fois. Et nous ne sommes jamais venus ici. Ce sont mes amis, tu comprends.

— Oui, je sais.

— Cela me ferait plaisir de sentir que ce sont aussi les tiens.

— Je crois que ça ne risque guère d'arriver.

— Et pourquoi pas ? Tu ne peux pas faire un effort, au moins ? demanda-t-il, furieux.

— Ah, franchement, Charles ! Je n'ai vraiment rien de commun avec eux.

— Si, moi. Ça ne suffit pas ? Je descends dans le jardin. Il fait trop chaud ici », dit-il en prenant sa raquette.

Dans le couloir, il vit Martina et les jumeaux qui sortaient de leur chambre.

« Alors ! dit-il gaiement. Tout va bien ?

— Tout va bien. C'est une maison très agréable. Très grande, très belle, dit Martina avec des gestes admiratifs.

— Oui, sans doute, d'une certaine manière. Ça va, les enfants ? Ah là là ! » s'écria Charles en s'apercevant soudain que les jumeaux s'étaient faufilés vers une niche près de la fenêtre. Ben portait déjà à sa bouche un éléphant en verre et James tirait sur un rideau de couleur claire avec des doigts pleins de chocolat.

« Madame Chance, elle a donné aux enfants des petits gâteaux au chocolat, dit Martina pour s'excuser, en attrapant les mains de James pour les essuyer avec un mouchoir en papier. J'ai essayé d'expliquer que Madame Mobyn ne voulait pas qu'ils mangent de chocolat, mais elle leur a donné quand même.

– Ne vous en faites pas », dit Charles en reprenant l'éléphant à Ben, qui fit la grimace et tendit les mains vers son père d'un air suppliant. « Non, Ben, c'est dangereux. Faisons sortir ces monstres de la maison.

– Madame Chance a dit qu'on devrait aller voir le cheval, dit Martina d'une voix hésitante.

– Excellente idée. Tu veux aller voir le cheval ? demanda Charles à Ben, qui essaya de reprendre l'éléphant. On va voir le dada ? » reprit-il d'un ton encourageant, en remettant soigneusement l'objet à sa place et en emmenant Ben à l'autre bout du couloir. « On va voir le dada ?

– Le dada, on va voir le dada », répéta Martina en prenant James dans ses bras.

« Ce n'est pas un dada, dit Georgina d'un ton tranchant. C'est un poney.

– Oui bien sûr », convint Charles aussitôt. Ils étaient arrivés au moment où Georgina menait Arabia par la bride tout autour de l'enclos tandis que Nicola montait la bête à califourchon en se cramponnant maladroitement aux rênes, rayonnante de joie. Toby était paisiblement assis sur la palissade et regardait, très calmement, avec un sourire radieux. Quand Georgina les vit approcher, elle fit demi-tour et amena Arabia près de la palissade.

« Vous ne trouvez pas qu'elle est superbe ? dit-elle fièrement en enfouissant son visage dans la crinière de son poney. Que tu es belle ! murmura-t-elle.

– Georgina m'apprend à monter, dit Nicola. Je sais déjà aller au pas.

– Très bien ! applaudit Charles en soulevant Ben pour lui faire voir.

– Regarde, Ben ! Regarde le beau chev... euh, le beau poney ! » Martina restait timidement en arrière et lorgnait Arabia d'un air méfiant. « Amenez donc James pour qu'il la voie de près », dit Charles. Il se retourna. « Qu'est-ce qui ne va pas, Martina ? Vous n'aimez pas les chevaux ? » Martina fit craintivement un ou deux pas en avant, puis elle recula quand Arabia releva la tête en hennissant. Ben leva vers Charles de grands yeux étonnés.

« Allez, dit Georgina, impatiente. On refait le tour, et au trot cette fois. Tu ferais bien de mettre une bombe. »

Charles regardait avec compassion Nicola se débattre avec la jugulaire de la bombe. Sa pauvre main droite avait bien du mal à suivre la gauche et, à plusieurs reprises, elle grommela de dépit quand la sangle glissa de la boucle. Georgina attendait sans rien laisser paraître, sans presser Nicola et sans proposer de l'aider non plus. Au début, Martina se récria en voyant Nicola porter à son menton une main hésitante en un geste saccadé, mais Charles la fit taire d'un regard.

« Bon, on y va ! » dit Georgina quand Nicola eut enfin réussi à attacher la jugulaire. Elle tira doucement sur les rênes, se retourna, et commença à faire le tour de l'enclos, accélérant progressivement l'allure, puis se mettant à courir.

« Tiens bon ! cria-t-elle à Nicola. Suis le mouvement quand elle commencera à trotter. »

C'était un spectacle étonnamment émouvant. Georgina faisait le tour de l'enclos au pas de course, ses cheveux flottant derrière elle au soleil, et Nicola, sur la croupe du poney, décollait et se rasseyait, le visage empreint de joie et de terreur mêlées. Charles regarda discrètement les jumeaux. Tous deux contemplaient la scène avec ravissement.

Finalement, Georgina ramena Arabia vers la palissade.

« Tu as envie de faire un tour, Toby ? Pas tout seul, mais assis devant moi, si tu veux », dit-elle. Toby ricana et fit non de la tête.

« Ces deux-là sont trop petits, je suppose, dit Charles en montrant les jumeaux.

– Un peu, oui. Ils ne tiendraient sans doute même pas assis, ils tomberaient tout de suite.

– J'aimerais beaucoup qu'ils apprennent à monter. Quand ils seront un peu plus grands, peut-être.

– Vous n'auriez pas besoin d'acheter deux poneys. S'ils continuent à être de la même taille, ils pourraient monter le même.

– Oui, sans doute. Ce sont des bêtes qui coûtent très cher.

– Et alors ? rétorqua Georgina, avec un aplomb troublant. Vous devez pouvoir vous offrir ça, maintenant que vous êtes si riche. »

Pendant que Cressida défaisait son bagage, en prenant bien soin de secouer ses vêtements pour les défroisser, comme on lui avait appris à le faire à l'école, des marques de contrariété se creusèrent sur son front. Charles lui en voulait d'être si dure envers ses amis – peut-être en effet avait-elle été un peu brutale – mais que pouvait-elle dire ? Il devait bien voir qu'elle ne pourrait jamais sympathiser avec un vulgaire courtier, un parvenu, ni avec son épouse tellement ordinaire.

Il ne lui était pas venu à l'esprit que son propre père avait été lui aussi à sa façon une sorte de courtier. Pour elle, le propriétaire d'une grande usine n'avait rien de commun avec un homme sans éducation comme Patrick – il ne s'était même pas donné la peine de venir accueillir ses invités, avait-elle remarqué. De plus, c'était surtout à son aristocrate de mère, Antonia Astley, qu'elle s'identifiait. Celle-ci s'était toujours gardée de la moindre familiarité avec les épouses des collègues de son mari. « Considère-toi, avait-elle dit un jour à Cressida, comme un don précieux qui ne doit pas être galvaudé par le premier venu. » Bien sûr, Cressida comprenait maintenant que sa mère avait voulu parler de liaisons avec des hommes, mais, en fait, c'était un principe utile pour les relations d'amitié en général.

Malheureusement, les Chance n'étaient pas des gens avec qui les rapports d'amitié s'établissaient petit à petit – ils semblaient au contraire traiter avec une égale familiarité toutes les connaissances qu'il leur arrivait de faire. Cressida était allergique aux baisers, aux blagues, aux allusions et aux plaisanteries qui étaient de mise lors de ces réunions. Caroline, surtout, était le genre de femme qui affichait avec vous un degré d'intimité qu'elle-même était loin de partager, et elle l'imaginait parfaitement capable de lui poser des questions sur des affaires privées, et même d'y faire allusion ensuite en présence d'inconnus. Il était plus prudent, se disait Cressida, de garder ses distances dès le départ, avant que la situation ne devienne incontrôlable.

Elle se souvenait d'une femme dont elle avait fait la connaissance en vacances, la fois où elle occupait l'appartement d'un ami à Menton. Cette femme n'avait pas été désagréable comme compagne de plage. Elles avaient échangé des crèmes solaires, des magazines et des livres. Mais, peu à peu, elle s'était mise à parler de sujets que Cressida abordait rarement avec qui que ce soit, et à plus forte raison avec des inconnues. L'insistance de cette femme n'avait fait que croître, elle avait commencé par se moquer de Cressida, et finalement, vexée, elle l'avait traitée d'idiote et de bêcheuse. Les choses s'étaient encore gâtées quand il s'était avéré que la dame en question était assez amie avec George Wallace, dont Cressida occupait l'appartement.

Elle s'assombrit. Le souvenir de cet épisode lui causait un malaise. Puis elle commença à se mettre en tenue de tennis. L'amitié que Charles portait aux Chance l'agaçait, et pas seulement parce qu'ils n'étaient pas de son monde. C'était aussi parce que les Chance – comme sans doute presque tous ceux qui étaient là aujourd'hui – faisaient partie de cette période de la vie de Charles à laquelle Cressida préférait ne pas penser, la période qui avait précédé leur rencontre, et pendant laquelle il vivait à Seymour Road avec cette femme (jamais elle ne formulait le nom d'Ella, même en pensée). Bien sûr, à présent, on se rendait bien compte qu'elle ne lui aurait rien apporté de bon. Mais malgré tout, parfois, Cressida avait l'impression que tout ce groupe de Seymour Road trouvait dommage qu'il l'ait quittée. Au mariage, ils avaient manifesté une certaine hostilité.

Depuis, ils s'étaient arrangés pour ne revoir aucun d'entre eux, sauf à les rencontrer par hasard dans Silchester, et Cressida pensait en avoir fini avec eux. Mais voilà qu'après des mois de silence Patrick et Caroline leur avaient lancé cette invitation et avaient insisté pour qu'ils participent à ce tournoi de tennis.

Elle acheva de se boutonner, se brossa les cheveux avec soin, et se regarda dans la glace. Elle avait les jambes parfaitement épilées à la cire, les cheveux bien coupés, et le visage discrètement fardé. Mais il ne lui vint pas à l'esprit de se contempler avec satisfaction ni d'essayer d'imaginer l'effet qu'elle allait produire sur le court. Elle se tourna un instant pour vérifier que sa jupe tombait bien dans le dos. Puis elle consacra son attention aux lettres qui étaient restées sur le lit, se disant qu'elle devrait peut-être les parcourir rapidement. Cela ferait plaisir à Charles. Il se plaignait toujours qu'elle ne décachetait que les lettres dont elle reconnaissait l'écriture sur l'enveloppe.

Mais elle fut distraite par un cri venant de l'extérieur. Elle alla jusqu'à la fenêtre et vit Charles, les yeux levés vers elle. Il avait un large sourire et, apparemment, il avait couru.

« Viens vite, Cress ! lui cria-t-il. Il fait merveilleusement bon dehors ! » Elle poussa un petit soupir de soulagement. Il n'était plus en colère.

« Oui, j'arrive ! » répondit-elle. Et, sans plus penser à ouvrir le courrier, elle s'empressa de sortir de la chambre.

En arrivant près du court de tennis, ils trouvèrent Annie et Stephen en train de faire des balles. Caroline, allongée dans une chaise longue, fumait une cigarette et applaudissait. Quant à Patrick, il était invisible.

« On est un peu rouillés, il faut l'avouer, dit Stephen.

– Parle pour toi, répliqua Annie en sortant du court. Quel plaisir de te voir, dit-elle à Charles en l'embrassant.

– Bonjour Cressida, dit Stephen. Comment allez-vous ?

– Quel joli nom ! clama Valerie. Je crois que je ne l'ai encore jamais entendu. Il est tiré d'un livre ? »

Cressida lui jeta un regard stupéfait.

« Charles, Cressida, dit Stephen en dissimulant un sourire, je vous présente Don et Valerie Roper.

– Enchantée, dit Cressida.

– Don habite notre village », annonça Caroline sans bouger de son siège, d'une voix enrouée par les cigarettes. L'idée semblait l'amuser et elle partit d'un rire un peu éméché.

« Heureux de faire votre connaissance, dit Don avec un petit signe de tête à Charles.

– Don et Valerie viennent de nous battre à plate couture, dit Caroline. Une partie palpitante, qui s'est terminée par une faute de pied.

– Oh là là ! » s'écria Valerie, qui se mit à rougir quand tous les regards se braquèrent sur elle.

Caroline s'était tournée dans sa chaise longue pour regarder Cressida.

« J'adore votre robe, déclara-t-elle. Où l'avez-vous trouvée ?

– Je l'ai fait faire, répondit Cressida en se forçant à sourire.

– J'aurais pu m'en douter, dit Caroline d'un ton un peu moqueur. Tu vois, Annie, tu trouves que j'ai de jolies choses, mais j'achète toujours du tout-fait. Je parie que ça a coûté les yeux de la tête, non ? » Cressida se crispa sur le manche de sa raquette et fit entendre un petit rire.

« Allons donc, combien ? Deux cents livres ? Trois cents ?

– Tant que ça, tu crois ? demanda Annie.

– Peut-être plus. Ou peut-être moins. Ça dépend à qui tu t'adresses, à un couturier ou à ta grand-mère ! s'esclaffa-t-elle. En fait, ajouta-t-elle, je crois que je n'aimerais pas tellement faire faire mes vêtements. Tout l'intérêt de s'acheter des toilettes, c'est d'aller les essayer dans les boutiques. Quand j'étais jeune, dit-elle en souriant à cette pensée, je passais toute la journée du samedi à essayer des fringues chez Biba et Mary Quant. C'était super. On se déshabillait et on essayait tout ce qu'il y avait dans la boutique. Une fois, je suis ressortie de chez Biba avec une tenue toute neuve !

– Mais c'est du vol ! s'écria Valerie, choquée.

– Pas du tout, rétorqua Caroline d'une voix cinglante. Je ne l'ai pas fait exprès. C'est juste que je ne me suis pas rappelé comment j'étais habillée en entrant. »

Charles s'était tourné vers Annie. « Je viens de voir Nicola faire du trot sur le poney de Georgina. Elle se débrouille très bien.

– Elle ne parle que de cela depuis quelques jours, dit Annie, toute souriante. Elle adore venir ici. Et Georgina est très gentille avec elle.

– Oui, j'ai remarqué. Elle est très bien, cette petite.

– Elles sont encore là-bas ? Je vais peut-être aller jeter un coup d'œil.

– Elles avaient presque fini. Georgina commençait à organiser un jeu auquel ils vont tous participer. Y compris les deux nôtres, dit-il à l'adresse de Cressida, et Martina aussi, c'est incroyable ! C'est la gouvernante, expliqua-t-il. Apparemment, Georgina en a fait son affaire.

– Je me demande à quoi ils peuvent bien jouer tous ensemble, dit Annie. Ils n'ont guère de points communs !

– Je ne veux pas le savoir, répliqua Charles en haussant les épaules. Qu'ils se débrouillent ! Ah, Patrick, enfin ! s'écria-t-il en levant les yeux et en souriant d'un air surpris.

Où étais-tu donc passé ? demanda-t-il en s'avançant vers lui pour lui serrer chaleureusement la main.

— Excuse-moi de ne pas avoir été là pour votre arrivée, dit Patrick. Ah, Cressida, vous voilà ! » Comme il s'approchait d'elle pour l'embrasser, il vit le visage ricanant de Caroline, et il regarda ailleurs. « Bien, alors, qui doit jouer à présent ?

— Annie et Stephen, dit Don. Contre Charles et Cressida, justement.

— Parfait, dit Charles. Viens, Cress, allons nous échauffer un peu. »

Sur le court, les Mobyn formaient un couple élégant, maîtrisant bien leur jeu l'un et l'autre, agiles et adroits. Cressida fit quelques services pour s'entraîner.

« Je vois que nous allons avoir fort à faire avec eux, dit Don à Valerie en se tournant vers elle. Regarde ses services liftés. Il va falloir t'en méfier. » Valerie considérait Cressida avec stupéfaction.

« Elle est vraiment forte, dit-elle.

— Son service à lui est plus puissant, mais sans doute plus facile à renvoyer. Plus franc, continua Don.

— Elle ressemble un peu à la princesse Diana », dit Valerie. Stephen regarda Annie en haussant les sourcils.

« Sait-on jamais, dit-il pour continuer sur le sujet. Elle lui est peut-être apparentée.

— Ah, vous croyez ? dit Valerie en se retournant.

— Je ne pense pas, intervint Annie d'un ton ferme en fusillant du regard son mari, qui ne se laissa pourtant pas démonter.

— Sa mère était l'honorable je-ne-sais-plus-comment, dit-il, l'air pensif. A moins que ce ne soit lady quelque chose. Le grand monde, en tout cas, ça je sais. Et j'ai entendu parler d'une vague parenté avec la famille royale, j'en suis sûr, ajouta-t-il avec un signe de tête entendu à l'adresse de Valerie, qui ouvrait des yeux ronds, tout émoustillée par ces propos.

— Ça alors !

« – Valerie, dit son père, regarde comment Cressida garde le filet. On va avoir du mal à la battre. Elle ne quitte pas la balle des yeux. »

Annie et Stephen allèrent rejoindre Charles et Cressida sur le court, et ils commencèrent à échanger des balles. Par égard pour les Fairweather, les Mobyn modifièrent un peu leur façon de jouer quand ils constatèrent le niveau de leurs adversaires. Malgré cela, les balles de Stephen arrivaient dans le filet environ une fois sur deux. Annie faisait un petit peu mieux, mais, après les quelques balles que Charles lui envoya à la volée, elle se tourna vers son mari, la mine consternée.

« Il joue tellement sec, dit-elle, que je ne vais pas pouvoir rattraper une seule balle.

– Ne t'en fais pas. L'important, c'est de participer.

– Peut-être, mais si on ne sait pas jouer ? »

Caroline observait Cressida d'un œil critique.

« Elle se croit à Wimbledon ou quoi ? lança-t-elle avec mépris.

– Qui cela ? Annie ? dit Patrick, feignant la surprise. L'idée ne m'aurait pas effleuré.

– Très drôle. Regarde-la donc, insista-t-elle en voyant Cressida faire un joli revers à la volée. Elle se prend carrément pour une pro.

– Elle a une technique remarquable. Nous pourrions tous en tirer des leçons. Où est passée Georgina ? demandat-il en cherchant la fillette du regard. Elle devrait venir voir.

– Va savoir ! Elle avait dit qu'elle voulait ramasser les balles, mais elle a déjà changé d'avis. »

« La pièce qu'on va monter, c'est *Les Trois Petits Cochons*, déclara Georgina d'un ton décidé. Pour la bonne raison qu'on connaît tous l'histoire, et que les petits vont pouvoir faire les cochons. Vous êtes d'accord ? demandat-elle aux jumeaux.

– Les petits cochons sont les personnages les plus importants, objecta Nicola.

– Pas du tout, répliqua Georgina. Le loup est plus important que les cochons.

– Qui va faire le loup ?

– Moi. »

Nicola se sentit gagnée par un sentiment familier de cuisante déception. Tout allait se passer ici comme partout ailleurs. Elle baissa les yeux en tenant sa mauvaise main, tandis qu'elle repensait aux pièces données à Noël, aux concerts de l'école, aux distributions de prix, aux propos interminables que l'on tenait à son sujet en s'imaginant qu'elle ne comprenait pas : « *Cette petite Fairweather – il va falloir la mettre au fond.* » « *La pauvre petite, on ne va pas pouvoir la laisser danser.* » « *Elle n'y arrive vraiment pas – on ne peut pas lui trouver autre chose ?* »

« Le personnage le plus important de tous, continua Georgina, c'est l'homme qui vend aux trois petits cochons la paille, les branchages et les briques.

– Comment ça ? » Nicola ne s'y retrouvait plus. Elle n'avait pas souvenir de l'existence d'un homme dans cette histoire. « Il est dans notre livre de lecture, ce personnage ?

– Je ne sais plus, avoua Georgina. Mais sûrement que oui. Ils n'ont pas pu trouver la paille et le reste comme ça sur la route, c'est évident. Et le loup ne les aurait pas mangés s'ils n'avaient pas acheté des trucs aussi idiots pour construire leur maison, tu ne crois pas ?

– Sauf les briques, dit Nicola, avec son esprit logique.

– Sauf les briques », approuva Georgina.

Nicola sentait monter en elle un vague espoir. Mais elle savait d'expérience que ces lueurs d'espoir étaient trompeuses. Elle baissa la tête de nouveau.

« Tu ne demandes pas qui va faire l'homme qui vend la paille et les branchages aux petits cochons ? s'indigna Georgina.

– Qui est-ce qui va faire l'homme qui vend la paille ? »

bredouilla Nicola. Il y eut un silence, et elle leva les yeux avec prudence.

« Toi, bien sûr, grosse bête ! » Nicola ébaucha un sourire, qui se transforma vite en un éclat de rire, un rire bruyant, qui épuisa tout son souffle et lui empourpra le visage. Instinctivement, Georgina se pencha vers elle et la prit dans ses bras. Martina, qui, jusque-là, observait la scène en silence, parut soudain céder à l'émotion et détourna les yeux.

« Regardez-la pleurnicher, cette nouille », dit Georgina. Elle se mit à glousser, et Nicola, dans un accès de nervosité, fut elle aussi secouée d'un rire presque hystérique. Toby, qui s'était éloigné, revint vers elles et se joignit à leurs rires, sur quoi Martina, dans un mouvement d'humeur, se racla la gorge et se leva.

« Vous ne pouvez pas nous laisser, lui dit Georgina. Il faut que vous vous occupiez des jumeaux.

— On devrait peut-être lui donner un rôle, dit Nicola fort raisonnablement. Elle pourrait faire la mère des petits cochons.

— D'accord, dit Georgina. Martina, vous voulez être la mère des petits cochons ? » lui cria-t-elle.

Martina lui jeta un regard furieux, marmonna quelque chose en allemand, reprit les jumeaux et s'en alla en direction de la maison d'un air digne.

« Je crois qu'elle n'a pas compris, dit Georgina en se mettant à rire. Elle a dû croire que je la prenais pour une truie. » Les trois enfants se laissèrent tomber sur le dos au soleil en se tordant de rire.

« Une truie ! » répéta Nicola dans un souffle, ce qui fit redoubler son hilarité.

Quand elle eut enfin ri tout son soûl, elle resta étendue sans bouger, laissant encore échapper un petit gloussement de temps à autre, et elle regarda le ciel en respirant le parfum mêlé de l'herbe et de la terre, et l'odeur d'Arabia sur ses vêtements.

« Je suis vraiment contente qu'on reste dormir ici,

dit-elle paresseusement. Si seulement on habitait ici tout le temps ! » Et puis elle regretta d'avoir dit cela. Georgina allait la trouver bébête. Elle lui jeta un regard en coulisse. Georgina était allongée sur le dos et regardait le ciel. Lentement, elle se tourna pour poser sur Nicola son regard bleu intense.

« Moi aussi, je suis contente », dit-elle.

4

On servit le déjeuner sur la terrasse. Vers la fin du match, Mme Finch, la femme de ménage de Caroline, se manifesta sans complexes en criant du haut du chemin : « Je suis là, madame Chance.

– Ah, madame Finch, bonjour, lui répondit Caroline sur le même registre en se tournant vers elle, de sorte que Cressida, déconcentrée, envoya pour la première fois sa balle de service dans le filet. Vous pouvez commencer à sortir tout ce qu'il faut pour le déjeuner ? Vous savez où sont les choses. Et puis, vous pourriez peut-être mettre un peu d'ordre. Désolée de l'interruption, lança-t-elle à Cressida qui attendait patiemment pour servir. Entendu comme ça, madame Finch ?

– Oui, d'accord. »

C'était donc là cette Mme Finch, se dit Annie en la regardant depuis le court. Elle n'avait rien de l'employée de maison aux joues rouges qu'elle s'était imaginée chaque fois que Caroline en parlait. C'était une femme mince, à l'air décidé, d'une bonne trentaine d'années, les cheveux bouclés teints en roux. Elle avait l'accent du lieu, mais la voix sèche et aiguë. A l'évidence, Caroline et elle n'entretenaient pas les meilleurs rapports.

Annie observa Mme Finch passer en revue d'un œil désapprobateur le désordre des raquettes, des bouteilles, des cendriers et des verres, puis reprendre son cabas et disparaître au bout de l'allée. Bâtissant déjà un roman, elle se dit qu'autrefois la famille de cette femme possédait peut-être tout le village, et qu'elle ne supportait pas de venir faire le ménage dans la maison dont son grand-père avait été le maître. Puis elle réfléchit que la Maison Blanche n'avait pas plus d'une dizaine d'années. Mais peut-être avait-elle été construite sur le site de l'ancien manoir.

« Annie ! » Elle sursauta quand la balle passa à côté d'elle en sifflant.

« Ah, mon Dieu, je suis désolée, dit-elle avec un petit rire, l'air coupable. Je ne faisais pas attention.

– Jeu, set et match, dit Stephen.

– Pas possible ! Je viens de nous faire perdre la partie ? C'est affreux !

– Six jeux à un, dit Charles en s'approchant du filet, la main tendue. Merci beaucoup. Belle partie.

– Ah, c'est trop gentil, répondit Annie. Vous avez dû vous ennuyer à mourir. »

En quittant le court, ses pensées revinrent à Mme Finch.

« Valerie, demanda-t-elle, il y a un manoir dans le village ? Ou bien est-ce qu'il y en avait un autrefois ?

– Ah, vous ne saviez pas ? C'est papa qui a acheté le vieux manoir. Il va en faire un hôtel. C'est ravissant.

– Ah bon, dit Annie, déçue.

– Doit-on se changer pour le déjeuner ? demanda Cressida.

– Certainement pas, répondit Caroline. A moins qu'on ne se mette en bikini. Ça ne me déplairait pas de prendre un peu le soleil. »

Les joueurs s'affalèrent sur le gazon, et Patrick commença à servir à boire.

« Je reprendrais bien un peu de Pimm's, dit Valerie. Ce cocktail de fruits est vraiment délicieux. Je me demande ce que vous mettez dedans, ajouta-t-elle à l'adresse de Caroline.

« – Très rafraîchissant, convint Don, qui était allongé sur la pelouse. Et très parfumé aussi. » Il souriait, béat. Annie observa de nouveau Valerie : elle avait les joues roses et semblait de fort bonne humeur.

« Laissez-moi goûter, dit-elle avec désinvolture en prenant une gorgée dans le verre de Valerie. Ah oui, en effet, conclut-elle avec un clin d'œil à Caroline qui pouffa dans son verre. Mais vous devriez peut-être vous arrêter là, si vous devez rejouer plus tard.

– Pensez-vous ! intervint Don d'un ton jovial. On est ici pour le plaisir, non ? Comme je dis toujours, c'est une erreur de donner trop d'importance aux performances sportives dans ce genre de réunion.

– J'apprends que vous allez ouvrir un hôtel, dit Stephen pour relancer la conversation.

– Exactement ! J'ai découvert un lieu extra, ici même, à Bindon. L'ancien manoir, ni plus ni moins. Je suis sûr que ça va marcher du tonnerre. Mais il y a encore beaucoup de travaux à faire. C'est une affaire qui me coûte cher, ajouta-t-il en s'assombrissant un peu.

– Vous étiez déjà dans l'hôtellerie ?

– Moi ? Pas du tout ! J'ai une formation de comptable. J'ai travaillé dans la City pendant vingt ans, et puis je me suis dit, bigre, après tout, je veux faire quelque chose qui me plaise. De bons vins, une bonne table, de la compagnie toute l'année – et une belle maison. Que demander de mieux ?

– C'est merveilleux, dit Annie. Quand ouvrez-vous ?

– Nous avions prévu d'ouvrir cet automne, dit Don en inspirant profondément. Mais il semblerait que ça ne soit pas prêt avant Noël. Il y a encore de la maçonnerie et de la peinture à faire, et les brochures à préparer. Ça, c'est Valerie qui va s'en charger. Et après, il ne me restera plus qu'à trouver un bon chef et un régisseur -- quelqu'un qui ait de la classe. Vous voyez ce que je veux dire. Au fait, poursuivit-il en regardant Annie avec le plus grand sérieux, si jamais vous entendez parler de quelqu'un – et aussi, à vrai dire, de personnel pour l'hôtel – je vous serais reconnaissant de me les adresser. Je ne peux pas faire tourner l'hôtel à moi tout seul ! » Annie parut surprise, et son regard se posa un instant sur l'alliance que Don portait au doigt.

« Vous voulez dire que la mère de Valerie...

– Est décédée il y a trois ans, coupa Don. Cancer du sein. Cinquante-trois ans. Elle a consulté dès qu'elle s'est aperçue qu'elle avait une grosseur, mais c'était déjà trop tard.

– C'est terrible, dit Annie. Je suis vraiment désolée. » Don la regarda droit dans les yeux.

« J'espère que vous passez une mammographie tous les ans, hein ?

– Ma foi, dit Annie d'un ton hésitant.

– Ça aurait pu sauver Irene, une mammographie. Si seulement elle avait fait faire un bilan.

– Je ne crois pas que j'en sois à ce point, dit-elle, conciliante, mais j'y songerai.

– Faites-le, même à vos frais, insista Don. C'est ce que je dis à toutes les dames à présent. Faites faire une mammographie. On ne sait jamais. J'oblige Valerie à passer un scanner tous les ans à mes frais. Pour moi, c'est presque un tribut que je dois à Irene.

– Comme c'est gentil, dit Annie, embarrassée ; et elle ajouta, quand elle se rendit compte que ce n'était pas exactement la formule qui convenait : Enfin, je veux dire, c'est un geste plein d'attention. »

Ils furent interrompus par Caroline.

« Le déjeuner est prêt, annonça-t-elle. Et, avant que tu ne te mettes à me faire des compliments, dit-elle à Annie, je te préviens que rien n'a été fait par moi. Tout vient de chez le traiteur. »

Annie se leva péniblement, ressentant l'effet de l'alcool absorbé dès le matin. Ses jambes, par-derrière, étaient couvertes de taches d'herbe, et l'ensemble de tennis abricot était tout froissé. Mais au moins, se dit-elle, ce n'est pas moi qui le laverai, ce sera Mme Finch. Et elle fut surprise de constater à quel point cette idée la réjouissait.

Les enfants étaient déjà sur la terrasse, ils se servaient abondamment de salade de pommes de terre et de chips.

« Tu ne veux pas un peu de cette bonne terrine de légumes ? » demanda Annie à Toby d'un air engageant. Il fronça le nez en faisant non de la tête. « Ou un peu de quiche aux champignons ?

– N'insiste pas, dit Stephen. Laisse-le manger ce qu'il veut. De la salade de pommes de terre et des chips. Ça s'impose ! »

Valerie fut la première à se servir. Elle s'approchait de chaque plat avec de grandes exclamations, en se délectant par avance, puis elle se demandait tout haut ce que ça pouvait bien être.

Hou là la ! On dirait du gâteau roulé ! Mais ça doit être salé. Très original. Je me demande à quoi c'est fourré. Le vert, ce sont des épinards ?

– Riches en fer, les épinards, fit remarquer Don. Ah, je vois qu'il y a des petits oignons nouveaux dans la salade. Ça fait baisser le cholestérol, vous savez. C'est une chose à savoir. Et à faire savoir autour de soi, gloussa-t-il. Vous saisissez ? A faire savoir autour de soi. Les oignons nouveaux. »

Valerie se mit à rire aux éclats. « Hou là là, papa, qu'est-ce que les gens vont penser ? » dit-elle en lorgnant Cressida qui était de l'autre côté de la terrasse.

Cressida ne prêtait aucune attention aux plaisanteries de Don. Elle se demandait à partir de quelle heure ils pourraient décemment quitter les lieux le lendemain. Ils iraient sans doute à l'église le matin pour assister à l'office, après quoi un grand déjeuner dominical était certainement prévu, mais elle ne voyait pas pourquoi ils ne pourraient pas partir dès le repas terminé. Il faudrait pourtant qu'elle aborde la question en douceur avec Charles. Il avait l'air de s'amuser beaucoup : il accumulait sur son assiette des monceaux insensés de nourriture, il faisait de grands gestes avec son verre en bavardant avec Caroline. Elle l'avait rarement vu aussi détendu. On l'aurait cru en vacances. Devait-elle en conclure que la vie quotidienne avec elle équivalait à un travail éprouvant ? La question l'effleura désagréablement un instant, mais, dans son subconscient, elle se dit que la réponse risquait d'être inquiétante et fâcheuse, et, au moment où elle commençait à s'alarmer, son esprit s'égara et elle perdit le problème de vue, se laissant accaparer par une préoccupation plus banale, à savoir que, par ce soleil, Charles devrait mettre un chapeau.

Valerie s'approcha d'elle en mastiquant de façon fort peu élégante.

« Vous devriez goûter à tout cela, dit-elle, c'est délicieux.

– C'est ce que je vais faire dans un instant.

– Vous avez l'habitude de toutes ces bonnes choses, je suis sûre, poursuivit Valerie en dévorant Cressida des yeux. Et pourtant vous êtes très mince. J'imagine que vous devez juste goûter un petit peu de tout, par politesse ». Il y eut un silence, Cressida essayant de comprendre de quoi parlait cette femme.

« J'assiste à un grand nombre de manifestations pour des œuvres de bienfaisance, finit-elle par dire.

– Oui, je m'en doute. Et vous avez des tas de robes du soir ravissantes, je suppose ? » dit Valerie. Cressida cherha comment lui échapper.

« Si vous voulez bien m'excuser, je crois que je vais aller me servir, dit-elle avec un sourire forcé.

– Je vous en prie, répondit gaiement Valerie. Je reprendrais bien un petit quelque chose moi aussi. »

Après le déjeuner, personne ne parut avoir envie de bouger. Tout le monde se prélassait dans les chaises longues ou sur l'herbe, sauf Cressida, qui était assise bien droite et n'arrivait pas à échapper aux remarques exubérantes de Valerie. Patrick examina la situation. C'était peut-être le bon moment. Il se dirigea nonchalamment vers Charles, qui était allongé sur le dos, les yeux fermés.

« Tu te souviens que j'avais commencé une collection de gravures, lui dit-il. Eh bien, elle a un peu augmenté. » Charles ouvrit un œil.

« Ah oui ? Qu'est-ce que tu as acheté ?

– Tu me poses une colle, répondit Patrick en riant. Je ne sais même plus de qui elles sont. Mais c'est du moderne, les deux. Et j'en ai eu pour un paquet.

– Où les as-tu trouvées ? » Charles était désormais parfaitement attentif. « Tu aurais pu venir chez nous, à la galerie.

– Je sais. Mais j'ai acheté sur un coup de cœur. A Londres. » Charles fronça les sourcils.

« Tu as dû te faire plumer.

– Sans doute. En fait, j'espérais que tu allais venir y jeter un coup d'œil et me dire de combien au juste je me suis fait avoir.

– Tout de suite ?

– Pourquoi pas ? Pendant que tout le monde dort. Je me demande comment on va pouvoir les faire revenir sur le court cet après-midi », dit-il en considérant ses invités à moitié endormis.

Charles se leva, à son corps défendant.

« Bon, allons voir l'ampleur de la catastrophe. Mais c'est vraiment regrettable que tu ne puisses pas résister à tes envies le temps d'arriver jusqu'à la galerie. Une fois chez nous, tu pourrais te laisser aller tant que tu voudrais.

– Eh bien, je note, pour la prochaine fois. »

Le bureau de Patrick était un havre de fraîcheur et de tranquillité, et tous deux clignèrent des yeux quelques instants en essayant de s'habituer à la pénombre. Charles se laissa choir sur le canapé de cuir.

« Cette pièce est vraiment agréable, dit-il en regardant les livres autour de lui. Mais je parie que tu n'as pas lu tout ça.

– Non, mais j'en ai l'intention. A vrai dire, c'est

Caroline qui a acheté un grand nombre de ces bouquins. Pour le décor, je crois.

– Pourquoi pas ? dit Charles en haussant les épaules. Le livre en tant que forme d'art visuel ? Ça marcherait peut-être. Pourquoi se donner du mal à lire ce qui est dedans ? » Il s'enfonça un peu plus dans la mollesse des coussins de cuir. « Alors, ces gravures, tu me les montres ?

– Eh bien voilà. » Patrick lui mit sur les genoux deux petites estampes non encadrées. Charles se redressa et, d'un œil de connaisseur, les observa avec attention l'une et l'autre, les retournant, examinant la signature de près, jugeant de la texture du papier.

« Pas mal du tout, en fait, dit-il enfin. Où as-tu trouvé ça ?

– Chez Mocasins. Dans Bond Street. » Charles soupira.

« Pas étonnant. Mais dis-moi, Patrick, il faut croire que tes affaires se portent bien si tu peux te permettre d'acheter sur un coup de cœur dans des endroits pareils.

– C'est le bon moment pour investir, dit Patrick en haussant les épaules. Je le sais, et mes clients aussi le savent. Si mes affaires marchent bien, il faut voir comment marchent les leurs ! Si j'avais assez d'argent pour pouvoir investir dans certaines entreprises dont j'ai connaissance... disons seulement que je ne me contenterais pas d'acheter des petites gravures, j'en serais à acheter des pièces de premier ordre. » Charles continuait à examiner les deux eaux-fortes, et Patrick jugea bon de ne pas l'interrompre. « Un de mes clients, dit-il, a investi dix mille livres il y a cinq ans. Dans de nouveaux marchés. Et, à présent, il est à la tête de cent mille livres.

– Ah oui ? bredouilla Charles, l'esprit ailleurs.

– Et il m'a dit : "Si j'avais pu prévoir ça, j'aurais investi dix fois plus. Je serais millionnaire à l'heure qu'il est !" » Patrick riait en y repensant. « "Ça, je vous comprends ! Moi, je savais bien ce qu'il en serait, mais je n'avais pas d'argent à investir". » Il y eut un silence. « Et c'est la vérité. Ceux d'entre nous qui connaissent les bons filons n'ont pas les moyens de les exploiter – et, pendant ce temps-là, tous ceux qui ont de l'argent à placer ne connaissent pas les filons ! C'est fou ! dit-il en riant doucement. » Charles haussa un sourcil.

« Allons donc, Patrick, tu dois bien avoir quelques milliers de livres à investir.

– Si seulement ! Mais regarde : la maison, les voitures, le poney. Tout ça me coûte cher. Pourtant, je peux te dire que si j'avais de l'argent, je sais exactement où je le placerais. Un cigare ? dit-il après une pause.

– Merci. »

Patrick prit le temps de couper les deux cigares, d'attraper le briquet en onyx, et de tirer quelques bouffées avant de poursuivre.

« Il y a un fonds d'investissement, dit-il sur le ton de la confidence, qui va dégommer tous les autres. Jusqu'à présent, personne n'est au courant. Je n'en parle pas à n'importe qui. Nous nous sommes mis d'accord pour n'avertir que certains clients. Les plus fidèles d'entre eux. Nous leur signalons la chose pendant qu'ils peuvent souscrire à bas prix. En remerciement, en quelque sorte, de leur fidélité au cours des années. Et je peux te dire que tous ceux que nous avons informés, sans exception, ont aussitôt saisi l'occasion. Nous avons presque trop de souscripteurs. Il y a quelqu'un, continua-t-il avec un petit rire, qui a repris presque tout l'argent qu'il avait investi chez nous pour le placer là. Cela a été un véritable casse-tête, je peux te dire ! Un cauchemar à gérer. Pas mauvais, ces cigares, hein ? » dit-il en tirant une bouffée. Charles l'observa d'un air pensif.

« Je suppose, dit-il, que tu vas m'expliquer pourquoi ce fonds d'investissement est une telle merveille. Ce serait un peu cruel de m'amener jusque-là pour me fermer la porte au nez.

– C'est-à-dire, répondit Patrick, indécis, que je suis censé ne donner le tuyau qu'à des gens qui sont déjà nos clients. Mais, comme tu as eu la bonté de m'annoncer que

76

je ne m'étais pas fait voler avec ces gravures, continua-t-il en riant, je te dois une faveur. » Il prit son souffle. « Par où vais-je commencer ? Tu vois ce que c'est que d'investir dans des actions internationales cotées en Bourse, je suppose ?

– Des valeurs et des titres.

– C'est ça. Et tu vois ce que c'est que d'investir à terme et à gré, c'est-à-dire de s'engager à acheter des actions à un certain prix dans l'avenir ? » Charles haussa les épaules.

« Je me souviens vaguement d'en avoir entendu parler, oui. Quel rapport ?

– Eh bien, en l'occurrence, il s'agit d'une opération qui consiste à investir la moitié des capitaux dans des valeurs, à mesurer l'évolution des cours et à utiliser l'autre moitié pour travailler à terme et à gré. » Charles hocha la tête.

« Je ne te suis plus. Je n'ai jamais rien valu en maths.

– C'est bien dommage. Si tu étais un peu plus au fait, tu verrais les possibilités que cela représente. Si cela t'intéresse, j'ai quelque part des graphiques qui expliquent le fonctionnement de la chose. »

Charles prit un air inquiet. « Non, merci, répliqua-t-il en regardant sa montre. Tu ne crois pas qu'il est temps d'aller rejoindre tout le monde ?

– Nous avons d'autres fonds d'investissement, bien sûr, interrompit Patrick en douceur, mais c'est celui-là le plus intéressant. Nous en avons qui sont de toute sécurité, aussi sûrs que l'immobilier – aussi fascinants que la brique, selon notre expression. En fait, tout dépend de l'attitude de l'investisseur quant au risque pris. Toi, par exemple, comment réagis-tu par rapport au risque ?

– Je ne sais pas vraiment, répondit Charles, amusé un instant. La question n'est pas inintéressante. L'attitude vis-à-vis du risque. Voyons, dit-il en tirant sur son cigare, en quittant Ella et en épousant Cressida, j'ai pris un certain risque, je suppose. Mais, sur le moment, ça m'a semblé la chose à faire, de toute évidence.

– Je suis d'accord. Et c'est exactement le genre de

problème auquel nos agents financiers sont confrontés à tout bout de champ. Investir dans certaines valeurs peut paraître la chose évidente à faire – mais ce n'est pas toujours comme ça que l'on obtient les meilleurs résultats. » Charles n'écoutait plus.

« Je me demande quelquefois ce qui m'a séduit chez Cressida, dit-il lentement. Sans doute le fait qu'elle était si différente d'Ella. » Il se passa la main dans les cheveux et regarda fixement devant lui avec une expression soudain pleine de tristesse. « Les choses avaient commencé à mal tourner entre Ella et moi – d'ailleurs, tu le sais bien. A cause de la galerie, essentiellement. C'est vrai qu'on se disputait pour des histoires idiotes. Quand on n'était pas d'accord, on ne pouvait plus parler de manière raisonnable, et ça me rendait fou, dit-il avec une grimace en se remémorant ces moments-là. C'est quelqu'un de tellement passionné, elle a des convictions si fortes qu'elle ne comprend pas qu'on ne soit pas d'accord avec elle – ou pire, qu'on reste indifférent. Elle m'accusait d'être trop apathique, de ne jamais prendre position. Elle n'arrêtait pas de me rentrer dans le chou. Et puis un jour, au milieu de tout cela, j'ai rencontré Cressida. Elle a été comme un antidote contre tous ces cris et ces hurlements. Je veux dire qu'avec elle il n'y a jamais un mot plus haut que l'autre.

– C'est une femme très distinguée, convint Patrick, puis il ménagea un temps de silence décent avant d'ajouter : Eh bien, je me demande quels risques elle serait prête à prendre. En fait d'investissement, j'entends. Parce que...

– Écoute, Patrick, interrompit Charles exaspéré, tu ne vois donc pas que ça ne m'intéresse pas ? Je suis bien persuadé que tu as des plans d'investissement fabuleux à proposer, et qu'il y a là toutes sortes de possibilités qui n'attendent que d'être exploitées. Mais, si tu n'y vois pas d'inconvénient, je préfère que tu trouves quelqu'un d'autre que moi pour les exploiter. Notre portefeuille est géré par une société londonienne de grande réputation, et je suis au regret de te dire que nous n'avons pas de capitaux disponibles à mettre dans tes plans d'investissement. Ce n'est pas contre toi, ajouta-t-il avec bienveillance. Sans rancune. »

La rage au cœur, Patrick dévisageait Charles. Comment avait-il pu essuyer un tel échec ? Comment n'avait-il pas même réussi à ramasser dix ou vingt mille livres ? Il songea aux centaines de milliers de livres dont Charles devait assurément pouvoir disposer à présent, et son cœur se mit à cogner très fort à l'idée qu'il n'avait pas pu lui soutirer la moindre somme. Sa fureur aveugle à l'égard de Charles, qui restait là à lui sourire tranquillement, n'était tempérée que par la certitude qu'il avait intérêt à rester sur un terrain amical. S'il s'était agi de n'importe qui d'autre, il se serait embarqué dans une technique de vente plus agressive. Mais avec Charles, cela ne marcherait pas. Et puis, on pouvait toujours espérer qu'il serait intéressé un jour ou l'autre.

Au fond, Patrick savait qu'il avait raté son coup, et sans doute définitivement. Charles le considérait avec un air de supériorité difficile à supporter. Cressida et lui ne manqueraient sans doute pas de se gausser de la façon dont leur hôte, en péquenaud qu'il était, avait essayé de leur fourguer un plan d'investissement douteux. A cette idée, Patrick perdit toute sa prudence professionnelle. Charles semblait s'impatienter. Il allait bientôt se lever pour s'en aller, et la partie serait perdue à jamais.

« Alors qui donc s'occupe de vos investissements ? » s'entendit demander Patrick. Qu'était-il en train de faire ? Principe numéro un : Ne jamais parler de ses concurrents. Charles le regarda d'un œil amusé.

« Eh bien en fait, c'est Fountains. Cette banque privée, tu sais. » Patrick affecta un air vaguement soucieux.

« Ah oui ? Ils prennent encore des clients pour la gestion des portefeuilles ? Cela me surprend. » Principe numéro deux : Ne jamais, jamais, tenir de propos désobligeants sur ses concurrents. « J'ai entendu dire qu'ils avaient traversé une mauvaise passe.

– Vraiment ? s'étonna Charles, avec un petit sourire

railleur. Eh bien, je peux t'affirmer que nous n'avons qu'à nous féliciter de leurs services, et la famille de Cressida aussi, depuis cinquante ans. Or il ne fait pas de doute que c'est une famille qui sait protéger ses intérêts. » Il était sur le point de se lever. Patrick le regarda désespérément, incapable de le retenir, mais sachant bien qu'une fois qu'il aurait passé la porte du bureau tout serait perdu.

Soudain, son attention fut attirée par une petite silhouette qui traversait la pelouse devant la fenêtre. C'était Georgina, exultante, radieuse, en sueur : elle serrait contre elle une brassée de paille et s'adressait en riant à Nicola, qui venait derrière. A la vue de sa fille, si belle, et pour qui, en fait, il faisait tous ces efforts, sans pourtant qu'elle s'en aperçût le moins du monde, il sentit des vagues de panique déferler dans tout son corps : Charles levait le pied pour partir.

« Écoute tout de même ce que j'ai à te dire, lui lança-t-il. Il n'y en a pas pour longtemps. Comme ça, tu seras en mesure d'en parler à Cressida et vous pourrez prendre une décision ensemble. Sans vous bousculer. » Le sourire de Charles disparut pour faire place à une expression d'écœurement.

« Soyons clairs, Patrick, et il me semble l'avoir déjà été suffisamment, ce que tu me proposes ne m'intéresse pas. Notre argent est très bien placé là où il est. » Il hésita. « Pour être franc, ajouta-t-il, je trouve que tu ne manques pas de toupet d'essayer de faire des affaires avec un de tes invités. On était censés passer un week-end entre amis, non ? Garde donc ce genre de paperasses pour ton bureau en ville. »

Patrick sentit monter en lui une cuisante humiliation et sa poitrine se souleva.

« Tu n'avais pas de tels scrupules quand tu avais besoin d'argent, il me semble », s'écria-t-il, sa voix sonnant beaucoup plus fort qu'il ne l'avait voulu, de sorte que Charles, qui s'était levé, se rassit, sidéré. « Tu n'avais pas de tels scrupules, reprit Patrick, plus calmement, quand il te fallait ce prêt pour ta chère galerie, hein ? A ce moment-là, ça ne te dérangeait pas de venir parler affaires dans ma cuisine.

– Oui, je sais. Je t'en ai été reconnaissant, et je le suis toujours. Mais c'était tout à fait autre chose.

– Ma foi non. C'était un service entre voisins. A ce moment-là, c'est moi qui avais l'argent, et toi qui en avais besoin. A présent, c'est l'inverse. Je ne te demande même pas de m'en prêter. Je te demande seulement de jeter un coup d'œil à quelques plans d'investissement que j'ai à offrir.

– Écoute, Patrick, dit Charles en soupirant, je n'avais pas compris que tu avais un problème d'argent. Car, enfin, poursuivit-il en montrant ce qui était autour d'eux, tu n'as pas vraiment l'air d'un fauché. » Patrick ne répondit rien. « Si je devais engager un peu d'argent dans un de tes plans, ce serait une somme de quel ordre ? »

Patrick resta immobile un instant. Son cigare s'était éteint ; il le ralluma avec soin et, quand le tabac se remit à brûler convenablement, il leva les yeux vers Charles.

« Autour de cent mille livres, je dirais. Quatre-vingt mille, peut-être.

– Quoi ? » Charles parut sincèrement outré. « Tu divagues, mon vieux. Si c'est une somme pareille qu'il te faut, tu te trompes de personne. » Il se tut et réfléchit. « Je pourrais mettre autour de cinq mille livres si ça pouvait te rendre service. Sept ou huit mille peut-être, à la rigueur. »

Le visage de Patrick se figea. Sept ou huit mille livres ! Alors qu'il lui en manquait quatre-vingt mille pour atteindre son objectif ! Était-ce vraiment la peine ? Il s'obligea à lever les yeux sur Charles et à lui adresser un sourire de professionnel.

« Je vais jeter un coup d'œil à mes dossiers et je vais essayer d'arranger un forfait qui puisse te convenir. Qu'est-ce que tu en dis ?

– Très bien. » Charles parut soulagé et se leva. « Tu viens, on retourne dans le jardin ?

« – Non, dit Patrick en hochant la tête. Je vais mettre un peu d'ordre dans mes papiers. Je te rejoindrai ensuite. »

Ils échangèrent encore un sourire et Charles quitta la pièce. Patrick se dirigea vers sa table de travail et s'assit pesamment dans son fauteuil de cuir pivotant. La chemise marquée « Charles » était encore là à portée de main dans le tiroir de son bureau. Il s'en saisit en faisant la grimace et la déchira en deux. Puis, se sentant soudain épuisé, il s'affala sur son bureau et se prit la tête entre les mains.

5

Assis tout seul dans l'herbe avec le reste de son vacherin à la framboise, Stephen avait l'impression que c'en était trop de tout. Il avait trop mangé, trop bu, il se sentait trop envieux. Plus la journée s'avançait, plus il prenait conscience que tous ceux qui étaient là aujourd'hui, comparés à Annie et à lui-même, étaient des gens qui disposaient de beaucoup d'argent et avaient réussi : Patrick et Caroline, Charles et Cressida, et même Don, avec son hôtel dans l'ancien manoir. Ils étaient tous pour le moins à l'aise, sinon fortunés ; et tous avaient atteint leur but. Alors que lui ne savait toujours pas où il allait.

Il se leva brusquement et se frotta les jambes pour faire tomber les miettes de meringue. Annie le regarda d'un air somnolent.

« Je vais faire un petit tour. Je n'en ai pas pour long-temps », dit-il. Elle lui sourit et referma les yeux. Appa-remment, Caroline et Don dormaient. Valerie parlait à Cressida avec animation. Elle s'arrêta un instant pour jeter un coup d'œil vers lui, et il s'empressa de déguerpir avant qu'elle ne lui demande où il allait ou, pire encore, qu'elle ne propose de venir avec lui. Il n'était pas d'humeur à faire la conversation.

D'un pas vif, sans intention particulière, il se dirigea vers le fond de la propriété, dépassant le court de tennis et longeant l'enclos du poney, et il arriva à la clôture qui séparait le jardin d'un pré où paissaient des moutons. Puis il se retourna pour examiner la situation. La Maison Blanche était presque invisible derrière les arbres. Il semblait n'y avoir personne dans les parages. Il était seul.

Il soupira et s'effondra dans l'herbe. Il n'avait plus envie de voir personne, pas même Annie. Il se sentait ridicule parmi eux tous, lui qui n'avait pas réussi à atteindre les mêmes visées, et qui était là avec sa vieille voiture poussiéreuse, ses vieux habits miteux et sa carrière incertaine. Annie elle-même, en toute innocence, avait endossé les vêtements de Caroline avec une parfaite aisance. Pendant le déjeuner, elles avaient ri ensemble comme deux écolières, et c'était comme si son ultime alliée en ce monde de luxe qui lui était si étranger avait changé de camp.

A partir d'où avait-il fait fausse route ? Tant qu'il était resté à Cambridge, il était apparu comme un des élus, un étudiant remarquable et populaire qui se distinguait en histoire, prenait part aux activités musicales et théâtrales de l'université, aux débats, et avait même fait de l'aviron pendant un trimestre. « Un sujet brillant et bon en tout, qui ira loin » – telle était la conclusion du rapport final de son directeur d'études. A ce moment-là, son intention était de faire une carrière universitaire. Son DEA avait été bien noté et il avait entrepris une recherche en vue d'un doctorat. A ce stade, il était encore, parmi ses pairs, l'intellectuel brillant, alors que les autres se lançaient dans la publicité, la comptabilité et le commerce. Lui qui restait à Cambridge les plaignait de s'engager dans des voies aussi ennuyeuses. Et tout le monde à Cambridge partageait ce sentiment. Il se souvenait encore du ton moqueur de son directeur d'études à l'égard d'un de ses amis qui travaillait pour une entreprise de charcuterie.

Pourtant qu'y avait-il de mal à travailler dans la charcuterie ? A présent, le nom de cet ami-là figurait souvent dans la rubrique économique des journaux, car son affaire avait pris de l'ampleur grâce à des rachats successifs. Quant à ce camarade de son âge qui avait « gâché ses talents » dans la publicité, il possédait maintenant sa propre agence. La presse avait récemment cité une déclaration qu'il avait faite à propos de l'inutilité des diplômes. « J'embaucherai un jeune de seize ans quand on voudra, disait-il. J'en ai assez de tous ces diplômés qui se prennent pour le nombril de la terre parce qu'ils sont capables de citer quelques lignes de Platon. »

Pendant quatre ans, Stephen avait pris des notes, assisté à des séminaires, dirigé à l'occasion un étudiant de premier cycle, mais au bout de ces quatre années sa thèse n'avait toujours pas pris forme. Il était désabusé, solitaire et pauvre. Et puis, il avait rencontré Annie. A son ardent désir de poursuivre sa recherche, d'être publié, de se faire connaître dans le monde universitaire s'étaient substituées des préoccupations plus terre à terre : une maison, une voiture, s'assurer un revenu. Il lui avait alors semblé que la solution était de prendre un poste d'enseignant à Silchester, une ville agréable.

Et, pendant un certain temps, il s'était apparemment débrouillé aussi bien que les autres. Son traitement d'enseignant était correct, l'héritage de son père leur avait permis d'acheter une maison, et ils avaient les moyens de vivre confortablement. Il s'était lié d'amitié avec un spécialiste de l'histoire locale. Il faisait partie d'une chorale. Il semblait avoir tout ce qu'il avait souhaité. C'est seulement au cours des deux dernières années qu'il avait commencé à se ronger, en voyant le nom de gens de son âge sur des listes de postes universitaires et dans les pages financières des journaux, et en s'apercevant qu'il n'allait jouir ni du prestige d'une carrière universitaire, ni des avantages pécuniaires d'une carrière commerciale. Pendant quelques mois, il avait sombré dans une sérieuse dépression. Ne pouvait-il aspirer à autre chose qu'à cette vie médiocre de banlieusard, lui qui avait été un des plus brillants sujets de Cambridge ?

C'est Annie qui avait suggéré qu'il reprenne sa recherche, et qui avait ensuite insisté pour qu'il se remette au travail. Depuis qu'il avait abandonné sa thèse, il avait malgré tout continué à réfléchir à son sujet de temps à autre. Ses notes étaient toujours là dans leurs fichiers. Ses idées originales n'avaient rien perdu de leur vigueur. S'il prenait un congé sabbatique d'un an ou deux, estimait Annie, ils se débrouilleraient avec leurs économies et ce qu'elle-même gagnerait en travaillant à mi-temps. Il n'était pas trop tard pour qu'il réalise son ambition de décrocher un jour le titre de docteur. Elle s'était montrée si enthousiaste qu'elle lui avait donné l'élan nécessaire pour présenter un nouveau projet, se trouver quelques subsides, négocier un congé sabbatique avec son école, et se remettre à son travail de recherche.

Stephen courba le dos au-dessus de ses genoux repliés. Il était de nouveau dans les affres, le cœur serré, comme chaque fois qu'il pensait à sa thèse. Comment aurait-il pu avouer à Annie que cette thèse se présentait mal, très mal même, qu'il était terrifié à l'idée d'un échec, qu'il n'avait personne à qui se confier ? Il fixait le sol misérablement. Avait-il encore fait une erreur ? Aurait-il mieux valu qu'il reste dans l'enseignement ? Qu'il se lance dans un domaine plus lucratif ? Qu'il passe des examens de comptabilité ? Même ce crétin de Don, si content de lui, avec son idiote de fille, semblait avoir plutôt bien réussi grâce à la comptabilité. Pourquoi était-ce si décrié à Cambridge ? Patrick, qui n'avait jamais mis les pieds à l'université, gagnait une fortune. Quant à Charles, il avait certes connu des difficultés financières, mais à présent il s'en sortait plutôt bien. Leur situation à tous s'améliorait, devenait de plus en plus confortable, tandis qu'Annie et lui restaient à la traîne.

Ses jambes commençaient à s'engourdir. Il se leva. Il fallait qu'il retourne auprès des autres avant qu'on ne commence à se demander où il était passé. A contrecœur, il rebroussa chemin. Il était sans doute tout ébouriffé et sa chemise devait être couverte de foin.

Il passa près du court de tennis en évitant la terrasse, et il se retrouva sur le devant de la maison. Il irait faire un brin de toilette avant de rejoindre les autres. En pénétrant à l'intérieur, il vit Charles disparaître par une porte au bout du couloir. Il s'arrêta et se regarda dans la glace.

« Stephen ! Je ne t'ai pas entendu entrer ! » Il se retourna, surpris. Patrick était devant la porte de son bureau.

« Je venais me rafraîchir et me donner un petit coup de peigne, dit Stephen. Je dois en avoir bien besoin. » Patrick fit un geste dissuasif.

« Viens donc plutôt fumer un cigare. C'est une marque que je n'avais pas encore la dernière fois que tu étais là, il me semble. J'aimerais savoir ce que tu en penses.

– Je suis mal placé pour te donner un avis, car je ne fume jamais de cigares ailleurs que chez toi », répondit Stephen plus sèchement qu'il ne l'aurait voulu. Patrick le regarda avec étonnement.

« Entre tout de même.

– Excuse-moi, dit Stephen en pénétrant dans l'ombre de cette pièce profonde. J'ai dû attraper un petit coup de bambou. » Patrick lui donna une tape sur l'épaule.

« Allons donc. On est amis, toi et moi. Si tu ne peux pas te laisser aller un peu avec moi, alors, avec qui d'autre ? »

Stephen se laissa tomber sur le canapé de cuir. Sur la petite table à côté du canapé, le cendrier était plein.

« Tu as aussi consulté Charles ?

– Pardon ? » Patrick, qui s'asseyait, sembla pris au dépourvu. Stephen lui montra le cendrier.

« Sur tes nouveaux cigares. Je viens de le voir sortir. » Patrick ne répondit pas tout de suite.

« Ah oui, oui, je lui ai demandé ce qu'il en pensait. Mais en fait, excuse-moi, nous étions en train de parler affaires.

– La galerie, encore une fois ? Je pensais qu'il n'avait

plus de problèmes d'argent à présent. » Patrick sourit comme si c'était là un bon souvenir.

« Non, non. Il ne s'agit pas de la galerie. Seulement d'une occasion dont j'ai pu le faire profiter. Ça devrait lui rapporter assez gros.

– Ah bon. » Stephen présenta son cigare à la flamme du briquet. « C'est un vrai capitaliste à présent, ce vieux Charles, non ? Plus vraiment le même homme que celui que nous avons connu et aimé. » Patrick haussa les épaules.

« Capitaliste ou pas, c'est une occasion à saisir. Le tout est d'en avoir connaissance. Tu as vu sa tête ? » Stephen fit signe que non.

« Dommage. J'imagine qu'il devait avoir un sourire béat.

– Pourquoi ? Qu'est-ce que c'est que cette occasion mirifique ? demanda Stephen avec curiosité.

– C'est très rasoir. Et assez technique. Je ne crois pas que ça t'intéresse vraiment, dit Patrick en faisant la grimace.

– Et pourquoi pas ? » Stephen leva les yeux, agacé. « Qu'est-ce que tu en sais ? J'ai peut-être de l'argent à gauche, que je suis tout prêt à investir.

– C'est vrai ça ?

– Non.

– Bon, alors. » Patrick tira une bouffée sur son havane et prit un air pensif. « Encore que, si, en réalité, tu as de l'argent.

– Comment cela ?

– Ce n'est pas évident, mais, si tu en as besoin, l'argent est là.

– De quoi parles-tu ?

– De ta maison.

– Quoi ? le 18 Seymour Road ?

– Elle doit valoir un bon paquet à présent.

– Oui, sûrement. Mais tu oublies que nous l'habitons. Si nous la vendions, il faudrait en acheter une autre. » Il se mit à rire. « Nous sommes des gens modestes, Patrick. Nous n'avons pas de biens à vendre.

– Je sais. Mais tu n'as pas besoin de vendre cette maison pour qu'elle te rapporte. » Il regarda Stephen bien en face. « Vous n'avez pas d'emprunt à rembourser ?

– Non. Avec l'héritage de mon père, on a eu juste assez pour acheter sans emprunter.

– Et c'était il y a combien de temps ? Dix ans ? Sa valeur n'a sûrement pas baissé depuis. »

Stephen ne disait rien. Il écoutait.

« Tout ce que je veux dire c'est que, s'il le fallait, si tu avais besoin d'argent, tu pourrais toujours hypothéquer ta maison.

– Ce serait un recours ultime, dit Stephen. S'il est au moins une chose dont je me félicite, c'est que nous n'ayons pas d'hypothèque à purger.

– Oui, je sais. Je t'informe seulement de cette possibilité au cas où tu aurais besoin d'une somme d'argent importante. En cas d'urgence, par exemple.

– Il faudrait que ce soit une urgence de taille !

– A moins, évidemment, que tu ne songes à faire un profit. Mais je ne pense pas que ce soit vraiment ton genre.

– Mon genre de faire quoi ? insista Stephen.

– C'est une chose que certains de mes amis de la City pratiquent. Je le ferais moi-même si je n'avais pas un emprunt maximum à rembourser. L'idée, c'est que tu hypothèques ta maison pour investir toi-même cet argent. Et tant que tu investis à un taux d'intérêt supérieur à celui de ton prêt hypothécaire, tu fais un bénéfice. Or, continua-t-il avec un petit rire, on trouve toujours à investir à un taux plus élevé. » Il s'arrêta un instant et tira sur son cigare. « Mais je parle là de puissants hommes d'affaires qui savent où trouver les bonnes occasions.

– C'est le genre d'opération dans lequel Charles s'est embarqué ?

– Plus ou moins. Je n'ai pas vraiment le droit de te donner des explications, excuse-moi – c'est idiot, en fait, puisqu'on est entre amis, mais la règle, c'est la règle. » Il se leva. « Au fait, tu ne m'as pas dit ce que tu penses de ce havane.

– Excellent », répondit Stephen distraitement. Il promena son regard autour de cette pièce somptueuse toute tapissée de livres, il respira l'odeur du cuir et du cigare de luxe, il laissa son esprit vagabonder parmi les mots qui venaient d'être prononcés. Investissement, profit, argent. Voilà de quoi il s'agissait dans la vie à présent. Une vie qu'il n'avait encore pas vécue. Qui lui parlait jamais de faire de l'argent ? Il n'était qu'un simple enseignant, un universitaire pauvre, voué à rester en dehors de ce monde survolté de la finance. Mais cela pouvait encore changer.

« Dis-moi, commença-t-il prudemment, en admettant que j'hypothèque ma maison et que je place l'argent dans le même genre de plan d'investissement que celui de Charles, est-ce que ce serait supérieur à mon taux d'intérêt ? Est-ce que ça me rapporterait de l'argent ? » Patrick se mit à glousser.

« Il me demande si ça lui rapporterait ! Tu veux que je te dise ? Il y a cinq ans, un de mes clients a placé dix mille livres dans un plan de ce type. Maintenant, il est à la tête de cent mille livres. "Si j'avais su, m'a-t-il dit, j'aurais investi dix fois plus. Je serais millionnaire !"

– C'est vrai ? Seulement dix mille livres ? » Stephen avait l'air intéressé.

« En fait, ce qu'il aurait dû faire, c'est placer dix fois plus : il aurait pu s'arrêter de travailler. Dans ton cas, dit-il en regardant Stephen, je conseillerais un placement de quatre-vingt mille au moins. C'est-à-dire environ, disons, le tiers de la valeur de ta maison ? » Stephen haussa les épaules.

« Je ne sais pas.

– La nôtre s'est vendue deux cent vingt mille livres. Et à présent, elle se vendrait facilement vingt mille livres de plus. Si, par exemple, tu investissais quatre-vingt mille, cela ne représenterait qu'un tiers de ton capital disponible. En fait, tu pourrais investir davantage, mais tu veux sans doute rester prudent. » Il regarda Stephen. « Écoute. Je vais te montrer des tableaux que j'ai ici. Pour que tu te fasses une idée de ce dont je parle. Et pendant qu'on regarde tout ça ensemble, qu'est-ce que tu dirais d'un verre de cognac ? »

Stephen s'abandonna mollement sur le canapé de cuir et tira sur son cigare. Il cessa soudain de se sentir un pauvre type à la traîne. Comme Charles, il allait faire des transactions avec Patrick, qu'il prenait plaisir à regarder remplir de cognac leurs deux verres. Puis il se redressa d'un air intéressé quand Patrick s'approcha en tenant à la main toute une série de graphiques colorés. Il avala une petite gorgée d'alcool.

« Tu peux y aller, dit-il, je suis tout ouïe. »

Cressida serrait son verre de plus en plus fort en entendant Valerie lui déverser dans les oreilles un galimatias de remarques idiotes et de questions flagorneuses, de sa voix sifflante et flûtée, tandis que Caroline et Annie bavardaient tranquillement toutes les deux dans une complicité et une intimité qu'elle ne pouvait pas partager. Stephen était parti se promener. Charles avait disparu avec Patrick. Et Don avait fait un saut chez lui pour donner à manger au chien. Aucune échappatoire possible.

« J'adore votre bague, dit Valerie. C'est un vrai diamant ? » Cressida lui fit signe que oui, avec une envie soudaine et contraire à sa nature de lui crier : « Non, je l'ai trouvée dans une pochette-surprise ! »

« C'est bien ce qui me semblait, dit Valerie en regardant ses propres mains, blanches et charnues. Moi, je ne porte jamais de bagues. »

Ça ne me surprend pas, pensa Cressida en jetant un coup d'œil de dégoût aux doigts mollassons de Valerie.

« Je ne crois pas que... Ça vous ennuierait que je l'essaie ? » continua Valerie avec une ardeur soudaine dans le regard. Elle tendit un doigt. Cressida frémit. « A vrai dire, il faut que j'aille retrouver Charles », répondit-elle en se levant, moulue de courbatures après le tennis de la matinée.

Valerie baissa les yeux, déçue. Caroline, voyant Cressida prendre la fuite, lui cria : « Pourquoi donc faut-il que vous alliez le voir ? Vous ne le voyez pas assez comme ça tous les jours ! » Elle adressa un sourire narquois à Cressida, qui la dévisagea avec une rage froide.

« J'ai quelque chose à lui dire, répliqua-t-elle, déconcertée, si vous voulez bien m'excuser. »

En entrant dans la maison par une des portes de la terrasse, elle entendit les ricanements de Caroline, puis la voix de Valerie qui lui criait : « Cressida, Charles est par ici ! Il s'en va du côté de l'enclos ! Cressida ! »

Les ignorant, elle traversa rapidement le hall, n'y tenant plus, impatiente de monter dans sa chambre pour trouver un peu de paix. Elle entendit des voix derrière une porte et reconnut celles de Patrick et de Stephen. Mais, avec ses tennis, elle ne faisait pas de bruit sur la moquette et elle fut bientôt en sûreté dans la chambre d'amis. Elle s'affala sur le lit et fit la grimace en sentant sa peau glisser sur le satin.

Elle regarda sa montre. Il n'était que quinze heures. Encore au moins vingt-quatre heures à tenir bon. C'était vraiment trop. Mais elle avait promis à Charles qu'elle essaierait de faire un effort. Il ne serait pas ravi s'il apprenait qu'elle avait fui ses amis et s'était réfugiée dans la maison. Il faudrait qu'elle invoque une raison quelconque – elle n'avait pas fini de défaire les bagages (son regard tomba sur la valise à moitié vide de Charles) et il y avait le courrier à ouvrir. Voilà.

Elle entra dans la salle de bains – qui était plutôt joliment arrangée, dut-elle admettre de mauvais gré – et elle s'aspergea le visage d'eau froide. Une fois rafraîchie, elle retourna dans la chambre pour sortir le reste de leurs affaires. Elle garda le courrier pour la fin, s'employant d'abord à ranger les chemises de Charles, ses chaussettes, son matériel de rasage et ses boutons de manchette. Puis, avec un soupir, elle s'assit devant la coiffeuse en forme de haricot, garnie de volants roses, dans un angle de la chambre, et elle se mit à décacheter les enveloppes.

Elle garda pour la fin une enveloppe blanche, rigide, venant de Londres, qui était pourtant adressée à elle seule, et non à Charles, ou à eux deux. Il ne pouvait s'agir que de quelque note d'information concernant les actionnaires, ou d'un relevé de compte qu'elle allait aussitôt transmettre à son époux. En l'ouvrant, elle était encore toute à la facture que contenait l'enveloppe précédente (Charles n'allait pas manquer de lui demander s'il s'agissait de son tailleur crème ou de sa robe de cocktail), et, pendant quelques instants, elle ne comprit pas ce qu'elle avait devant les yeux.

Puis, peu à peu, elle commença à prendre conscience du contenu de la lettre, dont les termes captèrent son attention un à un, puis échappèrent à son entendement et se mélangèrent dans son esprit, à tel point qu'elle poussa soudain une exclamation à la fois d'impatience et de panique, ferma les yeux, les rouvrit, et s'obligea à relire lentement depuis le début.

Après la première lecture, elle crut qu'elle allait avoir la nausée. Avec une maîtrise de soi coutumière, elle replia la lettre, la glissa soigneusement dans l'enveloppe et la remit avec les autres. Pendant un moment, elle resta assise devant la glace sans faire le moindre mouvement, fixant sa propre image d'un œil vide, se disant qu'elle n'avait jamais rien compris aux affaires financières et que tout cela n'était qu'une erreur.

Mais, avant même que cette idée n'ait pris corps, elle s'empara de nouveau de l'enveloppe pour la rouvrir brusquement et réexaminer la feuille de papier, incapable de tenir celle-ci sans trembler, le cœur battant, ses yeux égarés parcourant la page de haut en bas, de l'en-tête à la signature, pour se fixer enfin, d'abord avec incrédulité, puis avec terreur, sur le chiffre – une somme en livres sterling – qui apparaissait noir sur blanc de façon éclatante au milieu.

Elle ferma les paupières un instant, vacillant sur sa chaise, et fit le vide dans son esprit. Puis elle les rouvrit. Elle avait toujours la lettre à la main. Encore une fois, ce chiffre en noir au milieu de la page lui sauta aux yeux et sembla prendre des proportions telles qu'elle ne vit plus rien d'autre. Ressentant soudain une vive humiliation, elle se précipita dans la salle de bains en se tenant l'estomac.

Quand elle ressortit, elle avait les jambes en coton. Elle se regarda dans la glace et eut un choc en se voyant livide, les lèvres sèches, le visage soudain tout fripé. Elle n'avait qu'une envie : se coucher, se pelotonner, se cacher la tête dans les genoux. Elle se laissa glisser par terre et resta sans bouger quelques instants. Mais elle se sentait mal et n'arrivait pas à se détendre. Elle était chez des étrangers – qu'arriverait-il si quelqu'un entrait et la voyait se comporter de façon aussi bizarre ? Puis il lui vint une idée plus alarmante. La lettre était restée sur la coiffeuse, où n'importe qui pouvait la voir. Prise de panique, elle chercha autour d'elle un endroit où la dissimuler en attendant de pouvoir la montrer à Charles. A la pensée de son mari, la nausée la reprit et elle retourna précipitamment dans la salle de bains en se traînant à demi.

Quand elle en ressortit, son premier souci fut d'aller prendre la lettre sur la coiffeuse. Elle chercha autour d'elle un endroit où la cacher. Caroline était-elle du genre à faire fouiller les lits par les domestiques ? Comment savoir à quelles extrémités pouvait se livrer une parvenue comme elle ? Finalement, elle la glissa dans la doublure de sa trousse de toilette. Sa paranoïa lui fit alors aussitôt imaginer Caroline venant lui emprunter un peu de fard, fouillant dans la mallette, s'écriant : « Qu'est-ce que vous avez donc fourré là ? », sortant la lettre, la lisant et levant les yeux, horrifiée.

Mais en fait, c'était stupide, c'était de l'hystérie de se mettre de telles idées dans la tête. Quand elle eut soustrait la lettre aux regards indiscrets, Cressida commença à se sentir mieux. Elle se tapota les joues, se passa un peigne dans les cheveux et se vaporisa un peu de parfum derrière les oreilles. D'un geste énergique, elle s'enduisit les lèvres de pommade rosat et inspira profondément plusieurs fois, comme elle avait appris à le faire pendant ses cours d'élocution quand elle avait onze ans.

Mais en s'approchant de la porte, elle s'aperçut que son courage faiblissait. A deux reprises elle tendit la main vers la poignée, physiquement incapable de quitter ce lieu sûr, ce refuge provisoire. De l'autre côté de la porte, il y avait les gens, le monde réel, Charles, les enfants. De ce côté-ci, il n'y avait qu'elle-même, le lit recouvert de satin rose, et la lettre, qui, cachée dans la trousse de toilette, était encore immatérielle. Tant qu'elle n'en parlerait à personne, cette lettre n'existerait pas.

Elle regarda sa montre : 15 h 30. Un peu plus tôt, elle aurait voulu que le temps s'accélère. A présent, elle souhaitait qu'il s'arrête. Il fallait qu'elle mette Charles au courant ce soir, au lit, où personne ne risquerait d'entendre. Jusque-là, elle parviendrait peut-être, pendant quelques heures, à faire comme si de rien n'était. Mais elle allait devoir s'armer de son assurance habituelle et faire bonne figure. Rassemblant des réserves de volonté insoupçonnées, elle saisit la poignée de la porte et sortit d'un pas résolu dans le couloir. Elle regarda droit devant elle, le regard vide, sans penser à rien, l'esprit délibérément éteint, et elle se dirigea vers le parc.

6

Caroline et Annie avaient emporté un pichet de Pimm's près du court. Georgina donnait une leçon de tennis à Nicola, pendant que Toby trônait à la place de l'arbitre. Nicola tenait maladroitement sa raquette légère, et elle essayait en vain de rattraper les balles que lui envoyait Georgina, mais elle n'arrivait à les toucher que de temps en temps. Malgré cela, Georgina continuait avec beaucoup de patience à lui prodiguer des remarques joyeuses et encourageantes.

« Elle est incroyable, ta fille, dit doucement Annie.

– Je pourrais t'en dire autant, répliqua Caroline. Nicola a fait de tels progrès ! Vous devez être fous de joie. Car, enfin, qui aurait jamais cru qu'elle pourrait jouer au tennis un jour ?

– Nous n'avons jamais désespéré. Mais je dois admettre qu'à certains moments je n'arrivais pas à l'imaginer menant une vie normale. » Elle se tut un instant, le regard fixe. « Elle a tellement de volonté, elle est tellement décidée à s'en sortir que, comparé à elle, on se trouve soi-même bien peu courageux. Elle a plus de ténacité que Stephen et moi réunis.

– Et puis, elle est très intelligente, non ?

– Oh oui. » Annie en rougit de plaisir. « En d'autres circonstances, on dirait qu'elle est très douée. Mais, étant donné la situation, ce serait assez ridicule. »

Leur regard à toutes deux se porta involontairement sur le pied déjeté de Nicola, sur son bras crispé, aux mouvements non coordonnés, sur son visage rougi par l'effort.

« Pauvre petite bonne femme ! dit Caroline. Comment la traite-t-on à l'école ?

– Oh, très bien, en fin de compte, dit Annie, un peu comme si elle répondait à une attaque. Ce n'est certes pas facile pour les enseignants. Elle est très vive, et elle a très envie d'apprendre, mais quand il s'agit d'écrire, elle est évidemment beaucoup plus lente que les autres. C'est une frustration terrible pour elle. Et puis, ajouta-t-elle avec quelque amertume, à l'évidence, certains professeurs considèrent que ce qui n'est pas écrit d'une graphie parfaite ne vaut rien.

– Ça me semble un peu inquiétant, dit Caroline. Mais ne le prends pas mal. » Annie eut un haussement d'épaules.

« Qu'y faire ? Les classes sont surchargées, ils ont trop de travail pour se consacrer à une enfant qui a des problèmes d'adaptation. Je fais tout ce que je peux pour aider Nicola à la maison, mais tu sais... Et Georgina, comment ça marche ? demanda-t-elle.

– A merveille. Elle prétend que c'est elle qui sera élève responsable pour les petites classes au prochain trimestre, si ça te dit quelque chose. A mon avis, elle se fait déjà la main sur la pauvre Nicola. Elle veut mener tout le monde à la baguette.

– Ne t'inquiète pas pour Nicola, dit Annie en riant. Elle adore ça. Elle dévore toute cette littérature de pensionnat – qui d'ailleurs ne vaut pas un clou. Alors tu penses, avoir affaire à quelqu'un qui sait vraiment ce que c'est – les malles, les boîtes à provisions, les dortoirs –, c'est un vrai bonheur.

– Eh bien, tu lui diras qu'elle peut venir faire la malle

de Georgina quand elle voudra, car au bout du compte c'est toujours sur moi que ça retombe.

– C'est normal, dit Annie avec un grand sourire. C'est la tâche de la mère, qui est même censée glisser une petite surprise sous les chemises de nuit. Ma propre mère n'y manquait jamais.

– Elle était bien bonne, ta mère. Dès que Georgina sera chez les grandes, elle fera sa malle toute seule, il n'y aura personne pour la faire à sa place. De toute façon, elle se débrouille bien mieux que moi pour ce genre de choses. Je ne sais pas de qui elle tient son sens pratique. » Elles regardèrent Georgina qui s'employait activement à ramasser les balles.

« Elle va rester à Sainte-Catherine alors ? demanda Annie.

– On a fait le tour des autres écoles secondaires, dit Caroline en haussant les épaules, et on ne voit pas tellement pourquoi on l'enverrait ailleurs. C'est une très belle école, elle peut avoir son poney avec elle, il y a de bons professeurs, apparemment – ils la ramènent peut-être un peu, mais ils ne sont pas mal dans l'ensemble. Et puis maintenant, elle y a ses habitudes.

– Oui, en effet, c'est une très belle école, approuva Annie. Je l'ai visitée, je me souviens, quand Nicola était toute petite.

– Ah bon ? fit Caroline, surprise.

– On avait toujours eu l'intention de l'envoyer dans une école privée quand elle aurait une huitaine d'années. On se disait que, d'ici là, on aurait le temps de trouver l'argent nécessaire. Et Toby aussi. Mais, continua-t-elle avec un haussement d'épaules, les choses ont pris un autre tour. D'abord, elle a eu son attaque, et puis Stephen s'est remis à son doctorat.

– Il en a encore pour combien de temps avec ce truc ? Ça dure depuis des siècles.

– Tout dépend de la façon dont ça va marcher. Encore un an ou deux, peut-être.

– Bon sang, je me demande comment tu supportes tout cela. Moi, je ne pourrais jamais. Pas de situation, pas d'argent – je deviendrais folle.

– Il donne encore quelques cours, et moi, je fais de la correction d'épreuves quand j'ai le temps. Ça n'est pas si terrible, finalement. Et comme nous n'avons pas d'emprunt à rembourser pour la maison, et pas de pension à payer pour les enfants, nos dépenses ne sont pas énormes. » Caroline en frémit.

« Je ne sais pas si je pourrais supporter cela. Tu ne peux pas convaincre Stephen de reprendre un poste et d'abandonner ce doctorat ?

– Il n'a pas envie d'abandonner », répondit Annie avec fermeté.

Toutes deux entendirent du bruit derrière elles et se retournèrent pour voir. Cressida était descendue jusqu'au court de tennis et regardait jouer les deux fillettes. En se sentant observée, elle parut chanceler un peu. Son visage était exsangue, et son sourire manquait de naturel.

« Hello Cressida, appela Annie et, après quelque hésitation, elle lui demanda : Ça va ? Vous ne vous sentez pas mal, je veux dire.

– Vous avez une mine épouvantable, déclara Caroline sans ménagement. Vous avez dû rester au soleil trop longtemps. Tenez, venez. » Elle tira un fauteuil et tapota le siège pour l'encourager à s'asseoir. « Buvez un peu de Pimm's. Sauf si vous voulez quelque chose de plus fort ?

– Si c'est une sorte d'insolation, vous ne devriez peut-être pas boire d'alcool, dit Annie.

– C'est le soleil, vous croyez ? » Caroline examina de près le visage de Cressida. « Attendez un peu. Vous avez mal au cœur ? Vous ne seriez pas, par hasard... » Cressida la regardait sans comprendre « ... enfin quoi, s'écria Caroline impatiemment, enceinte ? C'est ça ? Annoncez vite avant que je ne vous serve ce délicieux breuvage pour m'entendre dire que vous ne pouvez pas l'avaler. » Cressida poussa un soupir exaspéré.

99

« Ne vous inquiétez pas, dit-elle avec effort, je peux boire tout ce que je veux.

– A la bonne heure ! » s'exclama Caroline d'un ton satisfait. Elle lança à Cressida un regard approbateur tout en lui versant à boire. « Bon, alors maintenant, détendez-vous et ne vous en faites plus. J'ai toujours pensé que ça n'était pas une bonne idée, ce tennis. Je me demande pourquoi on ne pouvait pas simplement vous inviter à passer le week-end sans faire ce tournoi stupide. Mais Patrick y tenait absolument, et à présent, bon Dieu, on se croirait à Wimbledon.

– Tu exagères, protesta Annie. Nous n'avons fait que deux parties. En ce qui me concerne, j'aime bien le tennis. Et vous, Cressida ? lui demanda-t-elle d'un ton affable. Vous jouez vraiment bien. Il faut croire que ça vous plaît.

– Comment ? dit Cressida en levant les yeux d'un air absent. Excusez-moi, je n'ai pas entendu ce que vous disiez.

– Peu importe, répliqua Annie en jetant un coup d'œil à Caroline.

– Eh bien, mesdames, on est là à ne rien faire ? » C'était Patrick, rayonnant, jovial et sentant le cigare. Il était suivi de Stephen, l'air triomphant et content de lui.

« On dirait que vous vous êtes offert des cigares tous les deux ? demanda Annie à son mari en lui décochant un regard moqueur.

– Des cigares et du cognac, répliqua Patrick en se frottant les mains. C'est exactement ce qu'il faut avant une partie de tennis.

– Je ne sais pas comment vous pouvez, s'écria Annie. Moi, je me sens déjà assez crevée comme ça.

– Vous les femmes, vous êtes des petites choses fragiles, voilà tout, dit Patrick. Pas vrai, Stephen ?

– C'est pas pour dire, mais... » Stephen adressa à Patrick un large sourire. Il a l'air en pleine forme, se dit Annie. Peut-être devrait-elle veiller à ce qu'il y ait toujours du cognac et des cigares chez eux.

« Et maintenant il faut qu'on y retourne, dit Patrick. Où est le tableau ? » Caroline émit un grognement bruyant. « Ah oui, voilà. C'est le tour de Cressida et de Charles contre Don et Valerie.

– Eh bien, il nous manque Don, Valerie et Charles. Ça se présente très bien !

– Comment cela ? » dit Charles, qui parut au même instant à l'angle de la maison avec un des jumeaux dans les bras. Derrière lui arrivaient Martina, qui portait l'autre jumeau, et Valerie.

« On vient d'aller voir votre cheval, commença Valerie. C'est vraiment un bel animal.

– Un animal femelle, répliqua Caroline. Où est passé votre père ? Vous êtes censés reprendre la partie.

– Il est allé donner à manger au chien, je crois, dit Valerie avec un air angoissé. Il a peut-être été retardé.

– L'ennui, continua Caroline en lançant à Annie un coup d'œil malicieux, c'est que, s'il ne revient pas à temps, on sera obligé de considérer que vous avez perdu, par défaut, et de vous compter zéro. Sauf si vous voulez jouer seule contre Charles et Cressida ?

– Je suis sûre qu'il ne va pas tarder, dit Valerie en guettant le haut de l'allée, l'air inquiet. Si je lui passais un coup de fil ?

– Pourquoi pas ? dit Caroline. Vous savez où est le téléphone. » Valerie disparut, et Annie éclata de rire.

« Pourquoi lui as-tu dit cela ? intervint Patrick. On n'est pas si pressés.

– Et alors ? C'est bien fait pour ce corniaud de Don. » Charles alla rejoindre Cressida, lui donna un petit baiser et s'assit sur l'accoudoir de son fauteuil.

« Il paraît que tu me cherchais, lui dit-il. C'était pour quelque chose d'important ?

– Non, non, bégaya Cressida.

– Tu sais, continua-t-il, je crois vraiment que nous devrions acheter un poney pour les enfants quand ils seront assez grands pour monter. Il faudrait aller vivre dans une maison plus grande, avec du terrain autour. Tu as vu le poney de Georgina ? »

Cressida fit signe que non d'un air hébété. Les yeux de Charles brillaient d'enthousiasme.

« C'est une jolie bête, dit-il. Et Georgina est déjà bonne cavalière. Je la verrais bien participer à des concours hippiques dans quelques années. J'aimerais bien que les garçons en fassent autant un jour.

– Cela revient très cher », répliqua Cressida d'une voix sèche et grinçante. Elle garda les yeux rivés sur ses mains et s'obligea à chasser de son esprit la chambre au couvre-lit de satin rose, sa trousse de toilette et la lettre.

« Oui, bien sûr, acquiesça Charles, surpris, mais pas plus que beaucoup d'autres choses. Enfin, ce n'est qu'une idée. » Il se leva d'un bond et saisit sa raquette.

« Alors, cria-t-il à Georgina et à Nicola, qui veut faire une partie avec moi ? »

Arrivant dans son dos, Stephen serra Annie dans ses bras avec un « Salut ma belle ! ». Puis, s'adressant à Caroline, il s'écria : « Elle est magnifique dans cette tenue, non ?

– Oui, superbe.

– Je lui ai dit de te demander où tu avais acheté tout cela. Elle pourrait bien s'offrir un ou deux nouveaux ensembles de tennis, tu ne trouves pas ? » Annie se retourna pour lui faire face.

« Tu as bu trop de cognac », lui dit-elle en riant, mais quelque peu intriguée. Elle l'observa : il avait les yeux très brillants et son regard, au lieu de croiser le sien, papillonnait de tous côtés. S'il s'était agi d'un des enfants, elle se serait sans doute dit qu'il était surexcité et l'aurait envoyé se coucher. Mais Stephen ? Pourquoi était-il soudain dans cet état second ?

Stephen voyait bien qu'Annie se demandait ce qui se passait, mais il n'en était nullement troublé. Il se sentait plein de confiance en lui, plein de vie et d'ardeur. En regardant Charles gambader sur le court et faire le pitre avec les enfants, il n'éprouva pas, comme avant, la moindre pointe d'envie. Il considéra avec bonhomie les vêtements coûteux, les montres en or et les raquettes élégantes de ses amis, pour une fois sans une ombre de jalousie. Il était des leurs à présent, capable, comme Charles, Don, ou n'importe lequel d'entre eux, de négocier des affaires importantes en fumant de gros cigares, de s'entretenir de ses investissements, de faire des clins d'œil entendus à Patrick quand celui-ci parlait de titres, d'actions, de portefeuilles.

La signature de ce papier avait provoqué en lui une décharge d'adrénaline aussi forte que celle qu'il avait ressentie à Cambridge des années auparavant en découvrant qu'il avait obtenu sa licence avec mention très bien. Patrick avait sorti un beau stylo et l'avait prié de s'asseoir à son bureau, le regardant avec bienveillance parcourir le document imprimé en caractères fins – Dieu sait ce qu'il y cherchait ! – et lui proposant de l'emporter pour y réfléchir. Mais Stephen avait écarté la proposition d'un geste complaisant.

« Pour réfléchir à quoi ? s'était-il exclamé. Pour savoir si j'ai envie d'être riche ou pauvre ? Je crois que j'ai déjà assez réfléchi à la question. » Patrick avait eu un petit rire approbateur et lui avait versé un autre verre de cognac. Stephen avait jeté un dernier coup d'œil au papier, puis il avait apposé son paraphe d'un geste ferme, avec calme et naturel, comme s'il était un habitué de ce genre d'opération.

Stephen serra Annie plus fort dans ses bras tandis que son esprit esquivait la somme exacte qu'il venait d'engager auprès de Patrick. Celui-ci lui avait assuré que cette somme serait aisément couverte par l'hypothèque partielle de sa maison, et que l'affaire pourrait être réglée dès qu'il arriverait à son bureau le lundi. Bien entendu, avait expliqué Patrick, il ne fallait pas envisager une telle opération dans le contexte des dépenses ordinaires. Faire un gros investissement comme celui-là n'avait rien à voir avec, par exemple, le règlement d'une facture de gaz ou même l'achat d'une voiture. Patrick était d'ailleurs resté imperturbable devant la somme que Stephen lui confiait. Il était manifestement habitué à des montants de cette importance, ou même supérieurs à celui-là.

A manier une pareille somme d'argent, Stephen avait soudain éprouvé un sentiment de puissance irrésistible. Cela lui rappelait cette soirée entre hommes à laquelle il avait été invité par un ami de Cambridge qui enterrait sa vie de garçon et dont le père était dans l'hôtellerie. Ils avaient passé le week-end à six, tous frais payés, dans un hôtel cinq étoiles de Londres. Vers la fin du séjour, le plaisir de signer de grosses notes de bar, de choisir des steaks à la carte et de boire le brut du minibar lui était monté à la tête. Après le départ des autres, il s'était attardé dans la boutique de l'hôtel, tâtant les pulls en cachemire et soulevant les chopes en métal argenté avec des airs de connaisseur, cherchant désespérément à prolonger ce rôle qu'il jouait dans le monde des riches. Le prix de ces objets ne lui semblait déjà plus aussi exorbitant, étant sans commune mesure avec la réalité de sa bourse d'étudiant et de son budget hebdomadaire. Il était allé jusqu'à s'offrir un portefeuille en cuir ridiculement cher, frappé au nom de l'hôtel, et il avait signé le chèque sans sourciller. Il s'était même demandé tout haut s'il n'allait pas prendre aussi le porteclefs assorti. Or, à présent, il éprouvait cette même sensation de vertige. Il croisa le regard de Patrick et lui fit un large sourire.

« Il est fameux ton cognac », lui dit-il d'un ton jovial. Les yeux de Patrick pétillèrent de contentement.

« Eh bien, après dîner, il faut que je t'en fasse goûter un autre que j'aime beaucoup aussi, répliqua-t-il gaiement.

– Je me régale d'avance ! »

Patrick sourit encore une fois à Stephen, puis il se détourna. Il avait du mal à contenir son euphorie à l'idée d'avoir enfin réussi à boucler cette affaire cruciale. Il gardait les yeux baissés sur ses mains, incapable de dissimuler l'air rayonnant qui paraissait sur son visage. Sa prime de cent mille livres. Cent mille livres ! Il s'accrocha au dossier du fauteuil qui était devant lui et il inspira profondément.

Il avait eu beaucoup de mal à garder son calme pendant cette lente manœuvre durant laquelle il avait amené Stephen à signer pour la somme exacte qu'il lui fallait. C'était du pur travail d'artiste, cette façon dont, pour viser juste, il avait dosé placidité et enthousiasme, maintenu un ton de voix chaleureux et un sourire rassurant, ne forçant jamais, invitant seulement. Quand ils en étaient arrivés à la signature proprement dite, il avait failli perdre son calme. A voir Stephen en suspens au-dessus du document, stylo en main, examinant le texte, l'air d'hésiter, il avait été pris d'un désir violent, effrayant, de lui abaisser de force la main sur le papier. Mais il avait tout de même réussi à garder une jovialité apparente, prenant appui du bout des doigts sur le dossier de Stephen avec une patience crispée, et sans brusquerie dans la voix.

Et, finalement, la chose s'était faite. Stephen lui avait signé un montant de quatre-vingt mille livres. Patrick ne voulait pas savoir si c'était une bonne opération pour Stephen. Il lui avait expliqué en quoi consistait ce placement, il l'avait laissé juge – c'était Stephen qui avait pris la décision, pas lui. Et puis, quatre-vingt mille livres, après tout, ce n'était pas une telle somme. Surtout comparée aux affaires qu'il avait faites pendant le reste de l'année. Il pensa avec ravissement à la liste de ses opérations dans le tiroir de son bureau : il n'avait plus qu'à y inscrire les résultats finaux. Cette année encore, c'est lui qui aurait le mieux vendu. Et il en serait largement récompensé. Il regarda sa fille, qui jouait si bien au tennis et riait aux éclats quand Charles faisait semblant de rater toutes les balles qu'elle lui envoyait, et il savoura son triomphe. A présent, ils allaient pouvoir acheter une autre maison, un autre poney – tout ce que Georgina désirait, elle l'aurait.

Ses yeux s'arrêtèrent sur Charles et il éprouva une certaine colère à l'idée de n'avoir pas pu conclure l'affaire avec ce sale radin. Enfin, il pourrait toujours faire affaire avec lui plus tard. Tandis que Stephen... Patrick hocha la tête. C'était bien la dernière personne qu'il aurait imaginé avoir pour client. Il ne lui était seulement jamais venu à l'idée de lui proposer quoi que ce soit. Mais quand on savait vendre, on devait pouvoir vendre à n'importe qui. Et, cet après-midi, Patrick s'était surpassé. Soudain, dans son excitation, il fut incapable de rester en place et il alla retrouver Caroline. Il laissa errer ses mains sur ses hanches et fourra son nez dans son cou.

« Tu es belle, tu sais, murmura-t-il. Vachement belle. »

Caroline dévisagea son mari avec méfiance. D'abord sa bonne humeur de ce matin, et à présent de pareilles dispositions. Qu'est-ce qu'il manigançait ? Il ne lui avait pas échappé qu'il avait invité Charles à le suivre dans son bureau. Quelle idée avait-il derrière la tête ? Lui faire voir les gravures qu'il avait achetées une quinzaine de jours plus tôt ? Elle avait été très surprise lorsqu'il les lui avait montrées. Étrangement modernes, pas du tout dans ses goûts habituels. En fait, elle n'aurait pas été étonnée d'apprendre qu'il n'avait acheté ces gravures que pour se donner un prétexte d'attirer Charles dans son bureau. Et Charles l'y avait suivi en toute confiance. Mais elle n'était pas dupe. Patrick avait-il essayé de vendre à Charles un plan d'investissement quelconque ? Avait-il réussi ? Elle leva les yeux vers son mari. Il semblait jubiler sans vouloir le laisser paraître : un sourire se formait malgré lui sur ses lèvres, et ses yeux pétillaient. Il avait dû vendre quelque chose à Charles. Pas étonnant qu'il fût de si bonne humeur. Qu'il ait régalé de cognac aussi généreusement ce pauvre vieux Stephen. Caroline observa Charles s'ébattre sur le court. Lui aussi paraissait de bonne humeur. Elle haussa les épaules intérieurement. Bonne chance à tous les deux. Si Patrick avait enfin atteint son but, qui était de soutirer de l'argent à Charles, ils ne seraient peut-être plus obligés de l'inviter, lui et sa femme. Elle ne serait pas fâchée de ne plus voir chez elle la sale tête de Cressida.

Don reparut enfin, dans un état d'agitation certain, et Caroline le poussa sur le court avec un sourire narquois. Valerie suivit, l'air un peu inquiet, et finalement Cressida se leva et entra sur le court sans dire un mot. Elle était toujours pâle et tenait sa raquette négligemment. Mais le visage de Don s'éclaira quand il comprit que Valerie et lui devaient affronter Charles et Cressida.

« On va avoir fort à faire, Val ! » s'écria-t-il. Il se retourna, l'air guilleret, et fit un grand sourire à Stephen et à Annie. « Ça va être un vrai cauchemar ! Réveillez-moi quand ce sera fini ! »

Annie lui rendit son sourire en guise d'encouragement.

« Pauvre imbécile », murmura Stephen.

Georgina et Nicola, chassées du court, s'affalèrent dans l'herbe, haletantes.

« Tu es très forte en tennis, dit Annie à Georgina.

— Oui, pas mauvaise, répondit-elle sur le ton de la conversation. A l'école, je suis dans le groupe d'entraînement spécial. Mais je ne suis pas dans l'équipe de ma maison. Tu comprends, on est une dizaine dans chaque maison à avoir droit à cet entraînement-là quand on est assez bonne, mais dans l'équipe, il n'y a que six filles. Plus la réserve. » Patrick regarda Caroline en fronçant les sourcils.

« Tu ne m'avais pas dit que Georgina était dans ce groupe d'entraînement de tennis.

— Pour la bonne raison que je n'en savais rien, répondit Caroline, impassible.

— Pourquoi nous caches-tu tout ça, mon petit chou ? dit Patrick à Georgina, qui haussa les épaules.

— Je ne vous cache rien.

— Ça, tu ne nous l'avais pas dit.

— Je n'y ai plus pensé. » Georgina se leva d'un bond. « Il est l'heure de répéter encore une fois. Martina, amenez les jumeaux. Allez, Toby, viens vite ! cria-t-elle d'une voix de stentor en regardant autour d'elle.

— Qu'est-ce que vous répétez ? demanda Annie.

— Une pièce, répondit Georgina, l'air découragé. Vous la verrez demain. Toby !

— Il ne peut pas descendre tout seul de la chaise de l'arbitre, dit Nicola. Il faut que quelqu'un aille l'aider. » Mais

Martina avait déjà posé le jumeau qu'elle tenait dans ses bras pour aller délivrer Toby de son perchoir.

« On peut dire qu'elle les a tous bien en main, y compris la nounou, dit Stephen avec admiration, tandis que toute la troupe s'éloignait du court.

– Un de ces jours, elle dépassera les bornes, dit Caroline. Ça ne plaît pas à tout le monde d'être mené à la baguette.

– Elle ne mène personne à la baguette, objecta aussitôt Patrick. Simplement, elle obtient ce qu'elle veut. Et c'est ce qu'il faut. » Caroline se tourna vers Annie en roulant des yeux sans rien dire. Puis elle observa le déroulement des opérations sur le court.

« Bon Dieu, qu'est-ce qui se passe ? s'écria-t-elle au bout de quelques instants. Cressida ne va pas bien ou quoi ? »

Les quatre joueurs avaient commencé à échanger des balles. Don envoyait à Cressida une série de balles rases et rapides, qu'elle semblait quasi incapable de renvoyer.

« Pardon, répétait-elle, chaque fois qu'une de celles-ci heurtait le filet.

– On se réserve pour le match. Je connais le truc », railla Don, offrant son visage rayonnant à Cressida, qui répondit par un vague sourire. Ils tirèrent au sort pour le service, qui revint à Don et à Valerie. Tout en allant se placer au fond du court, Don se mit à donner à sa fille, sans se soucier d'être entendu des autres, toute une série de mises en garde et de recommandations sur la façon de jouer de leurs adversaires.

« Garde bien le filet. Elle a un coup droit coupé redoutable, ne te laisse pas prendre au dépourvu. Et lui, n'essaie pas de lui faire des lobs, sauf en revers. Au filet, il tient bien ? s'enquit-il soudain.

– Assez bien, oui, balbutia-t-elle.

– Ouais... Eh bien, ne leur envoie pas de balles au filet ni à l'un ni à l'autre. Allez, maintenant, vas-y. Tu te souviens que c'est moi qui sers, oui ? »

Valerie alla vite se placer au filet, et Don se prépara à

servir du côté de Cressida. Celle-ci, sans réaction devant toutes les manières qu'il faisait, se précipita brusquement en avant, l'air découragé, quand la balle vint atterrir dans son carré de service.

« Pas de chance, chérie », lui dit Charles. Don hocha la tête et fit claquer sa langue.

« Celle-là aurait dû être pour vous, dit-il à Cressida. Je ne sais pas ce qui s'est passé. »

Charles renvoya le service suivant droit sur Valerie, qui dégagea la balle puissamment à la volée.

« Bravo, s'écria Don. Bonne approche, à parfaite distance du corps. » Il s'apprêta à servir encore une fois du côté de Cressida. Au premier service, la balle sortit. Il resta immobile une ou deux minutes, comme s'il méditait sur une faute aussi impardonnable. Puis, hochant lentement la tête, il sortit une deuxième balle de sa poche et refit son service. Ce second service en boucle vint atterrir juste de l'autre côté du filet et rebondit à une hauteur surprenante. Cressida, qui avait couru sur la balle, fut prise de court et frappa trop au large. La balle partit dans la direction de Valerie, qui fit un bond démesuré sur le côté pour l'éviter, et elle atteignit le sol très en dehors du couloir.

« 40-0, clama Valerie.

– Désolée, s'excusa Cressida auprès de Charles. Je ne sais pas ce que j'ai.

– Ne jamais quitter la balle des yeux, déclara Don d'une voix flûtée. C'est ça la clef. Quand ça va mal, ne penser à rien d'autre qu'à la balle.

– Oui », acquiesça sèchement Cressida. Il fit encore un service, retourné par Charles, et il renvoya à Cressida une balle facile, qu'elle expédia à la volée en plein dans le filet.

« Vous ne regardez pas la balle, voilà ce qu'il y a, affirma Don avec suffisance. Pas vrai, Valerie ?

– Bah... », dit Valerie, hésitante. Elle regarda les traits tirés et tendus de Cressida. « Peut-être. »

Cressida avait l'impression que son supplice allait croissant. Tant qu'elle était restée à côté du court à regarder

Charles faire le pitre avec les enfants, elle s'était sentie un peu mieux et, pendant quelques instants bénis, elle n'avait plus pensé à la lettre. Mais, à présent, cela tournait à l'obsession. Et il lui semblait que tout le monde l'observait. Don avec ses remarques, Valerie avec son regard de ruminant, et même Charles qui croyait l'encourager en se retournant vers elle et en lui faisant des grimaces dans le dos de Don. Caroline et Annie elles aussi devaient avoir les yeux rivés sur elle et se demander pourquoi elle jouait si mal.

Elle fixa le filet sans le voir et essaya de se raisonner. Cette lettre était peut-être une erreur – très certainement, même. Charles aurait tôt fait d'y mettre bon ordre, se répétait-elle en essayant de retrouver son calme. Mais une sourde angoisse la taraudait. Et si ce n'était pas une erreur ? S'ils étaient obligés de payer ? Où allaient-ils trouver l'argent ? Depuis une dizaine d'années, depuis la mort de sa mère, Cressida avait réussi à se boucher les oreilles pour ne rien entendre quand on l'informait de l'état de ses finances. Elle n'avait qu'une vague idée du montant de sa fortune ; et plus encore de la façon dont elle était placée. Mais elle savait que son patrimoine avait fondu considérablement depuis son mariage. Lui restait-il encore assez d'argent ? Elle s'évertuait à se rappeler la dernière somme que lui avaient indiquée les gestionnaires de son portefeuille.

« Chérie ? » Charles la regardait, l'air perplexe. « On change de côté. »

Cressida rougit et releva la tête. Tout le monde la dévisageait. Évidemment. Ils venaient de perdre le premier set. Charles était déjà de l'autre côté du court. Don et Valerie restaient près du filet et la regardaient avec un étonnement poli. Ils étaient tous là à l'attendre. A présent, d'un instant à l'autre, quelqu'un allait lui demander si elle se sentait bien. Caroline était si indélicate qu'elle allait sans doute clamer une horreur quelconque – Cressida avait-elle ses règles, par exemple, avait-elle besoin de Tampax ? Ou bien ils allaient deviner qu'il était arrivé quelque chose de grave, et faire preuve d'une sympathie insupportable et d'une familiarité débordante.

A l'idée d'être exposée, dans sa faiblesse, à ces gens épouvantables, elle se ressaisit. Il fallait absolument qu'elle se reprenne. Elle sourit avec froideur et alla vite se placer de l'autre côté.

« Pardonne-moi, murmura-t-elle à Charles. J'étais à des lieues d'ici. » Elle plissa les yeux. Ce n'était qu'une affaire de concentration. Se tournant vers le filet, elle porta toute son attention sur un certain endroit des mailles. « De la concentration, se dit-elle tout bas en essayant de faire le vide dans son esprit. De la concentration. »

« Un jeu à zéro, dit Charles avec bonne humeur. Il va vraiment falloir trouver un truc spécial, tu ne crois pas, Cress ? » Il servit – un service net, sans prétention, destiné à Don, qui renvoya la balle droit sur Cressida, s'attendant manifestement qu'elle la rate. Mais elle tendit sa raquette en un geste presque réflexe et retourna vivement le coup.

« Joli ! s'écria Charles, ravi.

– Bien joué, admit Don à contrecœur.

– Ah, fantastique ! Nous y voilà », dit Annie.

Le jeu suivant se déroula rapidement. Cressida, dans sa détresse, ne pensait plus qu'à une chose : renvoyer la balle. Elle n'avait aucune idée du score. Elle ne voyait pas les regards ébahis qui suivaient les balles liftées qu'elle renvoyait en coups droits à l'autre bout du court.

« Cressida, ma chérie, à toi de servir. » Elle leva les yeux, surprise, et vit que Charles lui souriait avec tendresse. « Tu joues magnifiquement. »

Elle crut qu'elle n'allait pas pouvoir s'empêcher d'éclater en sanglots. Mais elle ramassa deux balles et se prépara à servir. La première, lancée beaucoup trop haut, retomba en dehors du court.

« Maman ! »

Sans prêter la moindre attention à la voix aiguë de Georgina, elle refit son service. La balle partit derrière elle.

« Recommence, dit Charles.

– Maman, regarde qui est là ! »

Cette fois, il était impossible de rester indifférent aux cris exaltés de Georgina. Cressida, Charles, Caroline et tous les autres se retournèrent.

A côté de Georgina, la dépassant à peine, se tenait une jeune femme souriante au visage bronzé et radieux. Elle était vêtue d'une robe indienne turquoise, sans manches, et ses cheveux, d'un brun doré, étaient retenus par un foulard de la même teinte. Son large décolleté découvrait une poitrine opulente, aussi bronzée que le visage. Le reste du corps était pareillement voluptueux – épaules rondes, bras potelés, ventre légèrement renflé visible à travers le tissu de coton léger. Une chaîne d'or brillait autour de son cou au soleil de l'après-midi. Ses pieds étaient chaussés de sandales de cuir marron, et elle portait un grand sac de cuir. De ses yeux brun foncé, elle examina rapidement la situation et susurra quelque chose à Georgina, qui eut un petit rire et regarda sa mère avec quelque inquiétude. Pendant une minute ou deux, tout le monde considéra la jeune femme sans rien dire. Et puis Stephen rompit le silence.

« Grands dieux, s'écria-t-il. C'est Ella. »

7

« Je suis absolument désolée », dit Ella. Caroline et elle étaient rentrées dans la maison et montaient au premier. « Il ne m'est pas venu à l'idée, tu comprends, que Georgina, enfin bon...

– Te menait en bateau ? termina Caroline. Bien sûr, tu ne pouvais pas savoir.

– Je n'aurais jamais pu me douter qu'elle ne t'avait rien demandé. Sinon, je ne serais jamais venue. Elle ne s'est peut-être pas souvenue que vous aviez des invités, ajouta-t-elle soudain.

– Penses-tu. Ça fait un bout de temps qu'elle le sait. Quand as-tu téléphoné, dis-tu ?

– Oh, il y a quatre ou cinq semaines. J'étais encore en Italie. Je lui ai demandé si je pouvais venir et elle m'a dit qu'elle allait te poser la question. Elle m'a laissée au bout du fil quelques minutes, et puis elle est revenue me dire que tu étais dans ton bain, mais que tu étais d'accord. Je n'avais aucune raison de ne pas la croire, tu comprends. J'aurais sans doute dû rappeler, pour m'assurer que c'était bien entendu, mais tu sais ce que c'est... » Elle prit en souriant un air coupable. « Est-ce que mon arrivée va rompre le fragile équilibre de votre réunion ?

113

– C'est plutôt celui de Charles qui est en cause, dit Caroline, l'air narquois. Sans parler de celui de sa charmante épouse. Tu as vu la tête qu'elle faisait ? » Ella fit signe que non.

« Je dois dire que j'ai évité de les regarder l'un et l'autre. » Caroline lui jeta un rapide coup d'œil.

« Est-ce que ça te pose un problème ? De te trouver en face d'eux, j'entends ?

– Non, ça ne me dérange pas, dit lentement Ella. Tout cela est déjà loin, et il y a eu d'autres hommes après Charles. Je n'ai pas envie qu'il revienne, non. Mais quand même... quand je la regarde, je me dis...

– Tu te dis, pauvre conne pleine de fric », suggéra Caroline. Ella se mit à rire.

« C'est à peu près ça.

– C'est ce que nous nous disons tous. » Caroline s'arrêta devant une porte. « Puisque c'est Georgina qui a eu l'idée de t'inviter, c'est la moindre des choses qu'elle te laisse sa chambre, je trouve.

– Ah mais non, protesta Ella. Je peux me mettre n'importe où. J'ai un sac de couchage...

– Tu veux rire ! » Caroline poussa la porte. La chambre de Georgina était vaste, claire et impeccablement rangée. Les vitres, la glace de la coiffeuse et le distributeur d'eau miroitaient au soleil de la fin d'après-midi. Livres et crayons étaient bien en ordre sur le bureau. Sur le meuble de chevet blanc étaient posés un cheval de porcelaine et une lampe.

« Ravissant », dit Ella. Caroline haussa les épaules.

« Désolée de ne pas avoir une chambre de plus. La maison est pourtant assez grande.

– Combien y en a-t-il ? demanda Ella en laissant tomber son sac sur le tapis en peau de mouton au milieu de la pièce.

– Six en tout. Mais elles sont toutes occupées. » Ella examinait les lieux du côté de la salle de bains.

« Elle en a de la chance, Georgina ! C'est vraiment

ravissant. » Elle s'assit sur le lit. « Ça va me changer des nattes à même le sol et des souris qui vous courent sur les jambes toute la nuit. » Caroline la regarda, horrifiée.

« C'est ce que tu as connu ?

– Pas tout le temps. » Ella s'esclaffa en voyant la mine de Caroline. « En Inde, c'était assez sordide, et à certains endroits en Amérique du Sud aussi – mais cela fait quatre mois que je suis de retour en Europe. Seulement, pas dans un luxe pareil. » Caroline hocha la tête.

« Je ne sais pas comment tu as fait. Moi, au bout de trois semaines quelque part, j'en ai assez, si joli que soit l'endroit. Tu n'as pas eu envie de revenir ?

– Parfois. Au bout de deux mois, j'ai commencé à avoir vraiment le cafard et j'ai failli laisser tomber et reprendre l'avion pour rentrer. Mais ça n'a pas duré. Ce qui me déprimait, en fait, c'étaient des choses rudimentaires – l'absence d'eau chaude, par exemple, et la nourriture. A un moment, ma santé s'en est ressentie. Mais j'ai fini par m'habituer. Et ça a été une expérience absolument merveilleuse... » Ses yeux brillaient.

« Tu es folle. Enfin, on est bien contents de te revoir.

– C'est gentil. Et, encore une fois, mille excuses.

– C'est ma chipie de fille qui devrait te faire ses excuses. Je crois franchement que l'idée que tu n'aurais peut-être pas envie de revoir Charles ne l'a pas effleurée.

– Ah mais tu sais, à présent, la perspective d'avoir une conversation avec lui ne me déplaît pas du tout. Il a eu l'air tellement effaré. » Elle se regarda de haut en bas. « Tu crois que je peux prendre un bain tout de suite ?

– Bien sûr, je t'en prie, dit Caroline en ouvrant la porte de la salle de bains. Il y a de l'eau chaude en permanence, tu peux en faire couler autant que tu voudras. Je vais te chercher un drap de bain. »

Quand elle revint, Ella, toute nue, sans aucune gêne, brossait vigoureusement ses cheveux couleur de miel tandis que la baignoire se remplissait d'eau chaude avec un bruit fracassant. Son corps brun était tout en rondeurs charnues, et, à chaque coup de brosse, ses seins rebondis se soulevaient et retombaient.

« Tiens, voilà, lui dit Caroline en lui tendant deux grandes serviettes de toilette blanches. Tu as un bronzage superbe.

– C'est à la Grèce que je le dois, précisa Ella, qui était occupée à démêler un nœud dans ses cheveux. J'étais avec un groupe de nudistes – ou du moins de gens qui prenaient leurs bains de soleil tout nus. Ça a été une révélation. » Elle leva les yeux avec le plus grand sérieux et, quand elle avisa le regard lascif de Caroline, toutes deux pouffèrent de rire. « Ce n'est pas ce que je voulais dire ! protesta-t-elle enfin.

– C'était un truc freudien alors. Ce n'est pas possible que le sexe ne t'intéresse plus.

– Eh bien en fait, dit Ella d'un air mystérieux, tu te trompes. » Elle fit un clin d'œil à Caroline et prit les serviettes de toilette.

« Pourquoi ? Qu'est-ce qui s'est passé ? insista Caroline.

– Je te raconterai plus tard, peut-être. » Et elle disparut dans la salle de bains.

Dehors, la partie de tennis tirait à sa fin. Cramponnée à sa raquette, Cressida s'interdisait de relâcher son attention. Elle ne voulait savoir ni où elle était ni avec qui elle jouait. Ses yeux fixaient la balle. Son jeu était plus sec. Et elle jouait pour gagner. Plus elle se concentrait sur la partie, plus il lui était facile d'oublier l'arrivée déconcertante d'Ella, ou la lettre qui attendait Charles dans la chambre, ou même la perspective sinistre de passer une soirée entière avec tous ces affreux. Grâce à un coup droit qui passa à côté de Valerie, montée au filet, elle remporta le set, puis elle ramassa les balles et se dirigea rapidement à l'autre bout du court pour servir.

Charles s'arrêta au filet pour échanger une ou deux plaisanteries avec Don. Mais celui-ci paraissait contrarié.

« Elle joue bien votre femme à présent, dit-il.

– Oui, n'est-ce pas ? » Charles jeta un coup d'œil

perplexe à Cressida qui faisait rebondir une balle en regardant fixement par terre.

« Quelle concentration extraordinaire ! Tu vois, Val, fit remarquer Don à sa fille, si tu te concentrais un peu plus, tu ne ferais pas toutes ces fautes les unes après les autres. » Val baissa les yeux et se mit à frotter sa raquette contre sa chaussure.

« Alors, coupa Charles. On en est à 5-4, c'est cela ?

– Allons-y, Val, dit Don sèchement en s'éloignant, il faut vraiment qu'on gagne le jeu suivant. »

Dès qu'ils furent prêts, Cressida servit – un service long, appuyé, classique. Valerie, un peu hésitante, renvoya la balle à Charles, qui se précipita dessus et manqua son coup. La balle effleura le haut du filet et vint tomber dans le couloir. Valerie se jeta en avant mais, sur le gazon, le rebond fut insignifiant.

« Excusez-moi, s'écria Charles sur un ton jovial. Ça aurait pu tourner autrement.

– 5-0 », clama Don. Charles essaya de contenir son agacement. Il était de plus en plus irrité par ce jargon d'habitué des clubs : « 5-0 », « avantage dedans », « encore une, merci », « un peu longue ». Pourquoi ne pas dire que la balle était dehors ?

« 15-0 », rectifia-t-il d'une voix ferme – sans que Don comprenne pourquoi.

Cressida fit un deuxième service, dur, rapide, lifté, qui vola au-dessus du court jusqu'à Don. Celui-ci, maniant sa raquette dans son style outrancier, propulsa la balle au-dessus de la tête de Charles.

« Dehors, annonça Cressida sèchement ; 30-0. » Elle fit un nouveau service, du côté de Valerie, qui renvoya la balle dans le filet.

« 40-0. »

En s'apprêtant à recevoir le service de Cressida, Don semblait perdre son sang-froid. Ce fut encore une fois un service dur, qu'il prit en revers, renvoyant à Charles une balle plutôt molle. D'un geste large, celui-ci frappa un coup fracassant et la balle atterrit dans l'angle du court. Charles lança sa raquette en l'air avec un cri de joie.

« Balle trop longue, je regrette, dit aussitôt Don.

– Vraiment ? » Charles eut l'air surpris. « Bon, alors 40-15.

– Mais enfin, elle était bonne, se récria d'en haut une voix sévère. Elle n'était pas dehors. » Tout le monde leva les yeux : c'était Georgina, perchée sur une branche. « J'ai bien vu. Elle est tombée à l'intérieur, à cinq centimètres de la ligne à peu près. » Don parut décontenancé.

« Qu'est-ce que tu en penses ? demanda-t-il à Valerie, qui devint écarlate.

– Ah, dit-elle en ricanant d'un air gêné, je n'ai pas bien vu. La balle allait trop vite.

– Elle était bonne, insista Georgina. Je suis mieux placée que vous pour voir.

– Bon, eh bien, c'est sûrement vrai, répliqua Don, dans un accès de bonne humeur tardif. Set et partie, donc. Félicitations. » Cressida adressa un pâle sourire à Valerie et s'efforça de serrer sans broncher sa main moite.

« Ah, mince alors, bravo ! dit Valerie, tandis qu'ils se séparaient. Je me doutais bien que vous alliez nous battre.

– Qu'est-ce que c'est que cette attitude défaitiste ? s'indigna son père. Ce n'est pas comme ça qu'on arrive à quoi que ce soit. La première chose à faire pour gagner, c'est de se dire qu'on peut gagner.

– Ah, pitié ! marmonna Charles.

– Et la deuxième ? demanda Georgina.

– Ah, ah, s'écria Don en lui faisant un clin d'œil.

– *Quelle bonne question !*... glissa Stephen dans l'oreille d'Annie, qui se mordit la lèvre.

– La deuxième, continua Don, c'est de faire croire aux autres que l'on peut gagner. » Il regarda tout autour de lui d'un air entendu.

« Et si on ne peut pas ? demanda Georgina.

– Peut pas quoi ?

– Gagner. Par exemple, disons que je me croie vraiment

bonne en... » Elle réfléchit un instant. « ... en patin à glace. Je dis à tout le monde que je patine très bien. Mais en fait, je suis nulle.

– Georgina, interrompit Caroline. Va prendre tes affaires dans ta chambre et emporte-les dans celle de Nicola. C'est là que tu dors cette nuit.

– Génial ! s'exclama Georgina, détournée de son propos. Dans un sac de couchage ?

– Oui.

– Super ! » Georgina se laissa glisser de son perchoir. « Viens, Nicola !

– N'entre pas comme une trombe, recommanda Caroline. Ella est dans la baignoire.

– Elle a pris ma chambre ?

– Oui. C'est la moindre des choses, tu ne trouves pas ? » Georgina rougit un peu sous le regard pénétrant de sa mère.

« Ouais, dit-elle en dansant d'un pied sur l'autre.

– Bon, alors vas-y. Et frappe avant d'entrer.

– Ne t'en fais pas. J'ai déjà vu Ella toute nue. Elle s'en fiche pas mal. »

Quand Georgina et Nicola partirent en courant, il se fit un bref silence pendant lequel chacun imagina Ella en costume d'Ève.

« Bon, dit brusquement Caroline, je crois que je vais aller me changer. On dînera vers 20 heures, après l'apéritif.

– Voilà qui est fort civilisé, dit Stephen. Et les enfants ?

– C'est déjà réglé. Ils dîneront avant nous, à la cuisine. Madame Finch s'en occupe.

– Divin, s'écria Annie. Je vais pouvoir rester ici à me prélasser.

– Je crains que non, dit Patrick. C'est à vous de jouer à nouveau, contre nous.

– Ah non ! gémit Annie.

– Patrick ! dit Caroline. Il faut que j'aille me changer. On ne peut pas remettre ça à demain ?

– Excellente idée ! insista Stephen.

– Bon, si vous voulez, concéda Patrick de mauvaise

grâce. Mais il faut absolument jouer cette partie, sinon, on ne saura pas qui reste en finale.

– Oui, oui, promis, dit Annie.

– Eh bien alors, nous rentrons nous changer, déclara Don. Et nous revenons pour l'apéritif vers 19 h 30, c'est bien ça, Caroline ?

– Comme vous voudrez, répondit-elle sur un ton dédaigneux.

– Oui, 19 h 30 », confirma Patrick avec un sourire.

Caroline monta sans hâte dans sa chambre. En passant devant celle où Georgina était venue s'installer, elle entendit du chahut et se demanda un instant si elle devait intervenir. Mais elle n'en avait pas vraiment le courage. Et puis, elle avait en tête des choses plus importantes, la première étant l'arrivée inopinée d'Ella. Bien sûr, elle n'était guère ravie que Georgina ait menti, mais elle s'aperçut qu'au fond d'elle-même elle n'était pas fâchée de mettre Charles et Cressida dans l'embarras. Sans ce mensonge, le face-à-face n'aurait sans doute jamais eu lieu. Bien fait pour Charles si ses yeux s'ouvraient sur tout ce qu'il avait rejeté.

Ella était absolument rayonnante – et, à l'évidence, elle avait fait un voyage inimaginable. C'était fascinant de parcourir le monde ainsi. Encore que ce ne fût sans doute pas aussi merveilleux que cela en avait l'air. Pour Caroline, partir en vacances, c'était se faire transporter sans effort de chez elle à l'aéroport, puis à l'hôtel et à la plage. Mais Charles, lui, avait toujours eu le goût de ces vacances dans le style hippy ou étudiant, sac au dos, sans guide touristique, et il aurait sûrement adoré faire le tour du monde dans ces conditions-là. Au dîner, se dit Caroline, il fallait qu'elle pense à interroger Ella tout fort sur ses voyages – et qu'elle observe la mine de Charles. Elle sourit intérieurement en ouvrant les robinets et en regardant l'eau bouillonner dans la baignoire.

« Tu prends un bain ? lui demanda Patrick, qui venait

de faire irruption dans la chambre. Tu en as pour longtemps ?

– Oui, répondit Caroline avec hargne.

– Bon, eh bien, je vais lire le journal en attendant. Appelle-moi quand tu auras fini. » Il ouvrit la porte du balcon et alla s'asseoir dehors. Caroline le regarda d'un air méfiant, puis elle se déshabilla rapidement en laissant ses vêtements par terre, et elle entra dans l'eau chaude, parfumée et mousseuse. Elle ouvrit la bouche pour lui parler à distance, mais elle se dit qu'on allait l'entendre et lui cria :

« Patrick, viens voir. Patrick !

– Quoi donc ? » Il parut sur le seuil de la salle de bains.

« Je veux te parler. Ferme la porte.

– A quel propos ? » Il laissa errer son regard sur le corps de sa femme. Elle ne fit pas attention à lui.

« A propos de Charles. Non, dit-elle en levant la main. Laisse-moi finir. J'ai compris tes manigances. Tu le fais boire, tu disparais dans ton bureau sous un prétexte quelconque, et puis tout d'un coup – je te vois comme si j'y étais – tu lui sors tes brochures, et tu lui vends un produit absolument pas valable, juste pour toucher ta foutue commission.

– Un instant, tu veux bien ? dit Patrick en haussant le ton.

– Chut ! Tout le monde va entendre.

– Un instant s'il te plaît, répéta-t-il plus calmement. Tu ferais mieux de te taire à propos de ma foutue commission. C'est ce qui te permet de manger, de t'habiller...

– D'accord, d'accord, coupa-t-elle, mais je ne suis pas aussi obsédée par l'argent que toi. De toute façon, là n'est pas la question. Ce que je me demande, c'est pourquoi il faut que tu traites tes affaires ici, à la maison. Déjà, il faut se farcir des invités comme Don parce que ce sont de "bons clients". » Elle prononça ces deux mots d'une voix moqueuse. « Mais si tu fais venir Charles Mobyn juste pour lui vendre une souscription merdique... ce n'est plus possible. » Elle le toisa de ses yeux bleus.

« Et comment sais-tu que j'ai vendu quelque chose à Charles ?

– C'est évident. Tu disparais avec lui, et quand tu reviens, tu es d'humeur charmante, tu distribues ton cognac et tes cigares comme si c'était pour la dernière fois. Alors, ou bien tu as vendu à Charles un mégaplan d'investissement, ou bien tu te shootes à la coke et je ne suis pas au courant. » Patrick sourit, se regarda dans la glace tout embuée, et s'humecta un doigt pour se lisser les sourcils.

« A moins, insinua-t-il, que ce ne soit à quelqu'un d'autre que j'aie vendu ce mégaplan.

– Quoi ? » Caroline le dévisagea, stupéfaite. « A qui ? à Cressida ? » Patrick continuait à sourire d'un air satisfait devant l'image que lui renvoyait la glace. « A Don ? demanda-t-elle.

– J'ai vendu ce plan, dit-il en prenant son temps, un plan qui va faire monter ma prime de cette année à... devine à combien.

– Don. Oui, ça doit être lui. En fait d'être parti nourrir son chien, il est allé se faire escroquer par toi, c'est ça ?

– Cent mille livres, dit Patrick en savourant ces mots. La prime, pas mon salaire. Cent mille livres, joli, non ?

– Pourtant, Don est à court d'argent. Il a de sérieuses difficultés, je le sais par Valerie. Pas possible qu'il ait investi une somme pareille. » Patrick sortit de son agréable rêverie et regarda sa femme d'un air surpris.

« Non, ce n'est pas Don. Qu'est-ce qui t'a fait penser que c'était lui ?

– Alors qui est-ce, putain ?

– Stephen, voyons. »

A la cuisine, Annie essayait de faire la conversation à Mme Finch. Les enfants, ainsi que Martina, qui ruminait sa rancune, étaient rassemblés autour de la table et ils mâchaient leurs croquettes de poisson et leurs pommes de terre au four avec du fromage et de la salade. Georgina avait tenu à saupoudrer les pommes de terre de poivre gris frais moulu dans chaque assiette : Toby avait trouvé les siennes beaucoup trop fortes, et il avait fallu lui enlever tout le dessus. C'était aussi trop épicé pour Nicola, Annie s'en doutait bien, mais la fillette se refusait vaillamment à faire la moindre réflexion devant Georgina. Elle soufflait fort en enfournant chaque bouchée et avalait une grande quantité d'eau. Quant aux jumeaux Mobyn, on leur avait donné un monceau de fromage râpé, et, à présent, il y en avait partout sur la table et par terre, et ils s'en étaient mis plein les cheveux et les doigts. Martina esquissait de temps en temps un geste pour les essuyer, mais, dans l'ensemble, elle se contentait de les laisser faire et de regarder devant elle d'un air morose.

Mme Finch était assise sur un tabouret de cuisine et fumait une cigarette. Voyant qu'Annie était prête à l'aider à faire dîner les enfants, elle ne se tenait plus pour responsable de rien et l'entretenait avec force détails de tout ce qui manquait à l'épicerie du village.

« L'autre jour, j'y vais : j'avais oublié d'acheter un dessert pour le soir. Eh bien, je n'ai rien trouvé. J'ai dû repartir sans rien acheter.

— Qu'est-ce que vous auriez voulu ? lui demanda Annie d'un air absent en versant aux enfants des verres de Ribena.

— Eh bien, je ne sais pas, moi. Peut-être une bonne mousse au chocolat. Ou une crème caramel. Celles qu'on trouve en petits pots de verre, elles sont bonnes. Ou un gâteau surgelé. Mais pour ça, faut aller chez Safeway.

— On a de la mousse au chocolat comme dessert ? demanda brusquement Georgina.

— Non, de la glace, dit madame Finch. A la vanille et à la framboise.

— Miam ! » s'écria Nicola. Mme Finch la regarda avec attendrissement.

« Pauvre petit chou ! C'est bien triste !

— Nous pensions emmener les enfants à l'église demain,

s'empressa de dire Annie. Vous savez à quelle heure est le service ? » Mme Finch fronça le nez.

« Pas vraiment. Des fois, je les vois passer le dimanche, seulement, vous savez, j'ai jamais bien fait attention à l'heure.

– Il n'y a pas beaucoup de fidèles, alors ?

– Ça, je n'en sais rien. C'est une jolie petite église. Il y a des gens qui viennent des autres villages. Je pense qu'ils ont pas mal de monde en fait. C'est là que je me suis mariée, vous savez, ajouta-t-elle de façon inattendue.

– Ah, c'est formidable ! » dit Annie avec enthousiasme. Mme Finch écrasa son mégot taché de rouge à lèvres et hocha la tête.

« Il y a quinze ans de ça. Réception au *Horse and Groom* à Moreton St Mary. On a été à Ibiza en voyage organisé pour notre lune de miel. C'était la première fois que j'allais à l'étranger. On dirait pas à présent, hein ?

– Non, c'est vrai.

– Depuis, on va à l'étranger tous les ans. L'Espagne, le Portugal, les Canaries, tout ce que vous pouvez imaginer. Cette année, on a été en Gambie. Avec les enfants, des vraies vacances en famille, vous voyez. Ils ont été emballés, bien sûr. Lee, c'est notre aîné, il a appris à faire du ski nautique. Il est vraiment doué. On pense à la Floride pour l'an prochain. Disneyworld.

– Eh bien !

– Vous aimez passer vos vacances à l'étranger ?

– C'est vrai que j'adore voyager, reconnut Annie, mais cela fait un certain temps que nous ne sommes pas partis. Ce n'est pas très facile. » Mme Finch fit un signe de tête entendu.

« Sûrement, avec la petite et tout... » Son regard s'arrêta sur Nicola, qui se faisait maladroitement une tartine de beurre.

« Ce n'est pas ça, répliqua aussitôt Annie. C'est plutôt une question d'argent, précisa-t-elle en riant.

– Fini ! annonça Georgina. Je vais chercher la glace ? »

Mme Finch lui fit un signe de tête, et elle alluma une autre cigarette. Georgina disparut de la cuisine, et Annie mit son assiette sale dans le lave-vaisselle. Mme Finch ne bougea pas.

« On n'arrive pas à se décider entre la Floride et la Californie », dit-elle pensivement quand Annie revint s'asseoir. Elle tira sur sa cigarette. « Peut-être qu'on devrait faire les deux. »

Patrick ne comprenait pas pourquoi Caroline était aussi furieuse.

« Ah, très drôle ! s'était-elle écriée en levant une jambe couverte de mousse pour l'admirer. Alors, qui est-ce ? Charles, c'est ça ?

— Non, je te l'ai dit, c'est Stephen.

— Bien sûr. Tout à fait le type à disposer d'argent pour ce genre de choses. » Le ton était assuré et sarcastique, et Patrick, qui, généralement, quand il en parlait à Caroline, glissait sur les détails de ses transactions, sentait la moutarde lui monter au nez.

« Il a de l'argent s'il prend une hypothèque sur sa maison. » Il regarda sa femme d'un air triomphant. « Ce qu'il a fait, pratiquement.

— Quoi ? » Les jambes de Caroline s'immobilisèrent et elle tourna vers lui des yeux incrédules.

« Ça n'a rien de compliqué. A bien réfléchir, en fait de disponibilités, pour le moment, il est en dessous de ses possibilités.

— Tu l'as arnaqué en lui faisant prendre une hypothèque ? » Patrick eut l'air gêné.

« Tu pourrais dire les choses autrement.

— De combien ?

— Qu'est-ce que ça peut faire ? C'est largement dans ses moyens.

— Quels moyens ? Il n'a pas de situation, tu n'es pas au courant ? Alors, combien ?

— Il souhaiterait sans doute que cela reste confidentiel, dit Patrick sans sourciller.

— Putain de merde ! » Caroline sortit de la baignoire en éclaboussant autour d'elle et se planta devant lui, dégoulinante et furieuse. « Combien ?

— Quatre-vingt mille seulement, bon Dieu ! Ne t'énerve pas comme ça. Sa maison doit valoir au moins trois fois plus.

— Il emprunte quatre-vingt mille livres pour investir ? » Caroline porta la main à son front. « Et il investit dans quoi ?

— Quelle importance ? Tu ne comprendrais pas, même si je te le disais.

— Tu crois ça ! Ce n'est pas ta fameuse souscription Sigma, au moins ? » Patrick sursauta.

« Comment le sais-tu ?

— Je ne suis pas complètement idiote, dit-elle d'une voix cinglante. Je sais ce que tu es en train de mijoter. Cette foutue souscription Sigma, je sais parfaitement de quoi il s'agit, et tes foutues primes aussi. Comment as-tu pu faire ça, nom de Dieu ?

— Je ne vois vraiment pas quel est le problème.

— Bien sûr que si. Ne fais pas semblant de ne pas comprendre. C'est très clair. Annie et Stephen n'ont pas les moyens de faire un emprunt hypothécaire pareil. Ils vont tenir le coup quelque temps, et puis, d'ici un an, ils viendront te trouver pour récupérer leur argent. Et tu leur rendras combien ? Ou plutôt tu leur prélèveras un montant de frais de combien ? Dix mille ? Vingt mille livres ?

— La question ne se posera pas, dit Patrick avec humeur. Annie et Stephen peuvent tout à fait se permettre un petit emprunt de cet ordre. Et à long terme, cette souscription devrait être d'un bon rapport.

— Tu plaisantes ! Ils n'ont pas le moindre revenu, rétorqua Caroline, tandis que ses yeux lançaient des flammes. Le long terme, qu'est-ce qu'ils en ont à faire ? » Patrick la regarda un instant.

« Du calme », dit-il avec agacement, et il passa dans la chambre pour sortir sur le balcon.

Pendant quelques instants, dans sa rage, Caroline le suivit des yeux. Puis elle passa à l'action. Elle se sécha avec vigueur et s'appliqua un peu de lait hydratant sur le corps, tandis que ses pensées allaient bon train. Patrick avait vraiment sombré encore plus bas. Un courtier sans scrupule, voilà ce qu'il était – c'est même une des premières choses qui l'avaient attirée chez lui. Avec leurs costumes voyants, leurs voix trop onctueuses et leurs yeux avides et mobiles, ses copains et lui la séduisaient assez, ils la faisaient rire. Et au début, Patrick l'avait traitée un peu comme une cliente de choix – propos déférents tenus en sourdine, remarques pleines de respect, mais toujours avec ce sous-entendu : *Nous savons l'un et l'autre pourquoi nous sommes ici, n'est-ce pas ?* Sauf qu'elle n'était pas là pour acheter des services financiers.

Elle se regarda dans la glace, se rappelant la jeune blonde à la poitrine opulente et au large sourire qu'elle était alors. Pas étonnant que Patrick soit tombé amoureux d'elle. En fait, il avait fait preuve d'un flegme incroyable, sachant qu'il la voulait à tout prix – seulement, elle ne s'en était aperçue qu'après. La moitié du temps, c'est elle qui avait peur qu'il la quitte. Incroyable, franchement.

Et quel salaud il s'était révélé être.

« Espèce de salaud », dit-elle devant la glace. Elle sourit. En dépit de sa réprobation, l'idée que Patrick était redevenu ce courtier sans scrupule l'excitait plutôt.

Elle évoqua son image quinze ans plus tôt : décidé, pugnace, très sûr de lui. Jeune et viril, direct et entreprenant. Ils s'étaient rencontrés, alors qu'ils travaillaient l'un et l'autre à Londres, à un salon de la finance pour les particuliers. Elle était au stand d'une autre société, et elle distribuait des prospectus pour un tirage au sort de champagne. Le quatrième jour, elle avait arrangé le tirage de façon que ce soit Patrick qui gagne, et ils avaient passé l'après-midi à boire sans dételer. Après quoi il l'avait entraînée derrière le stand pour l'embrasser. Elle se souvenait encore des ondes de choc qui avaient traversé son esprit aviné. Était-elle vraiment en train d'embrasser ce petit bonhomme laid ? Et d'en être tout excitée ? Il avait relevé le tee-shirt publicitaire qu'elle portait, celui de sa société. A la vue de ses seins, il avait émis une sorte de grognement, il avait repoussé la dentelle de son soutien-gorge et avait collé ses lèvres au mamelon. Elle en avait presque poussé un cri d'extase. Et puis il s'était écarté.

« Il faut que j'y aille, lui avait-il dit. J'ai des clients qui m'attendent. Il faut que je les accroche. » Et elle l'avait suivi des yeux, sa bouche gonflée et frémissante brûlant de recevoir de nouveaux baisers.

Elle regarda ses lèvres dans la glace. Elles étaient toujours pulpeuses et désirables. Elle avait encore la poitrine ferme, la peau douce et lisse. Et Patrick était toujours un salaud. Ils avaient beau avoir quinze ans de plus, ils ne différaient en rien de ce qu'ils avaient été alors. Cette idée lui remonta le moral. Mais, en même temps, elle était furieuse après lui. Elle avait beau ne pas avoir une haute opinion de Stephen, c'était un ami. Annie, surtout, était son amie, et elle se rendait compte qu'en fait elle l'aimait beaucoup. Et Nicola aussi. L'idée qu'ils soient plongés dans les ennuis financiers, les soucis de factures et les querelles d'argent la contrariait énormément. Elle se représenta Stephen sanglotant au-dessus de la table de la cuisine, Annie le consolant, et Nicola arrivant à la porte avec de grands yeux inquiets.

Patrick rentra dans la chambre et croisa son regard dans la glace. Il avait l'air circonspect et soupçonneux.

« Tu es un véritable salaud, lui dit-elle. Un vrai fumier. » Patrick ouvrit la bouche pour parler puis se ravisa. « Annie et Stephen n'y connaissent rien, les pauvres. Ils te font une confiance totale, au cas où tu ne le saurais pas. Ils méritent qu'on leur explique ce qu'il en est. » Patrick se renfrogna un peu plus encore, et il se dirigea résolument vers la salle de bains. Mais Caroline se leva et lui barra le passage. « Il faut qu'une amie fidèle leur apprenne à te connaître vraiment.

– Tu ne vas pas aller leur dire quoi que ce soit. Tu ne peux pas te permettre de cracher dans la soupe. Si tu me fais perdre des clients, je perds de l'argent, et on finit tous les deux dans la dèche.

– Dans la dèche, pas tout à fait, railla Caroline.

– Si plus personne ne veut m'acheter aucun service financier, eh bien, si. Il ne faut pas grand-chose pour ruiner la réputation de quelqu'un. Excuse-moi, mais tu te rappelles ce qui est arrivé à Graham Witherspoon ? »

Caroline porta sur lui un regard rageur. Une moitié d'elle-même voulait avertir Stephen et Annie et leur faire annuler cette opération, pour leur bien. Mais Patrick avait raison. Un seul client désenchanté et, fût-il un très bon ami, c'en était assez pour que la nouvelle se répande et que les autres fuient. En fait, c'était pire s'il s'agissait d'un ami. Graham Witherspoon était un ancien collègue de Patrick. Il battait des records en affaires, jusqu'au jour où, au cours d'un dîner avec des amis et des clients, il s'était laissé aller à dire, dans son ivresse, que les produits qu'il vendait étaient de l'arnaque. Après cela, il n'avait pratiquement plus rien vendu, et peu de temps après on l'avait licencié. Allait-elle prendre le risque que la même chose arrive à Patrick ?

Fronçant les sourcils, elle entra dans son dressing. Elle n'avait pas encore réfléchi à la façon dont elle allait s'habiller. Distraitement, elle prit une culotte et un soutien-gorge en satin crème, une robe droite en lin bouton d'or, des chaussures italiennes assorties, en daim. Elle mit tout cela sur le lit et sortit son coffret à bijoux. Des boucles d'oreilles en or et son solitaire. Cette conne de Cressida n'allait tout de même pas lui damer le pion avec ses bijoux. Par précaution, elle ajouta un bracelet en diamant. Elle vaporisa du parfum sur toute sa personne, puis elle s'habilla, admirant l'effet de ses épaules brunes sur le jaune, pointant un pied et le faisant tourner avec coquetterie.

Elle se regarda dans la glace. Simple, mais chic. Trop simple ? Elle essaya d'imaginer l'effet qu'elle allait produire sur le canapé de cuir crème dans la salle de séjour, un verre de champagne à la main, s'esclaffant à quelque plaisanterie. Ses yeux tombèrent sur ses boucles d'oreilles en or. Trop ternes. Elle les retira et chercha ses diamants. Ils brillèrent de tout leur éclat à ses oreilles et elle sourit à son image. On n'avait jamais trop de diamants. Était-ce bien connu ? Ou venait-elle de l'inventer ?

Elle réfléchit à la question tout en descendant dans la salle de séjour et en s'admirant dans toutes les surfaces polies devant lesquelles elle passait. Elle inspecta la pièce avec satisfaction, se servit un verre de champagne et s'assit sur le canapé. Pour l'heure, la situation des Fairweather lui était complètement sortie de la tête.

8

Mal à l'aise, Cressida changea de position, but une nou-velle gorgée de champagne, et contempla par la fenêtre le soleil couchant qui embrasait les champs. Elle se sentait délaissée et triste. Le canapé de cuir sur lequel elle était assise était moelleux et très mou et, maintenant qu'elle s'y était enfoncée, se disait-elle, elle aurait bien du mal à s'en extraire. Charles était resté un moment à côté d'elle, mais il s'était levé d'un bond pour examiner une batte de cricket ancienne que Patrick faisait voir à Stephen, et personne, jusque-là, n'avait pris sa place. Caroline et Annie riaient comme des folles à l'autre bout du salon devant le bar encastré où Caroline se versait un verre de champagne.

Son rire rauque résonna à travers la pièce et fit tressaillir Cressida, qui supportait moins que jamais ce ton gouailleur, obsédée qu'elle était par cette lettre, ce souci qu'elle gardait pour elle seule. Elle n'avait pas encore trouvé le moment approprié pour produire la lettre et la montrer à Charles. Tout d'abord, elle n'avait pas osé aborder le sujet, et ensuite Martina était arrivée avec les jumeaux pour savoir s'ils pouvaient se servir du Jacuzzi de leur salle de bains. C'est Charles qui avait eu cette idée, apparemment, et il avait passé le temps qui restait avant l'heure du dîner à s'ébattre avec les enfants qu'il avait réussi à surexciter en couvrant le sol de bulles.

Finalement, Cressida s'était rabattue sur une salle de bains qu'elle avait découverte au bout du couloir et que personne apparemment n'utilisait. Elle avait vaqué à sa toilette selon ses habitudes, avec des gestes mécaniques, mettant le même fond de teint qu'on lui avait appris à appliquer à l'institut de beauté Lucie Clayton quinze ans auparavant et qu'elle continuait à utiliser depuis. Elle s'était brossé les cheveux, vaporisée de son parfum, et fait un sourire dans la glace. Mais à présent, elle avait froid dans sa robe, et son sourire s'arrêtait à ses lèvres. Il lui semblait avoir lu quelque part que le sourire des bébés était un mécanisme de défense. Le sien, ce soir, n'était rien d'autre qu'une parade, une manière d'empêcher les autres d'y regarder de trop près ou de lui dire « Courage » avec leur insupportable cordialité coutumière.

Son esprit oscillait entre optimisme et désespoir. Sûrement, cette lettre ne pouvait être qu'une erreur. Dès qu'elle en parlerait à Charles, il la rassurerait, il mettrait le doigt sur ce qui n'allait pas, il la prendrait dans ses bras en lui disant tendrement : « Je crois qu'en matière d'argent tu n'y connais vraiment rien. » Ce serait comme le jour où elle avait décidé, exceptionnellement, de régler elle-même certaines factures et où elle avait fini par les régler toutes deux fois. Cela se passait tout de suite après leur mariage et Charles avait trouvé cela très drôle. En fait, il semblait plutôt amusé lorsqu'elle faisait des bourdes ou ne comprenait rien à rien. Quand elle croyait avoir tiré les choses au clair, elle essayait de faire quelque remarque intelligente, et alors il éclatait de rire et se moquait d'elle. Elle avait toujours une longueur de retard. Aussi, sans aucun doute, cette lettre était encore un embrouillamini. Il y avait à n'en pas douter quelque chose qu'elle avait oublié, ou qu'elle ignorait, et qui allait tout expliquer. Demain, ils en riraient ensemble.

Alors, pourquoi se sentait-elle si mal en y pensant, au

132

point de faire tourner le contenu de son verre d'un air angoissé ? En se remémorant la somme d'argent indiquée, elle frémit. Elle était riche, certes. Mais l'était-elle toujours autant ? Pouvait-elle faire face à une somme pareille ? Elle essaya de se rappeler ce que lui avait dit le gestionnaire de son portefeuille, M. Stanlake, la dernière fois qu'ils s'étaient vus. Elle se souvenait de son sourire pincé, de la main nette et fraîche qu'il lui avait tendue, de la vue qu'on avait de sa fenêtre, et même de la secrétaire si soignée qui leur apportait toujours du café. Mais que lui avait-on dit ? De quel capital disposait-elle encore ? Elle tripota le tissu de sa robe. Peut-être pourrait-elle s'informer de sa situation financière avant de parler de cette lettre à Charles. Cela prendrait du temps, mais, par ailleurs, cette maison ne semblait pas être l'endroit idéal pour lui annoncer la nouvelle. Surtout maintenant que cette fille – cette femme – venait d'arriver.

Dès le début, Charles avait toujours refusé de parler d'Ella, et Cressida n'avait certes pas cherché à fouiller dans son passé. Elle ne savait presque rien d'elle, en dehors du fait qu'ils avaient vécu ensemble pendant au moins cinq ans dans cette maison de Seymour Road. En réalité, jusqu'à cet après-midi, Cressida ignorait même à quoi elle ressemblait. Elle avait été plutôt surprise. Elle l'imaginait plus grosse, et d'un style disons, moins exotique.

Elle fut soudain arrachée à ses pensées par les éclats de rire de Caroline et d'Annie. Caroline brandissait une bouteille de Malibu.

« Goûte-moi ça, Annie, tu m'en diras des nouvelles, hurla-t-elle. C'est super ! » Annie avait les joues empourprées et les yeux brillants.

« Mais j'ai encore du champagne, protesta-t-elle quand Caroline commença à la servir.

– Et alors ? » Caroline regarda autour d'elle malicieusement, puis elle porta la bouteille à ses lèvres.

« Une fois, j'ai fait un lancement publicitaire pour du Malibu, dit-elle en s'essuyant la bouche. Ou peut-être que c'était pour de la Piña Colada ? On était en pagne et on s'était fait un faux bronzage. Avec une espèce de truc bien orangé. J'en ai mis plein les draps en me couchant. Mais si mes souvenirs sont bons, continua-t-elle au bout d'un instant, je ne dormais pas dans mes draps ce soir-là, alors je m'en foutais pas mal. » Elle pouffa de rire encore une fois.

Patrick était allé chercher d'autres objets de cricket de sa collection et, en revenant, ses yeux se dirigèrent avec méfiance d'où provenaient les éclats de rire de sa femme. Puis ils se posèrent sur Cressida, assise toute seule sur le canapé. Elle lui lança aussitôt un sourire éclatant en le conjurant intérieurement d'aller rejoindre les autres. Elle devinait en Patrick le genre d'homme à s'apercevoir que quelque chose n'allait pas et à tirer d'elle sans peine tout ce qu'il voulait savoir. Il avisa son verre à moitié vide et appela Caroline.

« Chérie, on manque un peu de champagne par ici, je crois. » Il fit un sourire à Cressida, qu'elle lui rendit, avec plus d'ardeur encore.

« Quelle jolie vue ! » dit-elle en montrant le paysage par la fenêtre. Elle aperçut les prés et chercha autre chose à dire. « Quelles jolies couleurs ! » finit-elle par ajouter. Patrick acquiesça d'un signe de tête.

« C'est vrai qu'ici nous avons des couchers de soleil superbes, dit-il. J'ai pris des photos magnifiques. Je vous les montrerai tout à l'heure.

– J'en serais ravie », répondit-elle sans enthousiasme. Il y eut un silence durant lequel elle eut l'impression que Patrick lisait dans son regard. Ses lèvres tremblèrent. Elle baissa les yeux et elle sentit ses joues rosir.

« Cressida », commença Patrick en s'approchant encore d'un pas. Elle gardait les yeux rivés sur ses genoux, ne sachant pas exactement ce qui la faisait rougir ainsi.

A ce moment-là, à son grand soulagement, la porte s'ouvrit. Don et Valerie entrèrent.

« Bonsoir, clama Valerie. On est en retard ?

– Non, non », répondit Patrick avec cordialité. Il s'avança pour l'embrasser sur la joue, et elle plongea maladroitement vers lui, de sorte qu'ils se heurtèrent avec une certaine violence. Quand il releva la tête, les regards de Patrick et de Cressida se croisèrent une fraction de seconde, et elle s'aperçut qu'elle piquait du nez dans son verre de champagne pour cacher un grand sourire, ridiculement échauffée qu'elle était par cet incident. Quand elle releva les yeux, elle vit Patrick serrer la main de Don sans sourciller et Valerie la saluer avec force gestes de bras, comme si elles étaient à des kilomètres l'une de l'autre.

« J'aime beaucoup votre robe, lui dit Valerie. C'est la même que la mienne. »

Ce qui – Cressida s'en rendit compte à son horreur – n'était pas loin de la vérité. Elles étaient toutes deux en robe bleu marine, très simple de façon. Seulement, celle de Cressida était en lin, et d'une coupe exquise, alors que l'autre était en polyester et mal ajustée, mais Valerie ne voyait sûrement pas la différence.

« J'adore cette ligne classique », s'écria Valerie avec suffisance en s'asseyant à côté de Cressida. Elle avança une main blanche sur la robe de Cressida pour en toucher l'étoffe. Cressida en eut brusquement un haut-le-cœur absurde.

« Elle est ravissante, dit Valerie. Où l'avez-vous achetée ?

– A Londres, murmura Cressida.

– Moi aussi. En solde. Ce n'est pas tout à fait ma taille, en fait, mais c'était vraiment une affaire !

– Un petit verre, Valerie ? proposa Patrick. Du champagne ?

– Ah, formidable ! » Elle se renfonça sur le canapé près de Cressida. Ses jambes, d'une blancheur cadavérique, à part une bande rosie par un coup de soleil sur le devant, étaient couvertes de ces minuscules petits points rouges qui apparaissent sur une peau fraîchement rasée, et elle avait un pansement adhésif décollé au talon de sa chaussure en vernis bleu marine.

Cressida jeta un coup d'œil subreptice du côté de Caroline, qui débouchait une autre bouteille de champagne. Elle n'était qu'une symphonie en jaune, avec sa robe bouton d'or, sa peau dorée et son éclatante chevelure blonde qui resplendissait sous l'éclairage du bar. Elle était trop fardée au goût de Cressida, et égale à elle-même, vulgaire et tapageuse, mais débordante de vie. Quant à Annie, avec sa robe-sarong aux motifs somptueux, elle paraissait tout échauffée, heureuse et pleine d'entrain. Elle avait les joues hâlées par le soleil, et elle avait relevé ses cheveux en chignon. Cressida ne l'avait jamais vue aussi séduisante.

En baissant les yeux et en voyant la tenue bleu marine de Valerie et la sienne, elle eut tout à coup l'impression de se retrouver à l'école – Valerie et elle faisant figure des deux inadaptées de la classe. Dans cette robe, qui était pourtant un vêtement de qualité et de prix, elle se sentait à la fois godiche et trop chic. Et elle était la seule à porter un collant, remarqua-t-elle. Elle but une petite gorgée de champagne. Rien n'allait. Pourtant, quelques semaines auparavant, pour un apéritif chez les Marchant, elle était habillée exactement de la même façon, et elle s'était sentie tout à fait à l'aise.

Patrick s'était approché du bar. Caroline était seule, assise sur un tabouret. Elle sirotait un cocktail énorme, les yeux fermés.

« Nos invités n'ont plus rien à boire, mon chou.

– Tiens, voilà. » Caroline le fixa d'un œil morne en lui tendant la bouteille débouchée. « Tu n'as qu'à faire le tour. » Patrick lui lança un regard mécontent.

« Ce que je voulais dire, c'est que tu pourrais aller leur faire la conversation.

– Je parle avec Annie, s'obstina Caroline. Elle est partie aux toilettes. Elle revient tout de suite.

– Tu ne vas tout de même pas parler avec elle toute la

soirée, dit Patrick en essayant de prendre un ton jovial. Et nos autres amis ?

– Nos amis ! » railla-t-elle. Elle se retourna sur son tabouret et lui jeta un regard méprisant. « Tu es l'ami d'Annie ? et de Stephen ? Eh bien alors, Dieu vienne en aide à tes ennemis ! » L'air gêné, il changea de position.

« Ce n'est pas vraiment le lieu, glissa-t-il tout bas.

– Exactement, grommela-t-elle à contrecœur. Mais ce n'est pas non plus le lieu pour arnaquer les gens qui vous font confiance. Et c'est leur cas. C'était leur cas, du moins, devrais-je dire. » Patrick la regardait avec une inquiétude croissante.

« Caroline ! dit-il entre ses dents. Tu n'as pas intérêt à parler de quoi que ce soit à Annie, bordel !

– Sinon quoi ? » Caroline le défiait en souriant.

« Tiens, Patrick ! » C'était la voix joyeuse d'Annie, et Patrick eut un sourire gêné.

« Tu es ravissante ce soir, lui dit-il.

– Je me sens merveilleusement bien, dit gaiement Annie. On a vraiment passé une journée fantastique tous les deux. Vous ne pouvez pas savoir à quel point on a apprécié. Et les enfants étaient aux anges. » Elle se tourna vers Caroline en souriant. « Nicola porte Georgina aux nues plus que jamais. Elle appelle leur chambre "le dortoir". Et je pense que, tout à l'heure, Georgina va leur faire son numéro de responsable de chambrée : "On éteint", "C'est l'heure de dormir".

– Ciel, dit Caroline, c'est un petit Hitler qu'on a élevé. » Patrick prit un air réprobateur et ouvrit la bouche pour protester mais se ravisa.

« On va bientôt passer à table, tu crois, chérie ?

– On attend Ella », fit remarquer Caroline. Patrick s'assombrit un peu plus.

« Ah oui, dit-il sèchement. Eh bien, je vais resservir un peu de champagne.

– Je suis sûre qu'elle ne va pas tarder », dit Annie pour calmer le jeu.

Charles refusait de voir les regards suppliants que lui adressait Cressida de sa place sur le canapé. Elle avait sur les bras l'épouvantable Valerie – et il ne pouvait pas s'empêcher de l'en plaindre – mais, ce soir, pour quelque obscure raison, il ne supportait pas de rester assis à côté de son épouse comme un mari docile. Il attendait vaguement quelque chose, il était dans une douce euphorie, il se sentait plein de gaieté et d'énergie. C'était sans doute l'effet combiné, se dit-il, de l'exercice en plein air, du soleil et du champagne. Il ne voulait pas savoir pourquoi cette humeur l'avait envahi après qu'Ella eut fait son apparition surprise. Après quatre ans de mariage, il était habitué à changer bien vite le cours de ses pensées chaque fois qu'elles s'envolaient vers Ella, ne retenant de leur liaison que les mauvais moments, et chassant presque toujours de son esprit le souvenir de celle-ci.

Stephen avait l'air très en forme lui aussi, plus sûr de lui qu'au cours de la matinée. Don et lui étaient toujours plongés dans les vieilles photos, les programmes, les feuilles de match, les balles de cricket, et même quelques vieux coussinets de protection, et ils semblaient fascinés par la collection de Patrick. Tout cela ennuyait Charles. Il avait trouvé la batte de cricket intéressante à regarder, à la fois d'un point de vue esthétique et en tant qu'antiquité – mais ces listes interminables de joueurs d'autrefois et toutes ces photos n'étaient vraiment pas son truc. Et pourtant, il restait là auprès d'eux, évitant de porter les yeux sur le visage éploré de Cressida. Il se sentait d'humeur bien trop enjouée pour se forcer à aller s'asseoir auprès de son épouse à la triste figure.

Le moral de Cressida était tombé encore plus bas. Elle était mal assise sur ce canapé et elle sentit que sa robe était toute chiffonnée. Mais, si elle se levait pour la défroisser, elle allait attirer l'attention sur elle ; or, pour l'instant, il lui semblait qu'elle n'était pas en état de supporter le regard de quiconque. Son verre était tiède, à force de le tenir serré dans sa main ; son collant glissait désagréablement sur le cuir du canapé ; et Valerie était une vraie crécelle.

Depuis un quart d'heure, elle abreuvait Cressida de tous les potins sordides qui circulaient dans le bureau où elle travaillait à Londres. Elle racontait toutes ces histoires d'une voix détachée et presque innocente, ce qui prouvait qu'elle n'avait pas la moindre idée de la façon dont ces aventures pouvaient briser la vie d'un couple, ruiner des rapports de confiance, détruire une famille. Pour elle, c'était juste un sujet de distraction idéal.

« Et puis, vous ne devinerez jamais, disait-elle. Sa secrétaire, Michelle, s'est trompée de prénom en parlant à sa femme. Elle a cru mourir ! » Valerie marqua un temps d'arrêt et regarda Cressida d'un œil brillant, attendant, sans grand espoir, une réaction quelconque. Cressida était décidément bien mauvais public. « Mais ce n'est pas cette fois-là qu'elle s'est doutée de quelque chose, continua-t-elle. Sa femme, je veux dire. C'est environ deux mois plus tard. C'est vraiment idiot. Elle a vu ses notes de frais – parmi lesquelles il y avait une facture d'hôtel pour deux personnes. Alors il a été pris au dépourvu. Il aurait pu inventer une histoire, ou quelque chose, mais non, il lui a tout avoué. Après ça, il a été malade une semaine. »

Cressida commençait elle-même à se sentir mal. Jamais elle n'avait entendu un répertoire d'incartades aussi infâme. Elle se serait bien mise à pleurer sur le sort de l'épouse. De toutes les épouses.

« Vous n'êtes pas bien ? demanda Valerie, s'apercevant que Cressida piquait du nez.

– Si, ça va. Je suis juste un peu fatiguée, répondit Cressida d'une voix mal assurée.

– Je sais, je vais vous chercher un verre d'eau, dit Valerie, avec une suffisance soudaine, en se mettant au service de Cressida. Un bon verre de Perrier, vous voulez ?

– Oui, merci. Et je vais peut-être sortir sur la terrasse.

– Prendre un peu l'air, oui, bonne idée. » Valerie posa sa main moite sur le bras de Cressida. « Vous êtes sans doute restée trop longtemps au soleil aujourd'hui. » Cressida réprima un haut-le-cœur.

Quand Valerie partit vers le bar, Cressida se leva péniblement. Sa robe, comme elle pensait, était toute chiffonnée derrière, et la toile de lin s'était froissée. En plus de cela, un bouton de rechange, ou Dieu sait quoi, s'était pris dans son collant sur l'envers de sa robe. Elle tâta l'endroit en question. La seule solution était d'aller aux toilettes et de voir ce qui se passait. Elle posa son verre et se dirigea vers la porte. Mais elle n'eut pas le temps d'arriver jusque-là : celle-ci s'ouvrit, une voix rauque, cuivrée, s'écria : « Pardon d'être aussi en retard ! » et Ella fit son entrée.

Elle portait une robe faite de lés de mousseline flottants superposés, dans les tons jaune très pâle, cannelle et orange brûlé. A son cou pendait un long collier de perles d'ambre sur lequel était enfilée une grosse croix en argent ouvragé. Elle avait les joues empourprées et les cheveux noués par un foulard de soie couleur café. De ses yeux brun foncé, elle fit le tour de la pièce, et elle commença par sourire à Patrick, qui servait du champagne à Stephen.

« C'est terrible, s'excusa-t-elle, quand j'entre dans un bain chaud, je ne peux plus en sortir. Suis-je affreusement en retard ?

– Mais non, penses-tu, dit Patrick. Viens prendre un verre. » Il fit entrer Ella, et soudain elle se trouva face à face avec Cressida, qui s'empressa de se redresser, cessa de tripoter sa robe et la gratifia d'un sourire éclatant.

« Bonsoir, dit Ella. Nous n'avons pas vraiment eu l'occasion de faire connaissance cet après-midi. Ella Harte.

– Enchantée », dit Cressida d'une voix atone. A côté de ce personnage voluptueux et resplendissant, elle avait l'impression de n'être qu'une ombre. « Cressida Mobyn. » Elle vit Ella tressaillir à peine avant de prendre la main qu'elle lui tendait.

« C'est bizarre, dit Ella en se tournant vers Charles et Stephen, qui observaient la scène avec une fascination embarrassée, je ne me suis pas encore faite à l'idée que

140

vous vous appelez Mobyn. Pour moi, voyez-vous, ce nom est associé à Charles. »

Sa main était tiède, et, quand elle s'approcha, Cressida perçut les effluves d'un parfum exotique. Il y eut un instant de silence avant que Cressida ne réplique allégrement :

« Eh bien, cela m'a fait drôle, tout de suite après notre mariage, de porter un autre nom. Mais, à présent, j'y suis tout à fait habituée. Ça me paraît tout naturel quand je signe mes chèques. » Nouveau sourire. Elle la regarda quelques instants sans rien dire, et puis elle aussi se mit à sourire.

« Oui, j'imagine, dit-elle. Cressida Mobyn. » Ella prononça le nom avec emphase. « Eh bien, je suis heureuse de vous rencontrer. » Cressida essaya de dissimuler sa surprise.

« Ah, moi aussi », répondit-elle, abasourdie, sans en penser un mot.

Se décidant enfin à tenir son rôle d'hôtesse, Caroline s'était approchée d'Ella et de Cressida.

« Viens boire quelque chose, Ella », intervint-elle en l'entraînant ailleurs.

Cressida les regarda s'éloigner avec un sentiment, inhabituel, d'amertume. Ella était manifestement dans les bonnes grâces. Elle hésita à aller aux toilettes arranger sa robe. Cela pourrait donner à croire qu'elle s'offensait de la présence d'Ella. Ce qui, bien sûr, se rassura-t-elle aussitôt, était tout à fait faux.

« Alors, ma chérie, dit Charles en s'approchant d'elle avec un sourire assez peu naturel. Tu as parlé avec Ella, à ce que je vois. Je suis content que vous ayez enfin fait connaissance toutes les deux. » Elle le regarda avec des yeux ronds, ne comprenant toujours rien. Pourquoi fallait-il donc qu'elle fasse la connaissance d'Ella ? Elle ne voyait pas quel bénéfice elle pourrait en tirer.

En passant à table, Stephen se sentait satisfait. Détendu et rayonnant après cette partie de tennis, il avait l'appétit aiguisé par la vue des assiettes de saumon fumé si joliment présentées, et il était encore un peu dans l'euphorie de cette affaire qu'il avait conclue avec Patrick. Il jeta un coup d'œil au reste de la compagnie arrivant derrière lui dans la salle à manger. Ils avaient tous un air d'élégance et d'aisance cosmopolite – même Annie. Une image lui traversa l'esprit : celle de la simplicité de leurs dîners habituels en famille. Annie était toujours jolie, se dit-il, même quand elle avait trop chaud et s'évertuait à cuisiner, ou à apaiser les frustrations de Nicola. Mais ce soir, son visage était plein de vie et d'enthousiasme, et elle riait beaucoup, semblait-il. C'était l'influence de Caroline, bien sûr. Cette femme-là était toujours déterminée à prendre du bon temps, c'est vrai – il avait oublié à quel point.

« Bonsoir. » Il se retourna au son de cette voix tout près de lui. C'était Ella, qui lui souriait, le visage creusé de fossettes. « On n'a pas encore eu l'occasion de se saluer vraiment », continua-t-elle. Stephen se pencha pour poser un baiser sur sa joue, qui était douce, éclatante, et dégageait une légère senteur de noix de coco.

« Tu as l'air en pleine forme », dit-il, conscient de la banalité de la formule. Mais comment lui parler ? « Ce sont les voyages qui te réussissent comme ça...

– ... ou quoi ? » termina-t-elle à sa place en riant. Elle le scruta de ses yeux bruns. « Et toi ? Tu es heureux ? » Stephen haussa les épaules d'un air désinvolte. Il se rappelait qu'Ella avait toujours eu l'habitude de serrer les gens d'un tout petit peu plus près qu'on ne le fait généralement, de poser des questions plus intelligentes, d'aller plus au fond des choses, alors que d'autres se seraient contentés de dire humblement : « Ah, je vois », et auraient changé de sujet.

« Je vais bien », dit-il tranquillement. Il arbora son nouveau sourire, plein d'assurance.

« J'ai dit à Caroline que je voulais être placée à côté de toi. Il faut que tu me parles de ta thèse. Je suis tellement

142

ravie que tu t'y mettes enfin. » Elle se précipita vers la table pour regarder les petits cartons.

« Voilà, nous sommes ici. » Stephen la rejoignit lentement, sa belle assurance semblant le lâcher un peu plus à chaque pas. Il avait presque oublié sa thèse. Cet après-midi, il s'était projeté dans un rôle d'opérateur financier oisif et nanti, venu faire une partie de tennis chez des amis. Il s'était presque persuadé que c'était cette maison confortable et luxueuse qui était son environnement naturel, et non les bibliothèques crasseuses et les salles de l'université. Allait-il devoir revenir sur cette tentative manquée de poursuivre sa recherche ; reparler de tout ce fatras difficilement utilisable de données incertaines et d'arguments fumeux qui le hantaient et le provoquaient dans ses rêves ? Il en frémit. Patrick, là-bas, en face de lui, semblait se débrouiller à merveille sans avoir jamais mis les pieds à l'université de sa vie. Et lui, il avait laissé tomber un poste relativement bien payé, à un âge déjà avancé, pour essayer en vain de se faire reconnaître dans le monde universitaire. Cette vie de loisirs, dans l'aisance, n'était-ce pas cela à quoi il aspirait ? Mal à l'aise, il s'enfonça dans le capitonnage somptueux d'une chaise de salle à manger et adressa un sourire jovial à Valerie, qui était son autre voisine de table. Mais Ella le tirait par la manche.

« Alors, dit-elle en dépliant sa serviette et en pressant un peu de citron sur son saumon, tout en le regardant avec sérieux derrière ses longs cils, j'ai vraiment envie de savoir. Comment avance ta recherche ? »

Pendant que Mme Finch desservait l'entrée, Charles observa de nouveau Stephen et Ella à l'autre bout de la table. Que pouvaient-ils bien avoir à se dire pour parler autant ? Stephen faisait toutes sortes de gestes. Ella hochait la tête d'un air enthousiaste. Elle se penchait en avant vers Stephen, les mains jointes, et elle faisait involontairement remonter sa poitrine, donnant à voir la naissance de ses seins ronds et dorés. Mais était-ce vraiment involontaire ? Charles se détourna, puis ramena son regard de leur côté.

« Mais c'est absolument extraordinaire ! » La voix rauque d'Ella parvenait à son bout de la table. « Tout à fait fascinant. » Charles n'y tint plus.

« Quoi donc, Ella ? Qu'est-ce qui est fascinant ? » demanda-t-il avec ardeur. Les conversations cessèrent autour de la table et tout le monde le regarda. Ignorant la mine pâle et interrogative de Cressida, l'expression étonnée de Caroline et le sourire narquois de Patrick, il continua sur sa lancée :

« Je m'excuse, j'ai entendu sans le vouloir qu'il y avait quelque chose de fascinant. Je voulais juste savoir de quoi il s'agissait. » Ella leva les yeux vers lui, l'air un peu méprisant et amusé.

« Nous parlions de la thèse de Stephen, dit-elle. C'est passionnant. Mais toi, tu dois être au courant, je suppose. Moi, c'est la première fois que j'en entends parler. » Charles regarda Stephen. Tout le monde attendait la réponse.

« Bien sûr, finit-il par dire. Très, très intéressante cette thèse.

– Tu trouves, Charles ? » répliqua Stephen, avec un sourire de surprise feinte, sachant que Charles s'en moquait complètement. Charles s'efforça de ne pas laisser paraître sa fureur. Soudain, il éprouva une haine absurde pour Stephen, qui était assis à côté d'Ella, respirait son parfum, touchait ses bras nus, plaisantait avec elle. Mais, pour l'instant, c'était sur Charles qu'Ella fixait son regard, en tortillant pensivement son collier d'ambre entre ses doigts. Il était bien obligé de dire quelque chose.

« Mais oui. Tu travailles sur le XVIIᵉ, c'est ça ?

– Le XIVᵉ, rectifia Ella. Tu ne vas pas nous faire croire qu'on écrivait des mystères au XVIIᵉ siècle ?

– Des mystères ? Depuis quand fais-tu une thèse sur les mystères, Stephen ? demanda Charles, surpris.

– Depuis que j'ai déposé mon projet, il y a environ deux ans, répondit Stephen, hilare.

– J'ai perdu le fil », dit Charles en guise d'excuse. A sa surprise, il eut sincèrement honte. Soudain, il repensa aux petits dîners dans l'intimité de la cuisine en sous-sol des Fairweather. Il revoyait Stephen exposer ses dernières recherches, le regard illuminé par l'émotion de la découverte, faisant de grands gestes avec un croûton à l'ail ou une fourchette chargée de pâtes, ne s'arrêtant dans sa démonstration que pour avaler une bouchée, ou boire une gorgée de vin, et puis levant les yeux pour s'apercevoir qu'il les faisait tous bien rire, Annie, lui-même, et Ella, bien sûr. Elle était toujours là.

« Je trouve formidable cette idée de notre mystère régional, dit Ella. Le Mystère de Silchester. On devrait essayer de monter cela, dans la cathédrale.

– On pourrait donner une représentation de bienfaisance », dit soudain Cressida, qui avait suivi l'échange de propos avec très peu d'enthousiasme. Elle n'avait pas la moindre idée de ce qu'était un mystère, et la thèse de Stephen ne l'intéressait pas. Elle ne faisait aucune confiance à Ella et ne comprenait pas pourquoi Charles tenait tant à lui parler : elle avait envie d'aller se coucher. Mais, poussée par le désir instinctif de regagner l'attention de Charles, et la certitude qu'il était de son devoir de participer à la conversation générale, elle s'obligea vaillamment à intervenir. Après quoi, elle fut bien heureuse de se rencogner au fond de son siège.

Mais Ella avait fixé son attention sur elle.

« Quelle excellente idée, dit-elle avec conviction. Vous auriez la possibilité de mettre quelque chose sur pied ?

– Eh bien, répondit Cressida d'une voix faible, je fais partie d'un certain nombre de comités de bienfaisance. A Silchester, voyez-vous.

– Parfait. Vous pourriez monter un spectacle dans la cathédrale. Faire appel à des acteurs professionnels. Ce serait fantastique. » Elle se tourna vers Stephen, rayonnante. « Et pour ta recherche, ce serait très bien, non ? De voir ce mystère représenté pour de bon ?

– Oui, sans doute.

– Mais oui, bien sûr. Il faudra qu'on me prévienne quand ça aura lieu. Je reviendrai spécialement pour voir ça.

– Tu reviendras ? demanda Charles malgré lui. Et d'où ? » Ella le regarda bizarrement.

« Ah, je ne t'ai pas dit ? Je commence à travailler. En Italie.

– Oh, mais c'est formidable ça ! Vous vous imaginez ! Travailler en Italie !

– Qu'est-ce que tu vas faire ? s'enquit Annie.

– Je vais être l'assistante d'une certaine Maud Vennings. Elle passe presque tout son temps en Italie. »

Il se fit un silence un peu stupéfait. Ella adressa un grand sourire à Caroline, qui répondit par un haussement d'épaules. Elle lui avait parlé de tout cela un peu plus tôt dans la soirée, mais, comme Caroline n'avait jamais entendu parler de Maud Vennings, la nouvelle n'avait pas eu beaucoup d'effet. C'est Annie qui réagit la première.

« Maud Vennings ? La femme peintre ?

– Oui, elle-même », dit Ella en piquant délicatement avec sa fourchette un morceau de tartelette aux fruits de mer qu'elle mangea d'un air pensif. Les autres la regardèrent, impressionnés.

« On a vu une émission sur elle, tu te rappelles, Val ? dit Don. A la télé. C'est une excentrique, non ? Elle vit toute seule dans un château immense ?

– Oui, on peut sans doute la considérer comme une excentrique, dit Ella. Elle vivait seule jusqu'à présent. Mais, maintenant, je vais m'installer chez elle. Et nous ne serons pas seules. Nous démarrons des ateliers pour des artistes résidents, avec peinture, promenades à pied, repas et vin... ce genre de choses.

– Des vacances organisées, en somme », dit Charles, qui ne put s'empêcher de prendre un ton sarcastique. Le

146

sentiment qu'il éprouvait était dangereusement proche de la jalousie.

« Pas vraiment, répondit Ella d'un air entendu. Ce ne sera ouvert qu'aux peintres de talent. Des diplômés des Beaux-Arts, par exemple. Nous étendrons peut-être nos activités à la musique aussi. Maud connaît beaucoup de musiciens. Ils seront ses invités. Ce n'est pas une entreprise commerciale. Mais il lui faut tout de même une organisatrice. » Il y eut un autre silence, pendant lequel chacun réfléchit à tout ce que cela impliquait.

« Elle est bourrée de fric, je suppose, commenta Don au bout d'un moment.

— Ses toiles se vendent à des centaines de milliers de livres, non ? s'empressa de dire Valerie. Tous ces nus ! J'ai une carte postale d'une de ces femmes nues sur mon mur, au bureau.

— Moi, j'ai une affiche dans ma cuisine, dit Annie.

— Une fois, je suis allée voir une de ses expositions à Londres, dit spontanément Cressida. C'était pour Sauvez les Enfants, il me semble. » Charles lui lança un regard furieux.

« Eh bien, Ella, dit-il, incapable de refréner sa curiosité exacerbée, raconte-nous donc comment tout cela est arrivé.

— Très simplement, en fait. Je lui ai écrit en disant que je venais en Italie et en demandant s'il serait possible de lui rendre visite. Je voulais essayer de l'interviewer. Je ne sais pas exactement ce qui m'a poussée. Mais elle a accepté. Alors je suis allée la voir, et elle m'a invitée à dîner, et voilà.

— Il a suffi que tu lui écrives une lettre pour qu'elle accepte ? » L'indignation de Charles était manifeste.

« C'était une assez longue lettre. Je lui parlais de moi, de ma vie, des raisons pour lesquelles je venais en Italie... » Elle s'interrompit pour sourire à Charles. « Elle a trouvé tout cela assez intéressant, je crois. Et nous nous sommes vraiment bien entendues, dès le départ. L'autre jour, elle m'a dit qu'à notre première rencontre elle avait eu la certitude de vouloir vivre avec moi. » Valerie ouvrit des yeux ronds.

« Dans cette émission, on disait qu'elle était peut-être un peu... » Elle hésita. « ... lesbienne, glissa-t-elle tout bas.

– Ah oui ? » fit Ella. Sa fourchette resta en suspens à mi-chemin de sa bouche. « Sait-on jamais ? C'est peut-être vrai. »

On avait servi le café. Don et Valerie s'apprêtaient à partir, et les autres étaient toujours assis dans le salon. Les portes de la terrasse étaient encore ouvertes, et le doux parfum de l'air nocturne se mêlait à l'arôme persistant du café. Annie, l'air rêveur, faisait tourner son cognac dans son verre. Elle avait passé une journée merveilleuse. Son corps était agréablement moulu de fatigue, les coups de soleil lui chauffaient la peau, et elle était repue. Elle était aussi passablement ivre, et elle s'en rendait compte.

« A demain ! » C'était Don qui, avec un large sourire, interrompait sa rêverie.

« Pardon ? Ah oui, à demain, dit Annie.

– On viendra vous voir jouer. Et de bon matin. » Annie se prit la tête dans les mains.

« Mais demain, je vais être dans un état épouvantable.

– Buvez autant d'eau que vous avez consommé d'alcool, lui recommanda Don. C'est le conseil que je vous donne. » Annie eut soudain envie, ce qui ne lui ressemblait guère, de lui jeter son verre à la figure. Elle avala ostensiblement une grosse gorgée de cognac, leva les yeux et se mit à crachoter en voyant Caroline faire des grimaces à Don derrière son dos.

« Quelle gamine je suis ! gémit-elle quand Don eut passé la porte. J'ai régressé de trente ans. » Elle regarda Caroline d'un air accusateur. « C'est entièrement ta faute. Jusqu'à aujourd'hui, j'étais un être humain tout à fait sain d'esprit.

– Pas du tout, répliqua Caroline. Tu ne te souviens pas de cette fête, à Halloween, où tu essayais d'attraper les pommes sur l'eau avec les dents ? Ça a vraiment dégénéré. » En repensant à la scène, Annie et elle s'écroulèrent de rire.

« J'étais complètement beurrée, dit Annie.

– On l'était tous, fit remarquer Caroline.

– Et Nicola qui n'arrêtait pas de dire : "Mais non, maman, pas comme ça", ajouta Stephen, qui observait sa femme d'un air amusé.

– La pauvre petite chérie, dit Annie, attendrie, en s'essuyant les yeux, c'était la première fois qu'elle me voyait ivre, je crois.

– Elle était très forte à ce jeu-là, dit Caroline.

– Elle l'est toujours, renchérit Annie.

– Chère petite Nicola, dit Caroline. C'est une enfant délicieuse.

– Ah, Nicola, je l'adore. » C'était Ella, qui, de sa place, se joignait à ce concert de louanges.

Elle avait accaparé les deux tiers du canapé ; elle s'était débarrassée de ses chaussures et allongée confortablement, la tête renversée en arrière. Jusque-là, personne n'avait cherché à occuper la partie du canapé qui restait libre. Stephen était installé par terre un peu plus loin. Annie et Caroline avaient pris place près de la cheminée. Cressida était assise de son côté sur un pouf de cuir bas. Charles était le seul à rester debout. Il arpentait la pièce comme un gros chat, et il ne pouvait pas s'empêcher de tourner les yeux vers Ella chaque fois que celle-ci disait quelque chose ou faisait un geste.

Elle en était toujours à son idée du Mystère de Silchester.

« Il faut vraiment que tu le montes, ce mystère, Stephen, insista-t-elle en se redressant et en se tenant les pieds à travers l'étoffe vaporeuse de sa robe.

– J'y songerai, répondit Stephen avec un sourire.

– Ne te contente pas d'y songer ! Fais-le !

– Ça n'est peut-être pas si simple que ça, dit-il. Ces choses-là demandent beaucoup de temps, beaucoup de préparation, beaucoup d'argent. Une somme considérable, si l'on veut que ce soit bien fait. Où trouver une pareille somme ? » Ella haussa les épaules.

« L'argent, ça se trouve toujours quand on en a vraiment besoin. »

Charles, qui avait écouté cet échange, s'approcha, et, avec une désinvolture délibérée, il s'assit sur le bout de canapé laissé libre par Ella. Elle le regarda sans mot dire. Quelques centimètres seulement les séparaient. Les pieds d'Ella touchaient presque le pantalon de Charles.

« Si vous aviez besoin d'argent, dit-il en s'adressant non pas à Stephen mais à Ella, nous pourrions participer au financement. La galerie. C'est exactement le genre de projet qui devrait nous intéresser. » Ella soutenait son regard avec insolence.

« Quelle somme ? » demanda-t-elle avec défi. La respiration de Charles s'accéléra légèrement.

« Cinq mille, dix mille livres peut-être ? » Ella ne bougea pas. « Quinze mille ? » La voix de Charles se brisa.

« Quinze mille livres ? » s'écria Stephen. Les mots résonnèrent à travers la pièce. « Ma parole, Charles, quelle générosité ! »

Cressida, qui fixait la moquette sans faire attention, leva les yeux. Ils parlaient d'argent ? Charles était en train de promettre quinze mille livres à quelqu'un ? La question de la lettre lui revint à l'esprit. L'inquiétude la saisit. Il fallait qu'elle parle. « Excuse-moi, Charles, dit-elle d'un air gêné, troublée de voir tout le monde se tourner vers elle, que disais-tu ?

— Peu importe, dit Charles. Ça ne concerne que la galerie. Tu n'as pas à t'inquiéter. » Il se retourna. Dans une sorte de brouillard, Cressida se rendit compte qu'il était assis sur le canapé avec Ella. Pourtant, quand elle-même était à cette place tout à l'heure, il était resté debout délibérément. C'était comme un mauvais rêve. Et le pire, c'était cette lettre, ce secret qu'elle n'arrivait pas à lui révéler.

« De quoi s'agit-il ? » insista-t-elle. Charles la considéra avec agacement.

« Il s'agit de patronner un spectacle, le Mystère de Silchester. Tu pourras nous aider à organiser tout cela.

– Ah... » Cressida était parcourue par des vagues successives de panique. Il fallait qu'elle dise la vérité à Charles. Avant qu'il ne promette d'autres sommes d'argent. Il fallait qu'elle lui parle.

Elle se leva en chancelant et sourit à la compagnie.

« Je crois que je vais me retirer, en fait, dit-elle en adressant à Charles un sourire insistant. Tu viens, chéri ? » Il prit un air surpris et agacé, et jeta un coup d'œil à sa montre.

« Il n'est pas encore minuit. Tu as déjà envie de te coucher ?

– Oui, je crois, dit-elle en espérant qu'il saurait lire le message dans son regard. La journée a été longue.

– Eh bien, je crois que je vais rester encore un peu, dit-il. A tout à l'heure. » Cressida demeura immobile quelques instants en s'efforçant de cacher son désespoir.

« Tu ne vas pas trop tarder, tout de même ? » finit-elle par dire. Elle avait conscience de la piètre image qu'elle donnait à tous. Ils allaient se moquer d'elle quand elle serait partie, mais elle ne supportait pas d'avoir à attendre encore une heure pour pouvoir parler de cette lettre à Charles.

« Non, je ne vais pas tarder, répondit tranquillement Charles. Bonne nuit. » Il se tourna vers Ella, laissant Cressida en plan au milieu de la pièce. Celle-ci battit en retraite du côté de la porte d'un pas hésitant.

« Bonne nuit, Cressida, lui dit Patrick avec gentillesse. J'espère que vous allez bien dormir. Si vous avez besoin de quoi que ce soit, vous n'avez qu'à appeler.

– Bonne nuit, dirent les autres tous en chœur.

– Ne vous faites pas de souci, ajouta Caroline d'un air narquois, on ne va pas garder Charles bien longtemps. » Cressida lui lança un sourire et passa vite la porte, sentant des larmes lui picoter les yeux. Ils se moquaient tous d'elle. Et Charles la méprisait de vouloir l'entraîner au lit si tôt.

Elle se dépêcha de traverser le hall et de monter, se demandant s'il était trop tard pour se faire couler un bain chaud. Elle enfila vivement le couloir, qui lui paraissait à présent beaucoup plus long que pendant la journée. Mais quand elle arriva devant la porte des enfants, elle s'arrêta. Toute la soirée, elle avait été préoccupée, et elle leur avait à peine dit bonsoir. Elle ouvrit leur porte avec précaution et jeta un regard à l'intérieur de la chambre éclairée par la lune. Les deux petites têtes blondes se dessinaient sur les oreillers. Martina ronflait doucement dans un coin, et le sol était jonché de jouets. Elle avança de quelques pas, mourant d'envie de prendre ses bébés dans ses bras et de les serrer contre sa poitrine, de sentir les battements de leurs petits cœurs et la douceur apaisante de leur souffle. Mais son sens de la discipline la retint d'agir aussi bêtement. Les enfants avaient besoin de dormir, et elle allait déranger Martina. Que penserait-on si on la voyait ? Elle resta là encore quelques secondes, puis, à regret, elle sortit sur la pointe des pieds et poursuivit son chemin solitaire jusqu'à sa chambre.

Après le départ de Cressida, l'atmosphère du salon vira à l'hilarité générale. Patrick fit le tour de la pièce pour remplir les verres. Caroline mit un CD sur la chaîne hi-fi, et bientôt tout vibra au rythme d'une musique sud-américaine. Charles se laissa aller en arrière sur le canapé, submergé par ces cadences. Ella tapait du pied et se balançait doucement. Puis Caroline se leva et commença à danser. Elle avait encore toute la souplesse d'une danseuse éprouvée, et un sens du rythme impeccable. Elle roulait des hanches en promenant langoureusement ses mains le long de son bassin et de ses cuisses.

« Formidable ! applaudit Ella. C'est exactement comme là-bas.

— Tu as appris à danser quand tu étais en Amérique du

Sud ? » lui demanda Annie, qui admirait la performance de Caroline. Ella haussa les épaules.

« Un petit peu.

– Ah, allez, montre-nous. » Annie avait les yeux qui brillaient, comme une enfant. Ella, qui était lovée sur le canapé, se leva avec un sourire.

« Il faut être deux. Tu viens Caroline ? » Caroline tendit les mains à sa cavalière.

« Approche-toi, dit Ella. Beaucoup plus près. » Elle attira Caroline vers elle, la saisit fermement par la taille et commença à bouger les pieds en roulant des hanches. Caroline suivit le mouvement avec quelque hésitation. Stephen s'approcha des commandes de la chaîne hi-fi et monta le son. Personne ne disait mot. Les deux femmes se déplaçaient lentement, comme si leurs deux corps avaient été soudés au niveau des hanches, Caroline avec une expression de concentration intense, et Ella l'air sombre et lointain. Soudain, dans les affres de la jalousie, Charles se demanda à qui elle pouvait bien penser. Il commençait à être troublé de façon insupportable par le spectacle de ces deux femmes et, à voir la mine des autres hommes, il soupçonna qu'il n'était pas le seul.

L'atmosphère changea quand le disque s'arrêta. Caroline s'écroula de rire dans un fauteuil.

« Qu'on m'emmène en Amérique du Sud ! s'écria-t-elle d'une voix théâtrale. Si c'est comme ça que les hommes dansent là-bas, je veux y aller !

– Les femmes aussi dansent comme ça », dit Ella. Mais tous les regards se portèrent sur Patrick, qui s'était levé et commençait à onduler des hanches pour les imiter.

« Ne te fatigue pas, Patrick, dit Stephen. Laisse plutôt faire ta femme. »

Patrick se rassit, l'air renfrogné. Ella retourna à sa place sur le canapé. La vague d'hystérie semblait passée.

« Si j'allais refaire du café, proposa Annie.

– Je vais te montrer où tout se trouve », dit Caroline. Une fois à la cuisine, elle s'assit sur une chaise.

« En fait, je ne suis pas sûre de pouvoir te montrer. Dieu sait où Mme Finch range le café. » Annie émit un petit rire.

« Tu vis sur une autre planète, dit-elle en ouvrant et refermant des placards. Tu ne sais pas où est le café dans ta propre cuisine !

– C'est-à-dire que d'habitude je le laisse là sur le côté. Mais il faut toujours que cette pauvre conne le planque quelque part. Regarde dans ce placard. Non, celui-là. » Annie fit chauffer de l'eau et mit du café dans la cafetière, puis elle vint s'asseoir à côté de Caroline.

« C'est merveilleux d'être là, s'exclama Annie. Je ne sais pas comment te remercier.

– On devrait se voir plus souvent, dit-elle en souriant. Vous me manquez vraiment, tous, moi qui suis là dans ma cambrousse.

– C'est pourtant formidable ici ! s'écria Annie, surprise. Surtout pour les enfants. Nicola a passé une journée fabuleuse. Nous tous aussi, à vrai dire. » Elle dirigea son regard du côté de la porte. « Je crois que ça a fait du bien à Stephen, continua-t-elle tout bas. En fait, je ne pensais pas que Patrick et lui étaient si bons amis. Ils ont bavardé ensemble toute la journée. » Elle s'adressait à Caroline avec un sourire épanoui, mais celle-ci s'était un peu rembrunie. Elle paraissait songeuse.

« Quand Stephen doit-il terminer sa thèse, déjà ? demanda-t-elle soudain.

– Dans un an ou deux, dit Annie, l'air un peu étonné.

– Et après ? Ça va mener à quoi ? » Annie haussa les épaules.

« Il voudrait bien entrer dans l'enseignement supérieur. Une chaire d'enseignant du premier cycle dans une université, ou bien un poste de chercheur.

– C'est bien payé ? » La question fit sourire Annie.

« Non. Mais ça ne durera pas éternellement. Après, il aura une meilleure situation.

– Et en attendant... ?

– Eh bien, on se débrouille. On a beaucoup de chance, expliqua-t-elle, comparés à certains. On ne choisit pas une carrière universitaire pour devenir riche. » Elle leva les yeux. « Regarde, l'eau bout. »

Le salon était paisible quand Caroline et Annie revinrent avec le café. Quelqu'un avait remis de la musique douce, personne ne parlait, et tout le monde sursauta quand le vent fit claquer la porte de la terrasse. Caroline posa le plateau, alla fermer la porte et versa le café dans les tasses. Quand chacun fut servi, elle prit son souffle et dit :

« Nous sommes de vieux amis. Nous nous connaissons tous suffisamment pour nous parler avec une totale franchise. Et maintenant que nous ne sommes plus que nous six, j'ai quelque chose à vous dire. » Chacun leva la tête avec intérêt. « Il y a... » Caroline marqua un temps d'arrêt, cherchant ses mots. « ... un problème particulier que je voudrais aborder. En fait, cela concerne Stephen et Annie – et Patrick et moi – mais je voudrais que tout le monde soit au courant. » Elle s'arrêta, prit une gorgée de café, et regarda Patrick d'un air de défi. « C'est un problème financier », ajouta-t-elle. Le cœur de Patrick se mit à battre plus vite. Il essaya de faire taire Caroline en la foudroyant du regard, mais elle ne lui prêtait aucune attention, la garce. Bougre d'idiote. Qu'est-ce qu'elle allait dire ? Qu'est-ce qu'elle allait bien leur raconter ? Je vais la tuer, se dit-il. Je vais vraiment la tuer, nom de Dieu.

Cressida s'était dévêtue aussi lentement que possible. Elle se brossa les cheveux, se démaquilla, se massa le visage par mouvements remontants avec une lotion hydratante, et appliqua une crème pour les yeux. Finalement, quand elle fut tout à fait prête à aller se coucher, quand il ne lui resta vraiment plus rien à faire, elle regarda sa montre. Minuit et demi. Et Charles était toujours en bas. « Va te coucher, ne m'attends pas » – ces mots inquiétants flottaient dans son esprit. Mais ce soir, il fallait qu'elle attende, qu'elle parle à Charles, de toute urgence. Elle prit la lettre, qu'elle avait sortie de sa trousse de toilette, et elle la déplia. Puis la replia sans la lire. Elle n'avait pas besoin de la relire pour se remémorer son contenu. Et Charles allait bientôt lui expliquer tout cela.

Elle se vit dans la glace. Elle avait les traits tirés par l'inquiétude, le regard anxieux. Soudain, son père lui manquait. Il avait été pour elle un personnage généreux et réconfortant. Il s'absentait souvent, mais, lorsqu'il était là, il lui paraissait plus grand et plus fort que tout, et il avait toujours été un heureux antidote contre l'atmosphère d'inquiétude typiquement féminine qui régnait dans la maison quand il n'y était pas. Sa mère, qui était sujette à des crises de panique très violentes, déversait sur lui ses malheurs dès qu'il passait le seuil de la porte. Il écoutait le récit de ses craintes avec un sérieux apparent, lui montrait ses erreurs, et finissait par la faire plaisanter de ses égarements. Cressida se souvenait de son grand rire, de ses mains énormes et puissantes, de son air d'avoir toujours les pieds sur terre, ce qui faisait frémir sa mère, même quand il la serrait dans ses bras.

Mais à présent il était mort, et sa mère aussi. Sentant qu'elle allait se mettre à pleurer, Cressida inspira profondément. Elle s'interdisait désormais de verser des larmes pour l'un ou pour l'autre. Elle but un demi-verre d'eau, éteignit la lumière dans la salle de bains et retourna dans la chambre. Elle resta quelques instants près du lit de satin rose et essaya sans grand succès de formuler quelque prière. Au bout d'un moment, mécontente d'elle-même, elle capitula. Elle se mit au lit, un peu frissonnante, elle se cala contre les oreillers, la lettre serrée dans sa main, et elle attendit Charles.

Patrick n'en croyait pas ses oreilles. Incrédule, il dévisageait Caroline, qui lui souriait d'un air radieux.

« Nous avons fait le tour de la question, n'est-ce pas,

chéri ? » Patrick esquissa un sourire du côté de Stephen et d'Annie. Stephen semblait abasourdi. Les yeux d'Annie brillaient.

« Non, on ne peut pas accepter, dit enfin Stephen.

– Allons donc ! protesta vivement Caroline. Nous n'avons que Georgina. Si on avait six enfants, la note annuelle serait plus lourde. Payer pour deux, ça ne fera pas grande différence. Nicola gâche ses talents dans son école, et cela nous rend fous. Elle mérite autre chose dans la vie. Patrick trouve qu'il faudrait lui faire prendre des leçons d'équitation », ajouta-t-elle. Ébahi, Patrick redressa la tête brusquement. « Il pense que Sainte-Catherine ferait merveille pour lui donner de l'assurance, poursuivit-elle allégrement. Ce n'est pas ce que tu as dit, Patrick ? » Il la regarda d'un air furieux.

« Oui, oui. » Il se tourna pour se verser un autre cognac et rencontra le regard d'Ella. Elle lui fit un large sourire, comme si elle savait exactement ce qui se passait dans sa tête.

« C'est un très beau geste, je trouve, dit-elle. Nicola tirerait le plus grand profit d'une école privée, j'en suis sûre. C'est très généreux de votre part.

– Très généreux, dit Charles d'un ton sardonique. Six ans de pensionnat, ça n'est pas rien !

– Mais, évidemment, on vous rembourserait dès qu'on le pourrait, s'empressa de dire Annie. Il faudrait considérer cela comme un prêt. Ma nature et l'éducation que j'ai reçue me poussent à refuser, dit-elle avec un grand sourire à Patrick, mais quand je pense à Nicola, à tout ce que cela lui apporterait... je n'ai pas le courage de dire non. » Ses yeux s'embuèrent de larmes. « Regardez-moi ça, je suis lamentable.

– Je ne sais pas quoi penser. » Stephen était sombre. « Comme dit Charles, cela représente beaucoup d'argent.

– Tout est relatif, dit Caroline, avec un coup d'œil plein de malice à son mari. Quand on pense, insista-t-elle, à tout l'argent que Patrick brasse quotidiennement, le coût de quelques années d'école n'est pas grand-chose en comparaison. » Avec une rage impuissante, Patrick voyait l'idée faire son chemin dans l'esprit de Stephen. Ce fichu Stephen était d'une telle naïveté ! Après la séance d'aujourd'hui dans le bureau de Patrick, il était sans doute persuadé que celui-ci jonglait avec des sommes de quatre-vingt mille livres à tout instant. Et Caroline le savait.

Stephen leva vers Patrick un regard indécis, et Patrick se força à sourire.

« Caroline a raison. » Il n'en croyait pas ses oreilles de s'entendre dire cela. « Nous en avons tout à fait les moyens. » A condition, se dit-il en lui-même, de renoncer à acheter de nouvelles voitures, et à plus forte raison une autre maison. Et Caroline peut tout de suite mettre à la poubelle ses brochures sur la Barbade.

« Bien, dit Caroline. Alors, c'est une affaire réglée. Je suis très contente. Nous sommes tous les deux très contents, n'est-ce pas, chéri ?

– Ravis », dit Patrick, et il se resservit un cognac.

9

Pendant un certain temps, il ne s'échangea guère d'autres propos. Annie, qui avait bu plus que de raison, se mit à verser silencieusement des larmes de gratitude, confondue qu'elle était par la proposition de Patrick et de Caroline. Stephen sourit à la compagnie comme pour excuser sa femme et lui passa un bras autour des épaules. Les autres étaient là, les yeux vides, comme envahis d'une torpeur soudaine, le regard plongé dans le marc de café au fond de leur tasse, avec des airs engourdis et avinés de soirée tardive. Caroline se mit à bâiller ostensiblement. Stephen jeta un coup d'œil à sa montre et changea de position. Patrick ramassa les tasses et les posa sur le plateau.

Charles comprit avec effroi qu'ils allaient tous se séparer. Il fut soudain saisi d'horreur à l'idée de monter se coucher. Après cette soirée, il se sentait plein de vie et de vigueur. Rajeuni. Ella avait raconté ses voyages et parlé de son amitié avec Maud Vennings, elle avait évoqué un certain nombre d'artistes, et même discuté avec Stephen du Mystère de Silchester, et tout cela lui avait rappelé ce qu'il avait été lui-même. Ciel ! Depuis qu'il était marié, quel changement dans ses valeurs et ses centres d'intérêt, et même dans sa manière de prendre du bon temps ! Ou plutôt, quel changement depuis Cressida ! Quand avait-il passé une nuit blanche pour la dernière fois ? A quand remontait sa dernière cuite ? Depuis quand ne s'était-il pas lancé tête baissée dans une discussion, à défendre un certain point de vue juste pour le plaisir, même s'il était d'accord avec celui ou celle qui lui tenait tête ? Depuis quand n'avait-il pas passé la soirée entière à échafauder pour la galerie quelque nouveau projet voué à l'échec sur le plan commercial ?

Ses yeux se posèrent sur les manchettes de sa luxueuse chemise de Jermyn Street, sur la coûteuse montre suisse à son poignet. Bien sûr que sa vie avait changé. On ne pouvait pas s'attendre qu'il reste pour toujours un foutu hippie vivant de pain, d'amour et de drogue au rabais. Et ce n'était pas juste son fait à lui. Le monde avait évolué. A présent, c'était Stephen qui n'était plus dans le coup, lui qui était resté idéaliste, naïf et pauvre. Ses pensées s'envolèrent avec suffisance vers sa maison sur la place de la cathédrale. Elle avait coûté une somme folle, cette maison.

Son esprit s'arrêta à cette idée et il attendit que monte la bouffée de plaisir que provoquait habituellement en lui la conscience de sa fortune nouvelle. Mais, cette fois, il ne s'était rien produit. L'émotion qu'il ressentait au creux de l'estomac n'avait rien à voir avec sa femme ni avec ses biens matériels. Il se représenta le visage de cette épouse qui l'attendait là-haut, pâle, insipide, stupide. Il n'était pas question qu'il monte se coucher.

Il regarda Ella, les bras refermés sur ses genoux, les yeux rêveurs, dans le vague.

« J'ai envie d'aller faire un petit tour, dit-il tranquillement. De respirer un peu d'air frais. Tu viens avec moi ? » Ella réfléchit un instant.

« D'accord, fit-elle enfin avec un sourire mystérieux. Tu vas pouvoir me montrer le jardin. Caroline, demanda-t-elle en haussant le ton, il n'est pas trop tard pour se promener dehors ? Est-ce qu'il faut se méfier des chauves-souris dans les cheveux ?

– Non, je ne pense pas. » Caroline se tourna vers Patrick

d'un air perplexe. « Des chauves-souris ? répéta-t-elle. Non, je ne crois pas.

– Allez-y, dit Patrick en levant la tête avec un sourire. Simplement, laissez la porte de la terrasse ouverte et fermez-la bien derrière vous quand vous rentrerez.

– Alors, bonne nuit, dit Charles, pressé de sortir pour ne pas voir la tête qu'ils faisaient.

– A demain, tout le monde, dit Ella. Dormez bien. »

Quand Ella ouvrit la porte de la terrasse, Charles eut presque envie de reculer. Ne valait-il pas mieux annoncer qu'il avait changé d'avis, qu'il était las, et que, finalement, il allait se retirer. Mais, avant même de pouvoir se décider, il plongeait dans la douceur, l'obscurité, et l'incognito de la nuit. Il s'attarda sur la terrasse, inspirant l'air nocturne, observant les formes sombres dans le jardin. Les guirlandes électriques étaient encore allumées et il eut l'impression de tenir un rôle dans un film d'une autre époque. Une soirée enchantée... Une mélodie lui traversa l'esprit.

« Je croyais que tu voulais aller te promener ? » Ella était déjà au milieu de la pelouse.

« J'arrive », dit Charles. Comme il se dépêchait d'aller la rejoindre, quelqu'un, de l'intérieur, éteignit les lumières. Le jardin fut plongé dans l'obscurité et Charles cessa d'avancer.

« Où es-tu ?

– Ici. » La voix d'Ella lui parvint à travers la nuit, basse et un peu rauque, et il se dirigea vers elle à l'aveuglette, tâtant du pied les bosses du sol, ses yeux essayant de s'accoutumer à l'obscurité.

« Ici, voyons. » Il était allé trop loin. Il revint sur ses pas, hésitant, et il sentit une main tiède qui saisissait la sienne.

« Tu es bien un être des villes, railla-t-elle. Tu ne sais plus te servir de tes yeux. » Au contact de sa main, Charles fut parcouru d'un frisson délicieux qui prit naissance dans son cou et monta le long de ses oreilles jusque sur le dessus de son crâne. Il la suivit docilement jusqu'à la haie, puis ils passèrent dans le pré par le portillon. Comme ils frôlaient la haie, un oiseau s'envola à grand bruit d'ailes. Plus loin, dans les fourrés, on entendait d'autres bruits d'animaux.

« En Afrique, dit Ella, toutes les bêtes viennent boire la nuit. Même celles qui ne fraient pas ensemble. C'est un spectacle fabuleux.

– Tu es allée en Afrique ? » risqua Charles. Il n'avait jamais parlé avec Ella des voyages qu'elle avait faits, sachant bien que, si elle était partie, c'était en premier lieu à cause de lui, à cause de leur rupture. Sur le moment, elle ne lui avait même pas annoncé qu'elle s'en allait, il l'avait appris par Angus, son ancien associé, qui avait nettement pris parti pour elle.

« Oui », dit-elle. Ils se turent un moment. Charles ne trouvait vraiment rien à dire sans sombrer dans la banalité. Il essayait de se rappeler ce dont il parlait d'habitude. Des souvenirs flous de conversations avec Cressida lui venaient à l'esprit, mais de façon entièrement visuelle. Il avait même oublié le son de sa voix, et encore plus ses propos, et ce qu'il répondait.

« Les Éthiopiens, dit Ella pensivement, sont une race d'une extraordinaire élégance. » Elle marqua une pause. Charles se sentit tout bête. Était-il censé répondre ? « C'est une des choses qui m'ont le plus frappée », poursuivit Ella. Elle avançait à grands pas, à une allure régulière, sans regarder Charles, comme si elle se parlait à elle-même. « Ils ont tous une ossature très fine, et des traits racés. Les femmes sont d'une beauté parfaite. Elles portent ces grandes robes blanches superbes qui tombent jusqu'à terre et leur couvrent la tête, de sorte qu'elles ont plutôt l'air d'Arabes que d'Africaines. Et leurs robes sont tout ornées de broderies, certaines assez sommaires, d'autres très ouvragées. On m'a dit qu'elles utilisent même du fil d'or pur. »

Charles écoutait parler Ella, sous le charme. Il avait oublié sa voix rauque, sombre, cuivrée, la faculté qu'elle avait de captiver son auditoire en racontant une histoire simple. Il marchait en silence dans le noir, et souhaitait qu'elle continue à l'infini. Plus ils s'éloignaient de la maison, plus il était sensible à sa voix, plus il se faisait tard, plus il renaissait à la vie. Une vague exaltation s'emparait de lui à l'idée de toutes ces heures de la nuit qu'ils avaient devant eux.

« Et puis nous avons voulu manger un plat traditionnel éthiopien qui s'appelle de l'*injera*, disait Ella. On aurait juré, tant pour la vue que pour le toucher et le goût, de la thibaude pour moquette. En fait, peut-être bien que c'en était. » Elle se mit soudain à glousser de rire. Et Charles fut pris d'une jalousie farouche. Avant, il était celui des deux qui avait la connaissance et l'expérience du monde. Il avait initié Ella aux fantaisies de l'art moderne, il lui avait appris à manger de la semoule salée, il l'avait initiée à la drogue et à la fellation. Mais à présent, elle le dépassait de loin. Elle avait vu, senti, touché, connu des lieux qu'il ne verrait vraisemblablement jamais. Elle avait frayé avec des gens qui n'auraient que mépris pour lui, pour son épouse, pour sa voiture et pour ses jumeaux blonds en costume marin. Elle avait rencontré Maud Vennings, qui lui avait proposé de venir vivre avec elle – une idée que Charles ne supportait guère. Sans lui, Ella n'aurait sans doute jamais entendu parler de Maud Vennings.

« Quand pars-tu pour l'Italie ? demanda-t-il brusquement.

– Je ne sais pas encore. Quand j'en aurai assez de l'Angleterre, sans doute. Il n'y a qu'un mois que je suis revenue, et la bougeotte me reprend déjà.

– Je n'aurais jamais pensé que tu étais une voyageuse-née, dit Charles, un peu soupçonneux.

– Moi non plus, répliqua-t-elle doucement. J'ai été surprise moi-même de voir combien j'aimais voyager. Je m'attendais à détester cela.

– Alors pourquoi es-tu partie ? » La question échappa à Charles. Il était trop tard, et il s'en mordit les lèvres.

Il y eut un bref silence, puis Ella se mit à parler.

« Tu veux savoir pourquoi je suis partie ? dit-elle d'une voix légère, atone. Tu veux vraiment savoir ? » Charles ne répondait pas. « J'ai décidé de partir, continua-t-elle, le jour où je t'ai croisé dans la rue, alors que tu venais de quitter la maison et que tout était fini entre nous. C'était à Silchester. Je sortais du magasin de laines, et je pensais tout à fait à autre chose, et voilà que je tombe sur toi.

— Ma foi, c'est là que j'habite, dit Charles pour se défendre.

— Je m'en souviens encore très nettement, continua Ella en l'ignorant. Tu as fait un vague signe de la main, et un sourire, et tu m'as embrassée sur les deux joues en feignant d'être content de me voir, et tu m'as dit que j'avais bonne mine. Mais tu ne m'as même pas regardée en face. Et puis tu as filé sans un mot de plus. C'était la première fois que je te revoyais depuis notre rupture et tu t'es comporté avec moi exactement comme si j'étais n'importe qui.

— Mais non, dit Charles, sans conviction.

— Je n'espérais pas que tu me prennes dans tes bras et que tu me dises qu'il ne s'agissait que d'un malentendu. Enfin, peut-être que si, c'est ce que j'aurais voulu. Mais à défaut, ce que je souhaitais par-dessus tout, c'était parler. Avec toi. Et pas avec tous ces gens bien intentionnés qui ne comprenaient rien. Mais tu as filé, en faisant comme si je n'existais pas. Et cela, je ne l'ai pas supporté. Alors j'ai décidé de m'en aller. »

Ils étaient arrivés à l'autre bout du pré et elle se laissa choir sur le sol, ses jupes vaporeuses se gonflant autour d'elle comme un ballon sombre. Charles s'assit avec précaution, essayant d'éviter les chardons, les orties et les plaques de boue dans l'obscurité. Il ne distinguait d'Ella que le scintillement de ses yeux.

« Je n'avais pas l'intention de fuir, dit-il. Je te demande pardon. » Il cherchait ses mots. « Il aurait fallu que nous nous expliquions. » Il essaya instinctivement de lui prendre la main, effleurant sa cuisse dans le noir, et il eut soudain envie de sentir son corps tiède contre le sien. Mais elle esquiva son geste.

« J'étais si seule, dit Ella de sa voix basse, pénétrante, sans merci. Toi, tu avais la galerie, et tous tes amis de Silchester, et tu avais Cressida. Moi, rien. Tu pouvais imaginer dans quel état j'étais. »

Charles essayait désespérément, en évoquant le passé, de se remémorer ce qu'il avait pensé, ce qu'il avait ressenti. Mais c'était le vide complet. Il ne se rappelait même pas comment il était tombé amoureux de Cressida. Il commença à croire qu'il n'avait jamais éprouvé le moindre sentiment pour elle.

« Je me suis comporté comme un salaud, insensible à tout, murmura-t-il.

– N'essaie pas de te rabaisser. Tu as été comme tous les hommes. » Elle renversa la tête en arrière, et il vit sa gorge luire faiblement sous le clair de lune. Il était médusé, déconcerté. Ses voyages l'avaient transformée, elle avait des idées nouvelles, une autre façon de voir les choses, une assurance qu'elle ne possédait pas autrefois. Il se demanda, avec une pointe de jalousie, qui lui avait mis ces idées-là dans la tête. Elle changea légèrement de position. Le clair de lune éclairait maintenant sa poitrine, accusant ses rondeurs, et son épaule d'où sa robe avait glissé. Lentement, avec prudence, il tendit une main et la toucha. Ella ne bougea pas. Il descendit d'un doigt jusqu'au renflement de son sein, puis remonta le long du cou et derrière l'oreille. Il se mit à lui caresser la gorge.

Une chouette ulula tout près, et il sursauta, surpris. Il lui apparut soudain qu'il était seul avec Ella au milieu d'un pré, en pleine nuit, et qu'ils étaient sur le point de faire l'amour. Pourquoi il ne s'en était pas aperçu plus tôt ?

Patrick et Caroline montèrent en même temps que Stephen et Annie, tous quatre d'humeur très joviale. Ils s'embrassèrent affectueusement, puis se retirèrent chacun dans leur chambre. Mais dès qu'ils furent seuls, Patrick s'en prit à Caroline, le regard plein d'une rage froide.

« J'aimerais bien savoir à quoi tu joues, lui demanda-t-il.

– Qu'est-ce que tu veux dire ? » Elle passa à côté de lui et se laissa tomber lourdement sur le pouf de sa coiffeuse. Elle se pencha en avant et se regarda dans la glace.

« Bon Dieu, que je suis vieille ! gémit-elle.

– Ne change pas de sujet, dit-il, l'air sinistre. Tu sais combien coûte cette école ?

– Quelle école ? » Le ton n'était pas très sérieux.

« Très drôle ! répliqua-t-il sèchement. Enfin, tout ce que je peux dire c'est que c'est toi qui en feras les frais. C'est autant d'argent que je ne dépenserai pas pour toi. La Porsche, Champneys, la Barbade, terminé.

– Je m'en fous ! siffla-t-elle en se retournant brusquement pour lui faire face. C'est tant mieux. Champneys, ou la Barbade, j'en ai rien à foutre. C'est toi qui voulais qu'on y aille, quand tu as appris, à l'école de Georgina, qu'une de ces morveuses de mère d'élève en revenait. »

Elle saisit une brosse et se mit à la passer rageusement dans ses cheveux. « Tu sais bien que je te perce à jour, Patrick. Tu t'imagines que toutes ces rentières passent leur temps à aller à la Barbade, alors tu décides que je dois y aller moi aussi. Espèce de parvenu ! En fin de compte, je préférerais peut-être aller en voyage organisé à Ténériffe.

– C'est ridicule.

– Ça n'est pas si mal, Ténériffe ? Ça n'est pas mal de se plonger un peu dans la vie réelle pour changer.

– Ça te va bien de parler de vie réelle, railla Patrick. Toi qui étais la plus bluffeuse de toutes les minettes des relations publiques. A faire de la pub pour tel ou tel produit sans avoir la moindre idée de ce dont il s'agissait, ni de ce que ça valait. Tu savais juste sourire au client et lui prendre son argent.

– C'était mon travail, dit-elle à voix basse, furieuse. Et le travail, ça ne court pas les rues pour une danseuse au chômage, sans compétences particulières, comme je l'étais à ce moment-là. »

Patrick se tut un moment, ôtant ses boutons de manchettes avec des gestes brusques. Quand il reprit la parole, ce fut sur un autre front.

« De toute façon, dit-il avec agressivité, si l'école de Georgina ne te plaît pas, pourquoi veux-tu y envoyer Nicola ?

– Je n'ai rien contre cette école. Je la trouve très bien. C'est seulement les mères que je ne peux pas sacquer. Je ne suis pas vraiment lady Holmes, franchement ? » Patrick eut un mouvement de recul en pensant à lady Holmes, la mère d'une des amies d'école de Georgina. Une femme élégante, condescendante, qui réussissait toujours à lui faire sentir qu'il n'était qu'un minable d'origine modeste. « Et toi, tu n'as vraiment rien du châtelain, continua Caroline, sans ménagement. Rien du tout. Alors pourquoi essaies-tu de te faire passer pour tel ? Pourquoi ne pas admettre tout simplement que tu n'es qu'un prolo enrichi ? » Patrick frémit et se détourna.

« Si je veux réussir, dit-il d'une voix furieuse et gênée à la fois, c'est pour Georgina.

– Ah bon ? Eh bien, je trouve que, pour la réussite, ça suffit comme ça, merci. Je sais ce que tu as derrière la tête. Il faudrait faire encore plus d'argent, vendre la maison, aller s'installer ailleurs, faire semblant d'être plus chic qu'on ne l'est, se faire de nouveaux amis. Eh bien, peut-être que je me plais ici. Peut-être qu'ici j'ai des amis. Et je n'ai peut-être pas envie d'être chic, d'aller à la chasse, ou à la pêche, ou de faire tout ce que font ces gens-là pour se donner du plaisir. » Patrick se tourna vers Caroline avec un sourire méprisant.

« Tu as des amis ? Qui ça ? Ces parasites de Fairweather ? Tu paies pour l'éducation de leur fille. Et quoi encore ? Tu vas bientôt leur dire de venir vivre ici ?

– A ta place, dit Caroline d'une voix chevrotante de rage, je m'abstiendrais de dire quoi que ce soit des

Fairweather. Pas un mot. Sinon tu risquerais de me voir aller les trouver dans leur chambre pour leur glisser quelques petites choses à l'oreille. Comme, par exemple, le fait qu'ils viennent de se faire arnaquer par leur soi-disant ami. Ou bien qu'ils n'auront jamais les moyens de s'en sortir avec cet emprunt hypothécaire. Ou que cette souscription Sigma est classée à haut risque, et qu'ils vont sans doute perdre tout leur argent. » Patrick la regardait avec des yeux ronds, sidéré. « Tu crois que je n'y comprends que dalle, hein ? Que je suis juste une minette au grand sourire ? Eh bien, j'en sais plus long que tu ne crois. Et, pour commencer, je sais que tu es quelqu'un à qui on ne peut pas faire confiance. » Patrick était réduit au silence, et, telle une souris acculée dans un coin, il guettait prudemment Caroline, qui se leva et se mit à faire les cent pas, pleine d'animation tout d'un coup, les yeux pétillants.

« Je ne peux pas te croire, dit-elle en s'emportant soudain. Tu es complètement immoral. Et tu as le culot de te plaindre de ma proposition. Bon sang, tu escroques quatre-vingt mille livres à Stephen et tu ne peux pas donner quelques milliers de livres par an pour sa gamine ?

— Ce n'est pas aussi simple que ça, commença Patrick.

— Alors c'est aussi simple que quoi ? interrompit Caroline. Que je sache, c'est toujours Stephen qui est le perdant.

— Il a tout à gagner de mes conseils.

— Tu parles ! Il est bien parti pour y laisser une sacrée fortune. En fait, il y a encore une chose que je veux que tu fasses en plus de payer l'école. » Elle s'assit sur le lit et le regarda d'un air de défi.

« Quoi ?

— Je veux que tu promettes d'aider Stephen s'il n'arrive pas à payer les traites de son emprunt. Temporairement.

— Tu es folle.

— Tu leur dois bien ça. Je veux que tu promettes.

— Nom de Dieu ! Je vais les avoir à charge toute ma vie !

– Alors, explique à Stephen que tu penses lui avoir donné un mauvais conseil et annule l'affaire.

– Tu sais ce qu'elle représentait cette affaire ?

– Et un ami, tu sais ce que ça représente ? » Caroline le dévisageait de ses yeux bleus tout injectés de sang.

« Ah, bordel ! cria Patrick dans une soudaine explosion de colère. D'où sors-tu toutes ces conneries ? Ce que représente un ami ? Je vais te le dire. Moins que rien. Est-ce qu'un de nos amis a jamais fait quoi que ce soit pour nous ? Non, jamais.

– Tout simplement parce qu'on n'a jamais eu d'amis ! répliqua Caroline sur le même ton. Jamais ! Annie est ma première véritable amie et je n'ai pas envie de la perdre ! » A sa consternation, elle sentit une grosse larme couler sur sa joue.

« Qu'est-ce que tu racontes, on n'a jamais eu de vrais amis ? dit Patrick, outré. On a plein d'amis.

– Des clients, tu veux dire. Ce ne sont pas des amis. Pas plus que ces affreux avec qui tu travailles. Je ne peux pas les voir.

– Et les gens du village, alors ?

– Ils sont tous épouvantables. Je les déteste. » A présent, Caroline pleurait amèrement, elle se tenait les genoux et ne prenait même pas la peine d'essuyer le mascara qui coulait le long de son visage. A la voir ainsi, Patrick repensa aux larmes qu'elle avait versées quand elle avait su qu'elle ne pourrait pas avoir d'autre enfant après Georgina. C'était une des rares fois où elle était apparue comme une gamine, vulnérable. La plupart du temps, elle était soit d'une gaieté inébranlable, soit d'une mauvaise humeur irréductible. Elle s'abandonnait rarement. Soudain, il fut submergé par une vague de compassion, mêlée à du désir. Caroline reniflait à présent, refusant, comme toujours, de se moucher convenablement. Il s'approcha, s'assit à côté d'elle sur le lit et passa avec gaucherie un bras autour de ses épaules.

« Bien sûr que je les aiderai, lui dit-il à l'oreille. Je

n'avais pas compris que ça te tenait tellement à cœur. » Caroline enfouit son visage tout mouillé dans la chemise de Patrick et sanglota encore plus fort. Il lui frotta doucement le dos, en marmonnant des paroles de consolation semblables à celles qu'il lui avait prodiguées quand Georgina avait quatre ans, et telles qu'il n'en avait plus jamais prononcé depuis. Sa femme et sa fille avaient en règle générale une telle assurance qu'il se sentait sinon de trop, du moins vraiment pas indispensable. Mais voilà qu'à présent Caroline pleurnichait contre sa poitrine, venait chercher réconfort auprès de lui, et lui demandait de l'aider. Il écarta doucement les mèches de cheveux dorés qui lui tombaient devant les yeux et attira vers lui son visage rougi et barbouillé, jusqu'à ce qu'elle le regarde, silencieuse à présent, mais encore toute tremblante d'émotion. Elle ouvrit la bouche pour dire quelque chose, mais Patrick se pencha bien vite en avant pour embrasser ses lèvres gonflées, désireux de maintenir cette image dans son esprit, de faire durer, quelques instants au moins, cette vision de Caroline, damoiselle en détresse, et de lui-même volant à son secours. Voulant l'empêcher de faire quelque commentaire cinglant ou (pire encore) indifférent, qui le remettrait à sa place une fois de plus, et briserait l'illusion qu'il était en train de construire.

Il l'embrassa avec insistance, pétrissant les muscles contractés de son cou, puis descendant caresser ses seins, et défaisant d'un geste résolu la fermeture Éclair de sa robe jaune. Elle ne disait rien, mais sa respiration se fit plus courte, et elle poussa un petit soupir de plaisir quand les lèvres de Patrick se posèrent sur la pointe de son sein. Puis, comme si ses mains agissaient d'elles-mêmes, elle remonta sous la chemise, le long du torse, défaisant les boutons un par un. Patrick, qui tout d'abord ne voulait pas y croire, fut bientôt transporté de joie. Caroline lui revenait – ce qu'il avait cessé d'espérer. Et si elle le lui faisait payer en l'obligeant à casquer régulièrement pour Stephen et Annie,

– eh bien, cela en valait sans doute la peine. Après tout, ce n'était que de l'argent.

Comblé, Charles restait allongé là, souhaitant ne plus bouger, jamais. Son corps était épuisé, ses désirs satisfaits. Il avait l'impression que son esprit lui-même avait été mis à rude épreuve. Il se sentait incapable de fixer une idée dans sa tête ou de formuler une volonté quelconque. Il n'était même pas sûr de pouvoir articuler une phrase. Diverses parties de son corps étaient exposées à l'air nocturne, or, à présent, une petite brise s'était levée. Mais malgré les frissons et la chair de poule, il restait immobile, incapable de rassembler assez d'énergie pour se couvrir.

Il avait fait l'amour à Ella avec ardeur, avec brutalité presque, relevant ses jupes diaphanes, l'écrasant sur le sol, enfouissant son propre visage dans sa chair crémeuse, pulpeuse, au parfum de noix de coco. Il lui avait arraché son collier d'ambre quand il l'avait trouvé gênant, il s'était défait de sa chemise qui commençait à l'agacer, et il était vite arrivé à un orgasme qui lui avait traversé le corps avec une telle intensité qu'il avait crié d'une voix presque méconnaissable.

Même à présent, il ressentait encore de petites ondes de plaisir, des étincelles égarées. Sa peau était insensible à l'herbe humide, aux cailloux, à la bosse dans le creux de ses reins, et son esprit engourdi refusait de voir qu'il venait de se rendre coupable d'adultère. Il n'avait pratiquement pas conscience de ce qui se passait en dehors de son propre corps. Tous ses sens étaient tournés vers l'intérieur et ses pensées voguaient librement dans l'abstrait.

Mais peu à peu, au bout d'un moment, il se remit au diapason du monde extérieur. Il prit conscience qu'Ella était allongée paisiblement un peu plus loin, et soudain, il s'aperçut qu'elle fredonnait un air à voix basse. Il prit conscience du spectacle qu'ils devaient offrir tous les deux, et du fait qu'il était couché, à demi nu, dans le jardin d'un ami, avec une femme qui n'était pas son épouse, et qui fredonnait. Curieusement, c'est cela qui le déconcertait le plus.

En faisant un effort extraordinaire, il se souleva sur un coude pour la regarder.

« Tu fredonnes, dit-il.

– Eh bien oui », confirma Ella, toujours allongée sur le dos, les yeux levés vers le ciel, s'interrompant à peine. Charles ne reconnaissait pas l'air. Il s'affala de nouveau en arrière, se demandant ce qui se passait dans la tête d'Ella. Regrettait-elle ce qui était arrivé ? Se rendait-elle compte que c'était la première fois qu'il faisait une infidélité à sa femme ? Comprenait-elle qu'il avait des responsabilités familiales ? D'une part, il avait envie de rester là éternellement sans rien dire, avec cette douce présence à ses côtés ; et d'autre part il souhaitait mettre Ella face à la situation réelle.

Il finit par sortir de sa torpeur. Il se redressa en grimaçant, ôta les petits cailloux qui s'étaient incrustés dans son dos et remit sa chemise. Il tâtonna dans l'herbe pour retrouver le collier d'ambre.

« Tiens, voilà », lui dit-il en tendant le bras et en le lui mettant dans la main. Quand les doigts d'Ella saisirent le collier, il eut l'impression d'une caresse, et il sentit de nouveau le désir monter en lui. Il laissa errer son regard sur ses seins encore à demi découverts, sur ses cuisses encore légèrement écartées, sur la douce courbure de ses lèvres.

« Ah, j'ai encore envie de toi, gémit-il.

– Vraiment ? » Le ton était celui de la surprise amusée. « Tu es devenu très exigeant. Pas étonnant que Cressida ait si mauvaise mine.

– Je ne plaisante pas.

– Non ? » Elle tourna la tête vers lui d'un air engageant et il alla chercher ses lèvres avec ardeur, se délectant de leur goût et de l'odeur d'Ella, suivant les rondeurs de son corps. Puis il s'écarta avec un grognement.

« Non, je ne peux pas.

« – C'est un peu tôt, peut-être, dit Ella plaisamment.

– Pas du tout ! rétorqua-t-il d'un ton féroce. C'est cette situation ! Je me demande comment tu peux être là à fredonner tranquillement. Tu ne vois pas qu'il s'agit d'adultère ?

– Dans certaines cultures, ce que nous avons fait serait considéré comme tout à fait normal.

– Oui, mais pour l'instant, nous ne sommes pas dans une autre culture, dit Charles d'un air bougon. Alors qu'est-ce qu'on va faire maintenant ?

– Rentrer, ou bien rester dehors encore un peu. »

Charles se tut un moment. Il s'assombrit.

« On devrait peut-être rentrer, finit-il par dire. Cela fait bien une heure que nous sommes sortis.

– Très bien. » Ella se mit debout prestement. Charles se releva avec peine, et ils traversèrent le pré en silence. Plus ils avançaient, plus Charles ralentissait l'allure. Quand ils arrivèrent en vue de la maison, il s'arrêta net.

« Et ensuite, qu'allons-nous devenir ? dit-il d'un ton éperdu.

– Ensuite ? Eh bien, moi, je vais en Italie, bien sûr. Et toi, comment veux-tu que je sache ce que tu vas faire ? Je crois que je ne vais pas tarder à partir. J'ai l'impression que je vais en avoir assez de l'Angleterre sous peu.

– Et moi alors ? » Ces mots à peine prononcés, Charles se sentit comme un enfant gâté et geignard.

« Et toi ? » Ella croisa son regard avec un mélange de raillerie et de pitié. C'était une fin de non-recevoir, c'était clair. Mais il ne pouvait s'y résoudre.

« On ne pourrait pas se voir à un moment ou à un autre ? » Il l'implorait. C'était pathétique.

« Si tu avais l'occasion de venir en Italie, dit Ella, l'air de réfléchir, je ne vois pas pourquoi Maud ne t'inviterait pas à la villa. Je suis sûre qu'elle le ferait volontiers. »

Alors, une ravissante vision se fit jour dans l'esprit de Charles, le tableau d'une double vie, entre l'Angleterre et l'Italie, entre Cressida et Ella. Il imaginait la villa de Maud

Vennings, une grande maison élégante à flanc de coteau, peuplée de peintres et de musiciens. Il se voyait faisant partie du cercle. Il y aurait des ateliers, des discussions, de longs repas pris à loisir, des nuits avec Ella. Peut-être se remettrait-il à la peinture. Il suffirait qu'il revienne chaque fois avec quelques gravures, et Cressida ne soupçonnerait rien. Il engagerait quelqu'un pour s'occuper des affaires courantes à la galerie, ce qui le laisserait libre de faire autant de voyages qu'il voudrait dans l'année. Les affaires en souffriraient peut-être un peu – mais ils pouvaient se permettre cela.

« Je viendrai dès que je pourrai, dit-il joyeusement.

– Comme tu voudras. Rien ne presse. »

Avant d'ouvrir la porte de sa chambre, Charles examina sa tenue et brossa quelques brins d'herbe accrochés à son pantalon. Pourtant, avec un peu de chance, Cressida serait déjà au lit. Mais l'idée de l'y rejoindre n'avait plus rien d'affligeant. Il était d'une bonne humeur ridicule et se sentait excessivement content de lui. Il se voyait de nouveau comme quelqu'un d'enviable, avec sa belle et riche épouse, et une maîtresse d'un style exotique, qui n'avait pas trop d'exigences. Tout cela allait se combiner à merveille.

Il ouvrit la porte avec précaution et fut surpris de trouver la lumière encore allumée. Il dirigea son regard vers le lit. Cressida était couchée et elle dormait, mais adossée aux oreillers, comme si elle s'était assoupie sur sa lecture. Seulement, il ne voyait pas de livre. En approchant, Charles remarqua qu'elle avait laissé échapper un papier sur le couvre-lit. Avait-elle fait son courrier à une heure aussi tardive ? Cela ne l'aurait pas surpris. Cressida correspondait avec un nombre de gens incroyable, depuis ses vieilles amies d'école jusqu'à des tantes éloignées.

Il prit la feuille de papier et se mit à la parcourir rapidement tout en se débarrassant de ses chaussures. *Chère madame*. C'était une lettre de M. Stanlake, qui gérait le portefeuille de Cressida. Il se refusait toujours à les appeler, elle ou lui, par leur prénom. Charles sourit intérieurement. Ce vieux raseur ! *Vous vous souviendrez peut-être que je vous ai écrit il y a quelque temps pour vous expliquer encore une fois ce que signifie le terme « responsabilité illimitée ».* Charles bâilla. Quelque détail technique. Il lut le premier paragraphe sans y faire bien attention. Ses pensées étaient encore ailleurs, avec Ella.

Mais soudain, quand son regard arriva vers le bas de la page, il laissa échapper un cri.

« Ah putain, qu'est-ce que... » Réveillée par le bruit, Cressida ouvrit les yeux en s'agitant. Elle posa son regard sur Charles, puis, avisant la lettre, elle poussa un petit cri d'inquiétude.

« Charles, dit-elle d'une voix faible, j'ai reçu cette lettre aujourd'hui. J'ai essayé de te la montrer...

– Tu l'as lue ? Tu as vu ce qu'elle contient ?

– Eh bien, oui... », dit Cressida d'une voix hésitante. Elle lui lança un regard désespéré, qu'il soutint un instant, puis il retourna à la page écrite. Il relut aussitôt la lettre du début à la fin, voulant à tout prix y trouver un autre sens, une conclusion autre que celle qu'il venait de tirer.

Quand il eut fini, il leva les yeux, mais sa vue se brouillait. Comme si la nuit se faisait dans sa tête, accompagnée d'un martèlement cuisant. Il repassait sans relâche dans son esprit les termes de Stanlake, d'une sécheresse voulue. *Prochain appel de fonds... cent mille livres... avenir incertain... consortium de prêt particulier... un million de livres... peut-être plus... paiements échelonnés... engagement pour une somme illimitée... vous comprendrez... ai cru devoir vous mettre en garde... responsabilité illimitée... responsabilité illimitée... responsabilité illimitée.*

Il arrivait à peine à tenir la feuille sans trembler. Il se sentait mal, il n'en revenait pas. Un million de livres. Pas possible, c'était une plaisanterie. Il regarda de nouveau le papier. *Le prochain appel de fonds, me dit-on, sera d'une centaine de milliers de livres.* Dans l'affolement, Charles fit rapidement le décompte, dans sa tête, du portefeuille de Cressida. Pour cette somme-là, ils devaient pouvoir s'en tirer. Si ça s'arrêtait là. Mais plus bas, il lut : *Comme je vous l'ai expliqué lors de notre première entrevue à ce propos, votre engagement est illimité.*

Charles ne cédait pas facilement à la panique. Mais cette fois, il sentait que sa respiration s'accélérait, que la sueur perlait à son front. Cressida était un *Name*[1] à la Lloyds. Bon Dieu de merde ! Il ne s'en serait jamais douté. Et pourquoi diable n'était-il pas au courant ? Pourquoi n'avait-elle rien dit ? *Responsabilité illimitée*. Illimitée. C'est-à-dire ? Jusqu'à leur dernier penny ? Contraints de vendre la maison ? De se débarrasser de la voiture. Son regard se posa de nouveau sur cette phrase, au milieu de la page : *On me fait savoir que la somme totale pourrait atteindre un million de livres, peut-être même davantage.* Mais ils n'étaient pas millionnaires ! Enfin, sur le papier, peut-être – et surtout du fait de la maison et de la galerie. *Un million de livres, et peut-être davantage.* Plus d'un million ? Encore plus ? L'expression *puits sans fond* lui vint à l'esprit. Il se représenta soudain le feu de l'enfer : des valises pleines d'argent qu'on y jetait pour les livrer aux flammes.

Il ne savait comment ordonner ses pensées, ni contenir sa panique. Pendant un moment, il resta là à tanguer légèrement au milieu du silence nocturne, comme si la terreur le rendait ivre. Et puis, peu à peu, il prit conscience que quelque chose s'insinuait dans son esprit. Ses yeux se fixèrent de nouveau sur la lettre *Lors de notre première entrevue à ce propos*. Quelle entrevue ? Quelle putain d'entrevue ?

Soudain, il sentit le regard de Cressida posé sur lui. Elle était pâle, et semblait lasse et anxieuse. Était-elle au courant de tout cela depuis longtemps ? Peut-être savait-elle et ne lui avait-elle rien dit.

1. Terme spécifique à la Lloyds, compagnie d'assurances de Londres, désignant un associé à responsabilité illimitée sur ses biens personnels. *(N.d.T.)*

« Quand as-tu appris cela ? demanda-t-il sèchement.

– Aujourd'hui seulement », bredouilla Cressida. Même sous les draps, elle avait froid. Charles avait lu la lettre, mais il n'avait pas ri. Il n'avait pas hoché la tête en faisant remarquer l'erreur idiote faite par quelque employé du cabinet de gestion. Il ne l'avait pas reposée négligemment pour passer aux affaires du lendemain.

« Mais enfin, qu'est-ce que c'est que cette entrevue dont il parle ?

– Je ne sais pas. » Cressida fut soudain submergée par la panique, comme une écolière qui aurait oublié de faire une partie essentielle de ses devoirs à la maison. Était-ce quelque chose qu'elle était censée savoir ? Avait-elle eu une entrevue avec M. Stanlake ? La mine pâle et crispée, elle essaya désespérément de se rappeler. Mais tous ses entretiens avec M. Stanlake se télescopaient dans son esprit en une image unique et fumeuse.

Charles se laissa tomber dans un fauteuil et se mit à relire la lettre de bout en bout. Cressida le regarda en silence, sans oser frotter ses yeux ensommeillés, ni passer une main dans ses cheveux ébouriffés. Puis elle laissa errer son regard hésitant à travers la pièce, s'arrêtant indifféremment sur un coin de la tapisserie, sur un meuble, sur le crâne de Charles. Elle se demanda quelle heure il était. A distance, elle entendait le tic-tac d'une pendule, mais il n'y avait pas d'autres bruits dans la maison. Tout le monde devait être couché.

« Responsabilité illimitée, dit soudain Charles, d'une voix toute tremblante d'émotion contenue. Tu sais ce que ça veut dire ? » Cressida fit non de la tête, sans ouvrir la bouche. Elle croyait savoir, mais elle ne voulait pas s'aventurer à prononcer la moindre parole. « Cela veut dire qu'on peut continuer à te demander de l'argent à perpétuité. C'est sans fin. » Charles haussa le ton. « Tu te rends compte de ce que cela signifie ? Pour nous ? Pour les enfants ? » D'un pas mal assuré, Cressida sortit du lit, alla jusqu'au fauteuil, et s'agenouilla aux pieds de Charles. Elle grelottait, elle aurait bien voulu mettre une robe de chambre. Mais si elle se levait pour aller se couvrir, Charles risquait de le prendre mal.

« Ils se sont peut-être trompés, dit-elle d'une voix tremblante. C'est la première fois que je reçois ce genre de choses.

– Je ne sais pas. » Charles, exaspéré, jeta la lettre par terre. « Je n'en sais foutrement rien. Enfin bon Dieu, Cressida, pourquoi ne m'as-tu jamais dit que tu étais un *Name* ?

– Je ne sais pas. Je ne pensais pas que cela avait de l'importance. Et d'ailleurs... » Elle s'arrêta net, le souffle coupé. Elle se remémora soudain quelque chose qui lui fit rosir les joues.

« Quoi donc ? quoi donc ?

– Je ne sais pas, dit-elle en se dérobant au regard de Charles. Mais c'est vrai qu'il y a quelques années j'ai eu une entrevue avec M. Stanlake. Maintenant je me rappelle.

– Et alors ?

– Eh bien, je crois que c'était peut-être à propos de cela, à propos du fait que j'étais un *Name* à la Lloyds.

– Comment ? Quand ça ? Pourquoi ne m'as-tu rien dit ?

– C'était juste après nos fiançailles. Un entretien très bref. » Marquant un temps d'arrêt, Cressida fit des efforts désespérés pour se rappeler. « J'étais en ville pour voir les robes de mariées.

– Venons-en au fait, lui dit Charles brutalement.

– Eh bien... » Cressida avala sa salive. « ... M. Stanlake a parlé de certaines traites supplémentaires qu'il allait régler en prenant l'argent ailleurs, sur un compte spécial, quelque chose comme ça. Je ne me souviens plus bien.

– Des traites supplémentaires ? Quelles sortes de traites ?

– Je ne sais pas.

– Tu ne sais jamais rien, putain ! Nom de Dieu, est-ce qu'il s'agissait des pertes de la Lloyds ? » Cressida s'empourpra un peu plus.

« Je ne suis pas bien sûre. Oui, je crois, s'empressa-t-elle d'ajouter. Quelque chose comme ça.

– Comment ? Pourquoi fais-tu cette tête ? » Charles, d'abord surpris par la confusion de Cressida, cligna des yeux de lassitude pour ne plus voir son visage que par intermittence. « Qu'est-ce que tu me caches ? Qu'est-ce qui te fait croire que c'était la Lloyds ? »

Cressida lui jeta un regard pitoyable. Comment lui avouer ce qu'elle venait de se rappeler ? Mais il ne lui serait même pas venu à l'esprit de lui mentir. « Eh bien, commença-t-elle timidement, je viens de me souvenir de quelque chose que M. Stanlake m'a dit cette fois-là.

– Quoi donc, bon Dieu ? Quoi ?

– Je venais de lui annoncer que j'étais fiancée, et de lui montrer ma bague. » Instinctivement, elle jeta un regard à sa bague de fiançailles. « Et il a dit qu'il la trouvait très jolie », continua-t-elle. Charles la dévisageait, perplexe.

« Qu'est-ce que ça vient faire là, nom de Dieu ?

– C'est ce qui a suivi, bégaya Cressida. Il m'a interrogée sur toi, sur notre mariage et sur tout le reste, et puis il m'a dit : "A votre place, voyez-vous, je ne me vanterais pas d'être un *Name* à la Lloyds". »

Il y eut un bref silence. Charles sentit la fureur monter en lui avec une violence terrifiante. L'espace de quelques instants, il ne sut pas très bien ce qu'il allait faire.

« Ce qui veut dire, finit-il par articuler d'une voix tellement dominée que ce n'était guère plus qu'un murmure, ce qui veut dire que tu m'as délibérément caché le fait que tu étais un *Name* ?

– Non ! » Cressida avait une mine atterrée. « A ce moment-là, je n'ai pas pensé que ça avait une importance quelconque. J'ai déjeuné avec Sukey et je suis allée chez Liberty's... » Sa voix se perdit.

« Et après ? » questionna Charles avec une politesse menaçante. La gorge de Cressida se serra.

« Après, j'ai complètement oublié.

– Tu as complètement oublié ? Tu as oublié que tu étais un *Name* à la Lloyds ?

– Oui, enfin non. C'est-à-dire que je le savais, mais je ne pensais pas que ça avait de l'importance... » Sa voix se perdit de nouveau.

Pendant un instant, la stupéfaction de Charles l'emporta sur sa colère.

« Comment as-tu pu penser que c'était sans importance ? Tu n'es pas au courant de ce qui se passe à la Lloyds ? » Cressida baissa la tête et Charles fut encore plus exaspéré. « Tu ne sais pas ce qui est arrivé à un certain nombre de gens ? hurla-t-il. Tu n'as pas compris ce qui nous attendait ? Ça t'arrive de penser, oui ou non ?

– Je sais, je sais, s'écria Cressida avec, soudain, un sanglot dans la voix. Je savais plus ou moins, mais je ne pensais pas qu'il nous arriverait des choses pareilles, à nous. M. Stanlake m'avait dit que tout se passerait bien.

– Qu'il aille se faire foutre ton M. Stanlake ! cria Charles. Et toi avec ! Tu n'as jamais pris la peine d'écouter quoi que ce soit, ni de poser la moindre question, ni de t'informer de ce qui se passait. » Brusquement, il rapprocha son visage du sien. « Tu n'as jamais cherché à comprendre quoi que ce soit à tes affaires, tu t'en es toujours remise à ton foutu père, ou à moi. Eh bien maintenant, tu peux te sortir de ce merdier toute seule. Moi, ça me suffit comme ça.

– Charles... » Elle leva vers lui de grands yeux effrayés.

Il eut l'impression qu'il avait trébuché et qu'il était pris dans un horrible cauchemar, une hallucination grotesque, dont il ne pouvait pas sortir. Cinq minutes plus tôt, il était encore tout content de lui, et plein de suffisance. Tout semblait s'arranger au mieux. Il s'était dressé un plan de vie grandiose pour l'avenir – sans remettre en cause ni son épouse, ni ses revenus, ni sa vie présente, mais en y ajoutant quelques charmes supplémentaires, en l'agrémentant de petits plaisirs qui la rendraient parfaite. Poursuivre sa liaison avec Ella, compter Maud Vennings parmi ses connaissances, devenir un familier de l'Italie : voilà ce qu'il avait imaginé avec une extrême clarté, ne fût-ce que quelques instants, après avoir quitté Ella. Mais tout cela, soudain, paraissait ridicule, rien de plus qu'un rêve d'écolier. Rien n'allait plus de soi. A quoi bon la vie sans argent ? Et, en fait, à quoi bon cette épouse sans sa fortune ? Pourrait-il encore l'aimer si, au lieu de lui apporter la richesse, elle lui pompait son argent et devenait une charge ? Charles considéra Cressida avec un regard neuf. Sous sa chemise de nuit, elle était toute maigre. Sa voix était haut perchée et agaçante. Elle avait le teint pâle et les traits tirés. En la regardant, son esprit évoqua avec une netteté soudaine une peau brune et tiède, au parfum de noix de coco, et il désira Ella avec une intensité qui confinait à la douleur.

« Je suis sûre que tout s'arrangera, dit timidement Cressida.

– Tu crois ? répliqua Charles d'un ton sarcastique, la détestant de n'être pas Ella. Bon. Eh bien alors, tu vas pouvoir t'en arranger toi-même. » Elle le regarda un instant bouche bée, puis elle fondit en larmes. Charles en eut la nausée. Le rire pétillant d'Ella lui revint à l'esprit, tandis qu'il revoyait ses yeux doucement moqueurs.

« Tu vas la fermer, bon Dieu ! cria-t-il. Ferme-la. Je ne peux pas supporter ce bruit. » Les sanglots redoublèrent. « La ferme, tu entends ! La ferme, bon Dieu ! » Il leva la main et frappa Cressida sur le côté du visage.

Elle en eut le souffle coupé, et elle porta une main à sa joue. L'endroit où Charles avait frappé était déjà tout marbré de rouge, mais le reste du visage était exsangue. Charles demeura imperturbable. Puis Cressida se leva en chancelant et recula vers la salle de bains. La porte se referma et Charles l'entendit vomir. Puis l'eau coula. Elle n'avait pas verrouillé la porte de la salle de bains ; peut-être espérait-elle qu'il la suivrait. A cette idée, Charles prit un air méchant. Il se laissa glisser par terre, saisit la lettre et la froissa.

« Va te faire foutre, dit-il. Allez tous vous faire foutre. »

10

A 7 h 30, Annie fut arrachée au sommeil par son réveil électronique, dont le joyeux bip-bip s'insinua peu à peu dans ses rêves. Quand elle comprit ce que c'était, elle tendit instinctivement le bras gauche, mais resta confondue en rencontrant le visage de Stephen. Elle finit par trouver l'objet, à sa droite, sur une table qu'elle ne connaissait pas. Elle l'arrêta, retomba comme une masse, et observa un instant d'un œil perplexe l'abat-jour insolite accroché au plafond blanc, soigneusement peint, non fissuré, et puis soudain elle se rappela qu'ils étaient chez Caroline.

Et elle s'aperçut qu'elle éprouvait une sensation étrange. Un peu comme l'appréhension que l'on ressent un matin où l'on a rendez-vous chez le dentiste – mais en l'occurrence c'était quelque chose de positif. Elle se sentait bien au chaud, protégée, soutenue. Ce n'était pas seulement parce qu'elle voyait un beau soleil passer entre les rideaux, ni parce qu'elle savait qu'elle n'avait pas de petit déjeuner à préparer. Elle avait beau chercher dans tous les recoins de son esprit, elle ne comprenait pas ce qui lui arrivait. Elle essaya de trouver une réponse en regardant partout dans la chambre, elle lorgna le réveil et se demanda pourquoi elle l'avait mis à sonner si tôt.

Et puis, soudain, tout lui revint d'un seul coup. Elle avait mis le réveil à sonner de bonne heure pour pouvoir emmener les enfants à l'église. Les enfants. Nicola. Les frais de scolarité. Mais oui, Caroline et Patrick avaient proposé de payer pour la scolarité de Nicola. Et ils avaient accepté. Nicola irait à Sainte-Catherine. Annie se renfonça dans ses oreillers avec satisfaction. Maintenant qu'elle était tout à fait réveillée, elle s'aperçut qu'elle avait aussi un sérieux mal de tête. Mais rien ne pouvait gâcher le bonheur qu'elle éprouvait pour Nicola.

Elle donna des petits coups de pied à Stephen. Tout ensommeillé, il finit par se tourner de son côté.

« Réveille-toi, lui dit-elle. Il est l'heure d'aller à l'église. » Stephen fit une grimace de mécontentement, entrouvrit les yeux et grogna.

« Je suis complètement vaseux. Pourquoi faut-il aller à l'église ? On est en vacances.

– On en a parlé hier soir, tu te souviens ? » Annie était d'un enthousiasme inébranlable. « C'est une bonne chose pour les enfants. Et puis j'aime bien les églises de campagne. » Et, continua-t-elle en son for intérieur, il faut que je rende grâce pour l'école de Nicola. Elle se tira du lit à grand-peine, sans s'inquiéter des taches de couleur qui apparurent aussitôt devant ses yeux, et elle ajouta : « Je vais les réveiller. »

Stephen fit entendre un autre grognement, et il eut l'impression d'avoir encore plus mal à la tête. Il se mit sur le dos et ferma les yeux. Les souvenirs de la veille commencèrent à se faire jour lentement dans son esprit. Ils étaient là pour une partie de tennis, bien sûr, et cela avait été plutôt agréable. Ils avaient aussi beaucoup bu – il préférait ne plus y penser. Et puis il y avait eu cette affaire conclue avec Patrick. Ou bien était-ce un rêve ?

Il ouvrit les yeux et regarda autour de lui. Il se revoyait très clairement dans le bureau de Patrick, donnant son accord pour un emprunt hypothécaire de quatre-vingt mille livres sur sa maison. Ce n'était pas un rêve. C'était une opération bien réelle, de grande envergure. Il essayait de se rappeler le sentiment d'exaltation qu'il avait éprouvé, l'assurance jouissive que cela lui avait donné. Mais à présent, au contraire, il commençait à ressentir une sorte d'inquiétude.

Quand Annie revint, Stephen s'empressa de lui demander d'un air coupable, comme si elle pouvait lire dans ses pensées : « Les enfants ont passé une bonne nuit ?

– Ils n'ont guère dormi, dit-elle avec une grimace. Je crois qu'ils ont fait la fête jusqu'à minuit. Nicola n'a pas semblé comprendre quand je lui ai demandé de se lever.

– On devrait peut-être la laisser dormir, suggéra Stephen sans insister.

– Ne dis pas de bêtises ! J'ai annoncé que nous allions à l'église. La promenade va la réveiller.

– Tu es de bien bonne humeur aujourd'hui, dirait-on, remarqua Stephen, intrigué.

– Tu trouves ? répondit-elle avec un sourire. Sans doute parce que je suis encore sous le coup de cette école pour Nicola. » Stephen la regarda un instant d'un air hébété – et puis les choses lui revinrent. Bien sûr. Ce que Caroline avait annoncé la veille au soir.

« Oui, c'est une nouvelle formidable », dit-il en essayant de faire preuve de quelque enthousiasme. Mais il ne pouvait chasser de son esprit l'affaire qu'il avait conclue avec Patrick. Il sentait qu'il avait perdu pied. En réalité, c'était une opération ambitieuse, plutôt faite pour des gens comme Charles. Lui préférait la simplicité. Et il se sentait de plus en plus mal à l'aise à l'idée de faire un emprunt – quoi qu'en dise Patrick – qu'il n'avait pas vraiment les moyens de payer.

Il regarda le visage radieux d'Annie et il décida de ne parler de rien pour l'instant. Il pourrait peut-être glisser un mot à Patrick un peu plus tard, et voir s'il n'était pas possible de réduire l'emprunt, ou de procéder progressivement peut-être. Patrick serait compréhensif. Ils étaient amis après tout.

L'église de Bindon datait du XIVᵉ siècle et elle était minuscule. Comme Stephen, Annie, Nicola, Toby et Georgina se dépêchaient de traverser le cimetière – n'ayant plus qu'une minute devant eux –, Stephen s'écria : « Les paris sont ouverts sur le nombre de fidèles qu'on va trouver là. Pour ma part, je dirai six.

– Et moi dix, déclara Annie en lui jetant un coup d'œil réprobateur.

– Et moi, cinquante, dit Nicola, qui était habituée à un service assidûment suivi par les familles à Sainte-Marie-Madeleine de Silchester.

– Ici, c'est différent, dit gentiment Georgina. Je dis quatre.

– Pas possible ! s'exclama Stephen.

– Moi, je dis quarante-quatre, risqua Toby en articulant soigneusement. Quarante-quatre.

– Tu es sûr, Tobes ? Et tu sais pourquoi ? lui demanda Stephen avec un large sourire.

– Quarante-quatre », répéta Toby obstinément.

C'est Georgina qui était le plus près de la vérité. En fait, au moment où toute la troupe entra, il n'y avait que trois personnes à l'intérieur de l'église. Deux d'entre elles étaient Don et Valerie, et celle-ci leur fit de grands signes en montrant le banc derrière le sien. Dieu merci, Stephen avait déjà entraîné les enfants de l'autre côté, ce qui permit à Annie de répondre par un sourire et un geste d'excuse.

« O mon Dieu, dit Georgina en s'agenouillant à côté d'Annie, fais que je sois bien classée au gymkhana d'East Silchester. Que j'apprenne à bien tresser les crins. Et que Nicola n'ait pas trop peur quand elle fait sauter Arabia.

– O mon Dieu, dit Annie bien clairement, fais que certaines amies de Nicola comprennent qu'elle est plus jeune et moins bonne cavalière qu'elles, et que ce n'est pas une très bonne idée de lui faire faire du saut en l'absence d'un professeur d'équitation.

– Bon, d'accord », concéda Georgina, sans sourciller.

Après le service, ils attendirent poliment dans le cimetière que Don et Valerie sortent.

« Content de vous voir ici, dit Don. C'est une belle petite église, vous ne trouvez pas ?

— Ravissante, approuva Annie avec enthousiasme.

— Oui, c'est un bien joli village. N'est-ce pas, Val ?

— Oh, oui, charmant !

— Nous avons une vue splendide de chez nous, ajouta Don. Si vous veniez voir ? On pourrait prendre un petit café et je vous ferais visiter l'hôtel.

— Ma foi, répondit Annie, hésitante, en jetant un coup d'œil à Stephen.

— Ah oui, oui, venez, renchérit Valerie.

— Est-ce que nous devons rentrer tout de suite ? demanda Annie à Stephen en haussant les sourcils.

— Je me demande pourquoi, dit Don. La seule chose qui vous attend aujourd'hui c'est votre partie de tennis avec Patrick et Caroline. Et cela m'étonnerait qu'ils commencent sans vous ! » Que pouvait-on répondre à cela ?

« Si vous permettez, intervint Georgina, moi, je vais rentrer. Il faut que je cherche des costumes pour notre pièce. » Stephen était admiratif malgré lui : elle s'adressait à Don avec un sourire poli, mais elle était inébranlable.

« Tu pourrais emmener Nicola avec toi, et Toby aussi ? lui demanda Annie.

— Bien sûr. J'allais le faire, de toute façon. J'ai besoin de Nicola pour m'aider. » Nicola en rougit de plaisir, et Annie lui sourit. « Faites attention ! leur cria-t-elle en les voyant partir en courant.

— Ils ne risquent rien, dit Don pour la rassurer. Il n'y a presque pas de passage de voitures par ici. C'est un coin épatant. Attendez ! Vous allez voir le paysage que l'on découvre de chez nous ! »

Au début, Annie était trop occupée à essayer de comprendre comment Don allait transformer en hôtel une ruine pareille pour prêter attention à la vue. Ils avaient mis dix minutes pour remonter à grand-peine un chemin privé très raide que Don avait bien l'intention d'aménager, les assurait-il toutes les trente secondes.

« Cela tombe sous le sens, disait-il chaque fois, il faut pouvoir accéder facilement à un endroit comme celui-ci. »

Ils arrivèrent enfin à la maison. Don ouvrit grande la porte et les fit rester sous le porche pour admirer la vue sur les collines.

« Quand j'ai des doutes, je reste là à contempler ce paysage. C'est ce qui fait le charme du lieu. » Tout le monde se retourna et suivit son regard. Mais Annie, effarée, ne quittait pas des yeux le couloir sombre et humide derrière la porte d'entrée.

« Merveilleux, non ? » Don était tout souriant.

« Oui, fit-elle d'une voix éteinte.

— C'est là-bas, indiqua-t-il, qu'on va mettre le nouveau générateur.

— Vous n'êtes pas relié au réseau ? demanda Stephen, surpris.

— Ma foi non, dit Don, dont la mine s'allongea quelque peu. En fait, ça a été un peu plus compliqué que je ne croyais. » Pendant quelques secondes, ils eurent tous les yeux fixés sur le bout de terrain en question. Puis Valerie porta brusquement la main à sa bouche.

« Ah, mais, et ce café ! » dit-elle gaiement. Annie la suivit à la cuisine.

« C'est un projet de taille, cet hôtel, dit-elle pour meubler la conversation. Mais ce doit être un vrai plaisir de mettre tout cela sur pied.

— Oui, je suppose, dit Valerie qui faisait chauffer de l'eau. Je ne vois guère ce qui se passe ici, étant tout le temps à Londres.

— Vous ne venez pas le week-end ?

– Quelquefois. Mais ça fait loin. Et souvent, le week-end, je travaille.

– Qu'est-ce que vous faites ?

– Je suis assistante d'un directeur financier en publicité.

– Ah bon, dit Annie, guère plus avancée. Et c'est un travail très prenant ?

– Oui, si on veut faire son chemin, comme c'est mon cas. Beaucoup de filles traitent ça comme un métier normal, vous voyez. Mais, si on veut obtenir une promotion rapidement, il faut faire des heures supplémentaires. C'est rentable à la longue. » Les mots lui venaient facilement, comme s'il s'agissait d'un message appris par cœur.

« Ma foi, vous avez peut-être raison. Et qu'est-ce que vous visez ? » Valerie la regarda, l'air interdit, en mettant des cuillerées de Nescafé dans les tasses.

« Eh bien, je veux faire mon chemin, voyez-vous. Tant que je suis encore jeune. Avant d'avoir trop dépassé la trentaine. Avant de me ranger et d'avoir des enfants. » Elle fit entendre un petit rire gêné. « On ne peut pas s'arrêter à n'importe quel moment si on veut rester dans la course. On ne peut pas décrocher comme ça.

– C'est fou ! dit Annie. Vous m'impressionnez. Je n'ai jamais planifié ma vie de cette façon. J'allais de l'avant, tout simplement, et j'ai eu des enfants quand j'en ai eu envie. » Intriguée, elle regardait Valerie verser l'eau chaude sur le café en poudre. « Je n'ai jamais pu planifier l'avenir. Quand j'ai épousé Stephen, bon, j'ai voulu un enfant tout de suite. Il faut croire que vous êtes d'une autre trempe, dit-elle en riant.

– Oh là là, gloussa Valerie, à vrai dire, je n'ai jamais réfléchi à la question.

– Pourtant, manifestement, vous voulez des enfants ? Et votre... votre ami ? dit-elle en jetant un coup d'œil à la main gauche de Valerie.

– Oh, des amis, je n'en ai pas eu beaucoup. J'en ai eu un quand j'étais étudiante, mais il est parti vivre aux

États-Unis. Et avec mon travail, je n'ai pas vraiment le temps de faire de nouvelles connaissances.

– C'est dommage !

– En fait, non. A notre époque, une femme n'a pas besoin d'un homme. Les hommes vous empêchent de faire ce que vous voulez, et après, ils vous laissent tomber. Un métier, c'est différent. Je n'ai pas besoin d'un homme, je suis indépendante. Quand un homme m'invite à sortir, en général, je réponds que j'ai trop de travail. C'est ma façon de le remettre à sa place. » Annie était un peu éberluée.

« Mais pourtant, vous voulez avoir des enfants un jour ?

– Ah oui, mais pas encore tout de suite. Je veux attendre que ma carrière soit mieux établie.

– Et avant d'avoir des enfants, il faudra bien que vous trouviez un homme ?

– Ah oui, fit Valerie, toute frétillante, avec son petit rire.

– Et vous êtes sûre que vous en trouverez un ? » lui dit Annie sans ménagement.

Stephen et Don étaient dans la pièce destinée à être le salon de l'hôtel. C'était une salle basse de plafond, en longueur, avec un plancher nu et des murs couverts de plâtre frais.

« Voilà une belle, grande pièce, dit Stephen d'un ton encourageant. Vous aurez la place d'y mettre beaucoup de monde.

– Oui, et comment ! Mais c'est drôle, de temps en temps, j'oublie qu'elle sera pleine de clients un jour. Je me suis habitué à la voir vide.

– La maison en soi n'est pas un mauvais investissement, j'imagine.

– Absolument. En fait, ça ne serait pas plus mal si on n'en faisait jamais un hôtel. Mis à part le fait que je n'aurais plus de source de revenus ! dit-il en gloussant. Mais, avec une vue pareille, on peut se passer d'argent.

189

– Sans doute, dit Stephen en suivant le regard de Don qui admirait le paysage de la fenêtre.

– Heureusement, je n'ai pas le souci d'un emprunt à rembourser, poursuivit Don. Pas encore, du moins. Il faudra peut-être que j'en passe par là plus tard. »

Au mot « emprunt », Stephen eut un coup au cœur. Il redoutait d'avoir à demander à Patrick de revenir sur l'affaire qu'ils avaient conclue, de réduire le montant de l'emprunt – en gros, de retirer ses billes du monde de la haute finance. Tout cela était piteux. Et il était sûr que Patrick trouverait ridicule de rater une pareille occasion. Mais on ne se refaisait pas, se dit Stephen. Il était simplement moins hardi que Patrick et, par nature, il ne supportait pas d'avoir des dettes. Or, un emprunt n'était rien d'autre qu'une dette. Le mot lui évoquait l'hospice, la disgrâce, des vies brisées. Ridicule de nos jours, où, apparemment, emprunter était chose courante. Mais il était ainsi fait.

« Évidemment, cette crapule de Patrick a voulu me persuader de souscrire toutes sortes de prêts extraordinaires, dit Don d'un ton badin. Vous savez comment il est quand il vous tient. » Stephen prit un air étonné. « Ça n'est pas pour dire du mal de lui. C'est un de vos amis, je sais. Ne le prenez pas mal.

– Non, non, pas du tout. » Subitement, Stephen eut envie d'en savoir plus. « Dans quel genre d'opération cherchait-il à vous entraîner ? Simple curiosité.

– Il voulait me faire hypothéquer cette maison en partie, pour faire un placement qui m'aurait rapporté de l'argent. Je lui ai dit carrément que s'il était à ma place, en train de démarrer une affaire, il essaierait de réduire ses dettes plutôt que de les augmenter. »

Stephen se sentit soudain rassuré. Ainsi, il n'était pas le seul au monde à considérer qu'un emprunt hypothécaire n'était pas la chose la plus souhaitable.

« J'ai failli me laisser prendre », dit Don avec un grand sourire. Le cœur de Stephen se mit à battre très fort.

« Comment avez-vous fait ? » demanda-t-il en feignant un ton détaché. Don eut l'air surpris.

« Eh bien, je lui ai dit que j'allais réfléchir. Et puis, bien sûr, je l'ai appelé le lendemain et j'ai refusé. » Il fixa Stephen de ses yeux de fouine. « Je ne signe jamais rien immédiatement. »

Stephen se sentit vexé au plus haut point. Voilà ce qu'il aurait dû faire. Il aurait dû dire à Patrick qu'il allait en parler avec Annie. S'il avait agi ainsi, s'il s'était donné jusqu'au lendemain, il aurait vite repris ses esprits, et il ne serait pas maintenant dans un tel pétrin. Il regarda la bonne mine bronzée de Don. Lui ne se serait jamais laissé faire, Patrick n'aurait jamais réussi à le faire signer. Don aurait été plein de prudence et de sagesse.

« Il y a quelque chose qui ne va pas ? » demanda Don. Stephen fut pris de panique. Il n'était pas question que Don, ou quiconque, découvre la bêtise qu'il avait faite.

« Non, non », s'empressa-t-il de répondre. Il sourit – sans conviction, il le sentait bien – en cherchant dans sa tête un moyen de changer de sujet. Don le regardait avec circonspection.

« Je ne voudrais pas que vous parliez de cela à Patrick, dit-il. En fait, depuis, j'ai traité certaines affaires avec lui, et je le considère comme un ami. » Il y eut un silence, et Stephen s'aperçut que Don attendait une réponse.

« Non, non, bien sûr, je ne lui en soufflerai pas mot.

– Alors, c'est très bien. » Don sourit en montrant toutes ses dents. « Ah, voilà notre café qui arrive, je crois. »

Quand Annie entra en apportant deux grandes tasses, Stephen l'accueillit avec un sourire radieux qui dissimulait un cœur battant à tout rompre et une sorte de nausée. Il était désespéré de ce qu'il avait fait. Comment avait-il pu être aussi stupide, aussi irréfléchi ? Comment avait-il pu prendre une décision aussi importante sans même la consulter ?

« Tiens, un peu de café, lui dit-elle. Attention, la tasse est chaude. » Il lui répondit par un pâle sourire, en considérant avec tristesse ses cheveux châtains et fins, son tee-shirt d'un bleu lumineux pris dans une jupe de coton à fleurs, ses tennis toutes simples. Puis il se regarda, avec sa vieille veste en tweed, son pantalon démodé, ses chaussures toutes déformées.

Que s'était-il imaginé ? C'était ridicule de croire qu'il pourrait jamais être riche, chic et mondain comme eux tous. Il aurait dû se rendre compte qu'il s'aventurait dans une zone dangereuse en mettant le pied dans le somptueux bureau de Patrick. A présent, c'était clair. Patrick, lui, était le genre de personne à prendre un emprunt énorme, à investir l'argent, et, probablement, à doubler sa mise. Il saurait choisir les bons investissements, attendre le moment propice, mettre à profit son intuition. Mais si Stephen se lançait dans une entreprise semblable, il courrait inévitablement au désastre, quel que soit son conseiller et son agent. Avec lucidité et fatalisme, il se représentait la situation en cas d'effondrement des cours ou de faillites de sociétés, les décisions prises dans la panique. Ce n'était pas pour lui. S'il avait été du genre à gagner beaucoup d'argent, il se doutait bien que ce serait déjà fait. Et s'il n'était pas de ce genre-là, alors il valait sans doute mieux ne pas essayer. Plutôt continuer à vivre comme ils avaient vécu jusque-là.

« Pourquoi cet air grave ? demanda Annie avec un sourire. Quelque chose ne va pas ?

– Non, pas du tout », l'assura-t-il d'une voix faussement guillerette. *Mon Dieu, fais qu'elle ne découvre pas ce qui s'est passé, qu'elle n'apprenne pas quelle bêtise j'ai commise. Permets que je règle ça tout seul.* Il avala une gorgée de ce café réconfortant et leva les yeux vers elle en souriant joyeusement, la tête ailleurs. « Tout va bien, reprit-il. Nous étions juste en train d'admirer la vue. » Elle se retourna, comme il le souhaitait, pour regarder par la fenêtre, et s'exclama de ravissement. Comme il était facile de détourner son attention, se dit Stephen en l'observant de dos. Elle était absolument sans méfiance. Personne au monde n'était plus facile à tromper. Mais au lieu de le rassurer, cette constatation lui donna soudain envie de pleurer.

Charles se réveilla aveuglé de douleur et le cœur serré par la détresse. Le sang battait à ses tempes et, à chaque battement, la clarté qui venait du dehors semblait lui transpercer les paupières plus violemment. Il n'osait pas ouvrir les yeux. Il restait allongé, immobile, localisant peu à peu d'autres zones douloureuses dans son corps et ne souhaitant qu'une chose : pouvoir se rendormir.

Il se rappelait la veille dans les moindres détails. C'était presque comme s'il n'avait pas dormi du tout, comme si Cressida et lui étaient encore, dans sa tête, en pleine conversation. Ou plutôt en pleine dispute. Or, au poids qu'il sentait sur le matelas, à la couette tendue, et au léger bruit de sa respiration, il s'aperçut qu'elle était couchée à côté de lui. Elle avait dû rester enfermée dans la salle de bains pendant une bonne heure. Il l'avait attendue un moment, et puis, à contrecœur, il avait fini par se mettre au lit.

Il n'ouvrit pas les yeux. Il ne voulait pas la voir. Il commençait à être envahi par un mélange insupportable de culpabilité et de colère. Il avait fait l'amour à Ella. Et n'avait eu qu'une envie : recommencer. Il la désirait encore. Pour cela, Cressida était en droit de le détester. Sauf qu'elle n'en savait rien. Et s'ils couraient à la ruine – une ruine totale – c'était à cause de tractations financières dont elle était seule responsable.

Charles voyait se déployer dans sa tête un tableau de leur avenir : un sombre parcours de dettes et d'appels de fonds, une route incertaine. Responsabilité illimitée, incertitude illimitée. Si la lettre de M. Stanlake avait annoncé le pire, si elle avait mentionné une somme totale bien définie à payer, au moins auraient-ils eu quelque chose à quoi s'accrocher. Le moment de désespoir passé, ils auraient fini par s'attaquer à la situation. Mais la lettre ne donnait que des chiffres éventuels. Des sommes probables. Des montants estimés. Combien de temps seraient-ils dans le doute ? Quand recevraient-ils les nouveaux appels de fonds, les montants estimés suivants, la prochaine lettre ambiguë les assurant que les derniers appels de fonds ne seraient peut-être pas aussi importants que prévu – à moins que, au contraire, ils ne le soient encore plus...

Ce qu'il y aurait de débilitant et d'usant dans tout cela, c'était l'incertitude qui allait les harceler sans répit. Ne pas savoir. La menace permanente. L'épée de Damoclès suspendue au-dessus de leur tête – qui ne tomberait peut-être jamais. Et puis l'espoir. Le pire était peut-être l'espoir. Une infime et insidieuse lueur d'espoir que tout allait se terminer mieux qu'ils ne l'avaient cru, et qu'à la même époque, l'année prochaine, ils riraient bien de tout cela. Elle brûlait déjà en lui, cette petite flamme d'espoir, sans qu'il le veuille, sans qu'il la cherche, et il n'allait plus pouvoir s'en défaire ; elle allait rester bien vivante à l'intérieur de lui, quoi qu'il fasse pour l'étouffer.

Cressida poussa un petit soupir dans son sommeil et aussitôt les pensées de Charles prirent un autre cours. Un flot de ressentiment l'envahit douloureusement. Comme s'il venait de le découvrir, il se dit que c'était l'affaire de sa femme, et pas la sienne. C'était bien elle qui avait reçu cette lettre, adressée à Madame Mobyn. C'était bien son foutu nom. Et sa foutue idiote de femme.

Il restait parfaitement immobile, essayant de réfléchir à tout cela avec calme. Mais rien n'arrêtait les vagues croissantes de fureur silencieuse qui provoquaient en lui des décharges d'adrénaline et chassaient de son esprit toute pensée raisonnable. Elle était un *Name* à la Lloyds et elle s'était bien gardée de le lui dire. Elle l'avait laissé l'épouser, acheter une maison, agir comme si tout allait bien – alors que le désastre pouvait se produire à tout instant. Quand il songeait à tout ce qu'ils avaient fait ces trois dernières années, à tout l'argent qu'ils avaient dépensé, à ces vacances à Antigua... cela le rendait fou. Il avait été si confiant, si sûr de l'avenir. Ah, s'il avait su ! Ah bordel ! S'il avait su. Quelle garce, quelle imbécile !

Il était à peu près sûr – ou plutôt, il était convaincu – qu'elle disait la vérité quand elle lui affirmait qu'elle n'avait jamais eu la moindre idée de ce que c'était que d'être un *Name*. Bon sang, il savait pourtant bien qu'elle était bornée. Il était toujours sidéré de s'apercevoir à quel point elle était idiote – d'une idiotie absolue, et à présent, insupportable. Il était presque certain que, même en ce moment, elle ne mesurait pas l'énormité de la catastrophe. Mais, à l'évidence, ce salaud de Stanlake avait volontairement mis la sourdine. Sans doute par une espèce de loyauté plutôt malvenue envers Cressida. Se disant que Charles ne l'épouserait pas s'il apprenait qu'elle était un *Name*. Ça devait être ça.

Il fixa le plafond au-dessus de lui. Cette chambre silencieuse le rendait fou. Il se sentait à l'étroit et piégé dans ce lit. Donc, Stanlake s'était dit que Charles n'épouserait pas Cressida s'il apprenait qu'elle était un *Name*. A vrai dire, ça n'était peut-être pas faux. Il aurait peut-être regardé à deux fois sa pâleur insipide, écouté avec plus de méfiance ses propos imbéciles et écervelés – et il se serait tiré de là aussi vite que possible. Penser qu'il avait pu trouver du charme à sa bêtise ! Nom de Dieu, s'il avait su ce qui allait arriver !

Soudain, il sentit qu'il était sur ses gardes, comme si Cressida, qui sommeillait à ses côtés, pouvait lire dans ses pensées. Il ouvrit les paupières et lui jeta un coup d'œil rapide. Mais elle était immobile, enfouie sous le renflement du duvet. Des grains de poussière dansaient dans le soleil au-dessus d'elle. Autrefois, il se serait glissé sous la couette avec elle pour la réveiller à coups de petits baisers et de mots doux, jusqu'à ce qu'elle se mette soudain à glousser de plaisir dans son demi-sommeil. Aujourd'hui, il avait juste envie qu'elle continue à dormir pour l'éloigner de son esprit.

Il regarda sa chevelure blonde sur l'oreiller, impeccable

même dans le sommeil. Il aurait dû se douter qu'elle était un *Name*. Bien sûr. Elle était exactement ce genre de personne. Si seulement il avait eu l'idée de lui poser la question, de vérifier auprès d'elle, d'aborder ce domaine. Mais il avait pris l'habitude d'éliminer les sujets de conversation un peu ardus quand il parlait avec elle, simplement pour ne pas la voir froncer les sourcils dans l'incompréhension la plus totale.

Ah, bon Dieu ! Il aurait dû s'en douter. Il aurait dû deviner. Mais s'il avait su ce qu'il en était, aurait-il pu faire quelque chose pour éviter la catastrophe ? Aurait-il pu bloquer le processus à temps ? Charles fixait le plafond. Il n'avait pas de réponse, il n'osait pas en avoir. S'apercevoir qu'en intervenant au bon moment il aurait pu éviter ce gouffre noir de désespoir, c'était plus qu'il n'en pouvait supporter. Un million de livres. Un million de livres, se répétait-il tout bas. Cela n'avait pas vraiment de sens pour lui.

La couette s'agita, et Charles sentit Cressida se retourner. Elle ouvrit les yeux et le regarda, d'abord avec cet air à moitié endormi qu'elle avait le matin de bonne heure, puis, quand la mémoire lui revint, avec une mine consternée. Elle porta la main à sa joue et la tâta doucement. Elle ne broncha pas en passant ses doigts sur la peau, mais l'endroit était sensible. Ah oui, c'est vrai, se dit Charles. Je l'ai giflée. Il la regarda, effaré. Tout cela était sordide. Cressida scruta timidement le visage de Charles, puis elle rejeta les draps et sortit lentement du lit. Grande et mince silhouette dans sa longue chemise de nuit blanche, elle se dirigea vers la salle de bains d'un pas chancelant. Charles la suivit du regard d'un air hébété. Il ne trouvait pas la force de dire quoi que ce soit, de la rappeler, de tendre une main vers elle. Elle faisait partie du cauchemar. Tant qu'elle ne parlait pas, rien de tout cela ne paraissait réel. S'il arrivait à l'ignorer, peut-être le cauchemar allait-il disparaître. Il se retourna, enfouit sa tête endolorie sous l'oreiller et plongea un regard vide dans le matelas afin de sombrer dans l'oubli.

Caroline et Ella prenaient le petit déjeuner sur la terrasse. Caroline avait fait ce qu'elle considérait comme l'effort suprême de se lever, de préparer du café, de passer des croissants au four et de tout apporter là-dehors, tout cela pour s'apercevoir que Patrick n'avait pas faim, que Charles et Cressida étaient encore au lit, que Martina s'était occupée des jumeaux et que les autres avaient pris leur petit déjeuner de bonne heure avant d'aller à l'église.

« Merde alors ! dit-elle à Ella en montrant la table mise, tu feras bien de leur dire que c'est moi qui ai préparé tout ça. C'est un peu fort qu'il n'y ait personne pour s'en rendre compte. » Elle mordit rageusement dans un croissant. « Ils sont bons, tu ne trouves pas ? Ils viennent de la nouvelle pâtisserie de Silchester. Il faudra que tu y ailles avant de repartir. » Ella avala une gorgée de café, l'air pensif.

« Je ne vais sans doute pas rester assez longtemps pour ça. J'ai décidé d'avancer mon départ pour l'Italie.

– Mais tu viens juste de revenir ici en Angleterre, protesta Caroline.

– Oui, je sais. Mais je crois que j'en ai déjà assez de ce pays.

– Dis plutôt que tu en as déjà assez de Charles, répliqua Caroline. J'ai trouvé qu'il était un peu gonflé de t'entraîner faire des balades au clair de lune en plein milieu de la nuit. Moi je l'aurais remis en place. » Ella haussa les épaules.

« J'étais contente de le revoir. Si, c'est vrai, insista-t-elle devant la mine incrédule de Caroline. J'avais besoin d'éliminer, de me libérer de lui.

– Et alors ? Tu as réussi ?

– Eh bien, je me demande si ça n'était pas déjà fait. Mais en tout cas, maintenant, oui, c'est sûr.

– Alors tout va bien. Tant que tu ne te laisses pas embobiner pour lui redonner ton cœur. » Ella eut une moue amusée.

« Il a peut-être cru qu'il m'avait reconquise. Il était plein de fougue.

– De fougue ? » Caroline fit des yeux ronds pendant quelques secondes. « Tu dis bien "plein de fougue" ?

– C'était le milieu de la nuit », fit remarquer Ella. D'un mouvement preste, elle ramena les jambes sous elle pour s'asseoir en tailleur sur sa chaise et elle renvoya ses cheveux en arrière. Caroline se mit une main sur la bouche. Ses yeux brillaient de curiosité.

« Je ne te poserai pas d'autre question, dit-elle, tout excitée, je ne veux pas connaître la réponse. Et puis si, après tout, continua-t-elle après un silence, espérant en apprendre davantage.

– C'est sans conséquence.

– Comment peux-tu dire ça ? Il est marié à présent.

– Ce n'est pas ma faute.

– Ce n'est pas non plus la faute de sa femme », objecta Caroline. Elle prit une gorgée de café et alluma une cigarette. « Bon Dieu, je deviendrais complètement timbrée si Patrick me faisait ça.

– Tu ne sais pas ce qui s'est passé.

– Non, mais je m'en doute. » Elle gloussa d'un air coquin.

« Ça n'a vraiment aucune importance, dit Ella en écartant les mains comme pour se disculper. C'est fini maintenant. » Elle se versa un verre de jus d'orange. « Pauvre Charles ! ajouta-t-elle.

– C'est fini ? demanda Caroline, n'y croyant guère.

– Peut-être que oui, et peut-être que non, admit Ella. C'est drôle, j'avais à moitié oublié comment il était. J'avais gardé de lui une image différente. Une image que j'avais peut-être fabriquée volontairement. Mais à présent, j'ai l'impression de ne pas le connaître aussi bien que je le croyais. Et j'aimerais assez refaire sa connaissance, en tant que personne, et non plus comme amant. » Elle eut un petit sourire.

« Et sa femme alors ? insista Caroline.

– Et moi donc ? Qu'est-ce que tu fais de la symétrie dans l'affaire ? Je pourrais avoir un mari, ou un partenaire dont personne ne connaît l'existence. Charles pourrait être un deuxième homme dans ma vie, tout autant que je suis une autre femme dans sa vie.

– Tu as un mari ? demanda Caroline avec curiosité. Sûrement pas. Tu n'as pas l'air d'une femme mariée.

– Non, je n'ai pas de mari, dit Ella, piquant du nez dans son verre de jus d'orange avec un sourire.

– Quelqu'un alors. Tu as quelqu'un.

– Oui, avoua Ella.

– Et ça ne te gêne pas de les tromper comme ça ?

– Les tromper ? Je ne trompe personne. Faire l'amour en passant, c'est autre chose qu'une trahison.

– Ah, dit Caroline, triomphante, donc tu as couché avec lui.

– Non, j'ai seulement fait l'amour avec lui. Il y a une nuance. C'est sa femme qui couche avec lui. Du moins je le suppose. » Caroline la considéra avec une certaine perplexité pendant quelques instants, puis elle se pencha en avant.

« Et maintenant, qu'est-ce qui va se passer ? demanda-t-elle en baissant le ton inutilement comme pour des confidences de commère.

– Maintenant ? » La voix d'Ella retentit comme un son de cloche dans tout le jardin. « Je vais reprendre un peu de café. » Elle fit un sourire à Caroline et tendit le bras pour saisir la cafetière. Caroline tira une grande bouffée de sa cigarette et laissa errer son regard dans le jardin. Manifestement, Ella n'était pas disposée à un de ces bons bavardages entre femmes. Un peu contrariée, elle plissa le front et allongea une jambe, dont elle admira la peau douce et bronzée sur le satin blanc de sa robe de chambre.

« Ah, dit-elle soudain en poussant un grand soupir, je me demande à quoi rime tout ça, de toute façon.

– Ça, quoi ? » Ella semblait perplexe.

« La vie. Tu sais bien. » Caroline fit un vague geste en l'air avec sa cigarette. « Qu'est-ce qu'on vise tous ?

– Ça dépend vraiment de quel point de vue on se place, commença Ella.

– Regarde Patrick, par exemple, interrompit Caroline. Tout ce qui l'intéresse, c'est de gagner de l'argent.

– Et tout ce qui t'intéresse, c'est de le dépenser, déclara Ella.

– Eh bien, oui », admit Caroline un peu surprise. Elle croisa le regard d'Ella et se mit à glousser tout d'un coup. « Mais à quoi est-ce que je veux le dépenser ? C'est là la différence.

– Tu n'es pas en pleine crise de la quarantaine par hasard ? risqua Ella, l'œil brillant.

– Bon Dieu non ! dit Caroline en tirant sur sa cigarette. Seulement, Patrick et moi, on a eu une scène hier soir. A propos de la prise en charge des frais pour l'école de Nicola. Ça m'a fait réfléchir, c'est tout.

– Quel genre de scène ?

– Il était furieux que je lui impose ça. Ce qui peut se comprendre.

– Vous n'en aviez pas parlé avant ? dit Ella, surprise.

– Ah non. C'est venu comme ça, sous l'impulsion du moment. D'ailleurs, si je lui avais demandé d'abord, il n'aurait jamais accepté. Au fond, c'est un sale radin.

– C'est tout de même une idée merveilleuse, je trouve, affirma Ella. Non pas que je sois favorable à l'école privée, en principe. Mais pour Nicola, c'est un peu différent. Et vous en avez sûrement les moyens ?

– Il me semblait que oui. Car, enfin, si on avait eu deux enfants, on aurait bien eu les moyens, non ?

– Ou même trois enfants.

– Ou cinq, par un foutu hasard. » Soudain, le visage de Caroline s'assombrit et elle écrasa sa cigarette en silence.

11

A 1 heure de l'après-midi, Patrick présidait le barbecue.

« Le barbecue, je ne supporte pas, s'écriait Caroline à intervalles réguliers. Je trouve ça infect. » Allongée sur une chaise longue blanche, elle mangeait une assiettée de gâteau au chocolat et au caramel, et fumait une cigarette. En répétant cela, elle lançait à Patrick un regard provocateur, mais il restait très calme.

« C'est pourtant délicieux », protesta Annie, stupéfaite. Elle distribuait des hot dogs aux enfants et elle avait la joue barbouillée de ketchup. « C'est un vrai plaisir. Ces côtelettes sentent merveilleusement bon, dit-elle en s'adressant à Patrick.

– Elles sont presque à point, annonça-t-il. Qui est partant pour une côtelette ?

– Qui est partant pour une côtelette ? répercuta Caroline d'un ton désobligeant. Qui veut un os brûlé avec un petit bout de viande tout racorni autour ?

– Allez, Stephen, dit Annie, prends-en une. Tu n'as presque rien mangé. Et après tout ce tennis, il faut que tu avales quelque chose », ajouta-t-elle en riant. Ce match entre eux quatre n'avait pas été très sérieux : ils ne s'étaient décidés à jouer qu'à cause de l'insistance de Patrick. La partie avait duré tout juste quarante minutes, pendant lesquelles Stephen et Annie n'avaient réussi à gagner que deux jeux, malgré les encouragements de Don.

« Dans un petit moment, dit Stephen en avalant une gorgée de bière. Vas-y, ne m'attends pas. »

Stephen n'avait pas faim. Maintenant qu'il avait décidé de parler à Patrick et de faire marche arrière, il voulait agir au plus vite. Il était sûr que Patrick allait lui faire sentir qu'il était idiot de rater une occasion pareille. Peut-être pourrait-il remettre à un peu plus tard, ou même lui téléphoner une fois qu'ils seraient rentrés chez eux, ce serait plus facile. Seulement, l'idée de maintenir plus longtemps cet emprunt qu'il avait contracté – ne fût-ce que quelques heures de plus – le remplissait d'inquiétude. Il était resté quelque temps près du barbecue, essayant de saisir le moment propice pour parler à Patrick. Mais bientôt les enfants s'étaient attroupés là avec leurs saucisses, réclamant leurs hot dogs avec du ketchup, mais sans moutarde, sans oignon et sans salade.

Il regarda Nicola attraper le sien maladroitement, mordre dedans avec imprudence en prenant une grosse bouchée, et, avant même que la saucisse ne lui brûle la langue, il grimaça de douleur à sa place. Elle suffoqua, ouvrit instinctivement la bouche pour aspirer de l'air frais, et le rose lui monta aux joues – non pas à cause de la douleur, il le savait bien, mais par honte de s'être laissé prendre par surprise. Stephen reconnaissait bien là sa fille. Elle lui ressemblait à beaucoup d'égards. Il était capable, en compagnie, s'il se renversait du thé bouillant sur la main, de sourire comme si de rien n'était. S'il se trompait de rue, il continuait son chemin plutôt que de faire demi-tour. Évidemment, les enfants tiennent toujours de leurs parents, se dit-il en la regardant aspirer à toute vitesse pour essayer de soulager la brûlure à l'intérieur de sa bouche, puis prendre un air dégagé et avaler une grosse gorgée d'eau fraîche. Mais ce qu'on ne vous dit pas, c'est que vos enfants héritent aussi bien de vos faiblesses et de vos défauts que de vos bons côtés. Il lui sourit.

« C'est bon ? lui demanda-t-il.

– Délicieux, répondit-elle vaillamment. Vraiment excellent.

– Pas trop chaud ? » La question lui échappa.

« Non, non. » Il était sûr de la réponse. « Juste bien. »

Charles et Cressida étaient assis dans l'herbe l'un à côté de l'autre. Leur matinée s'était passée dans une sorte d'égarement, à échanger quelques propos brefs et polis, en évitant le regard de l'autre. Quand il arrivait que leurs yeux se croisent, c'était dans une sorte d'incrédulité. Ce n'était pas possible qu'il leur arrive une chose pareille.

Ils étaient descendus ensemble au moment du déjeuner, affectant une certaine harmonie entre eux. Ils s'étaient forcés à sourire et à s'excuser de leur retard avec assez de conviction pour parer aux regards curieux. Mais les autres semblaient avoir compris intuitivement qu'il y avait un problème. Personne n'était venu s'asseoir près d'eux. Personne n'avait pris la peine de les faire participer aux réjouissances du barbecue. C'était comme si, d'un accord tacite, mais inconscient, on les tenait à l'écart. Même Martina et les jumeaux étaient installés loin d'eux, avec les autres enfants.

Cressida arrachait distraitement des brins d'herbe et mordait par petites bouchées dans la cuisse de poulet que Patrick lui avait presque servie de force. Ce qu'elle mangeait n'avait aucun goût et la détresse lui obscurcissait l'esprit. Elle avait envie de se poser au calme quelque part et de réfléchir. Mais ses pensées étaient trop embrouillées. Tout semblait tourner en rond. Et elle avait l'impression qu'il manquait un élément, un facteur mystérieux qui, si seulement elle avait su le déterminer, se serait mis en place pour tout clarifier. Elle avait l'esprit tiraillé par quelque chose – une idée, un souvenir, un constat. Elle fouillait comme une malheureuse dans ses pensées, mais rien ne se déclenchait, rien qui lui permît d'identifier quoi que ce soit.

Elle avait presque réussi à refouler de son esprit la crise de la veille. Charles n'avait, bien sûr, pas eu l'intention de la frapper. Il avait agi par pure nervosité. En fait, c'était sa faute à elle : elle s'était endormie et il avait découvert la lettre avant qu'elle ne puisse lui en parler. A y repenser, il lui apparut qu'elle aurait peut-être dû garder le secret jusqu'à ce qu'elle ait vu M. Stanlake et vérifié qu'il ne s'agissait pas d'une terrible erreur. Peut-être cette lettre lui avait-elle été adressée à tort. Peut-être concernait-elle un autre client. Elle se représentait M. Stanlake lui souriant, déchirant la lettre, et promettant de tancer vertement quiconque avait été cause de tant de souci. Elle répondrait par un sourire reconnaissant et lui demanderait de veiller à ce que de telles choses ne se reproduisent plus. Il lui tapoterait la main et ferait servir le thé.

C'était une scène si réconfortante que Cressida s'y attarda encore un peu. Après tout, on faisait des erreurs quotidiennement, réfléchit-elle. Il était assez fréquent de composer un mauvais numéro de téléphone. Pourquoi ne lui aurait-on pas envoyé cette lettre à tort ? Elle jeta un coup d'œil subreptice à la mine renfrognée de Charles. Quel soulagement pour lui si elle pouvait lui annoncer que tout cela n'était qu'une erreur idiote. Plus elle y songeait, plus elle était persuadée que c'était ce qui avait dû se passer. C'était une pensée encourageante.

Charles, sentant le regard de Cressida posé sur lui, leva vite les yeux et il la vit ébaucher un sourire. Elle mangeait sa cuisse de poulet résolument et ne semblait pas le moins du monde atteinte par la situation. Quelque part en lui, il avait envie de crier au scandale : comment pouvait-elle se comporter avec autant d'aisance alors qu'ils étaient au bord de la ruine ? Mais ses sens étaient comme engourdis. En lui, c'était le vide. Il n'arrivait pas à prendre les choses vraiment à cœur, dans un sens ou dans l'autre. Quand, délibérément, il évoquait le montant exact de la somme qu'ils pourraient avoir à fournir, et qu'il en évaluait à grand-peine l'équivalent en biens matériels, il était envahi d'une terreur noire. C'était une terreur abstraite – un peu comme si on cherchait à le persuader qu'il y avait de quoi être terrifié. De même qu'il n'avait jamais vraiment pu croire que tout cet argent de Cressida lui appartenait à lui aussi, il n'arrivait pas à admettre que cet appel de fonds d'un million de livres le concernait également. Cet argent-là n'était pas son affaire à lui.

De temps à autre, il jetait un coup d'œil du côté d'Ella. A la revoir dans la matinée, il avait eu un coup au cœur, et le souvenir de la nuit précédente avait resurgi. Et à présent il ne cessait de se torturer, de toucher le point sensible, comme un petit garçon qui s'est fait un bleu. Mais là encore, ses sens s'émoussaient. Plus il regardait Ella, plus la douleur s'atténuait. La passion de la nuit dernière avait disparu. Et quoi qu'il fasse, il ne parvenait pas à la ranimer. A plusieurs reprises, il se dit qu'une douzaine d'heures seulement s'étaient écoulées depuis qu'ils avaient fait l'amour avec frénésie, qu'il s'était enfoui dans sa chair ardente avec le sentiment étrange de quelque chose de familier et de nouveau à la fois, qu'il avait crié et lui avait tiré des cris de plaisir, qu'il avait eu envie de pleurer. Mais plus il se repassait la scène, plus il avait l'impression d'un rêve. Les sensations devenaient plus vagues, le souvenir de sa peau, de ses cheveux, et même de ses lèvres, s'estompait dans son esprit. Il se sentait vide et terne – inexistant.

Debout derrière le barbecue, Patrick observait Charles qui piquait du nez d'un air morose et refusait de se mêler à la compagnie. Manifestement, Cressida et lui avaient eu une prise de bec la nuit dernière – sans doute à propos d'Ella. Patrick ne voulait pas imaginer ce qui avait pu se passer entre ces deux-là. Mais, même sans penser au pire, décider d'aller se promener à minuit avec une ancienne maîtresse n'était pas exactement la conduite qu'on attendait d'un homme marié. Surtout quand l'épouse était une créature aussi charmante que Cressida. Patrick tourna alors vers elle un regard compatissant. Assise toute seule dans l'herbe, comme un papillon pâle, elle tenait toujours entre ses doigts la cuisse de poulet qu'il lui avait donnée une demi-heure plus tôt.

En la voyant, Patrick sentit augmenter son hostilité à l'égard de Charles. Il ressentait encore l'insulte de leur affrontement de la veille, il lui en voulait encore de la façon dont il avait repoussé sa proposition. Depuis qu'il avait épousé Cressida, Charles se comportait comme s'il avait vécu dans la richesse depuis sa naissance, comme si, en quelque sorte, il était supérieur à tout le monde. Pourtant, l'argent n'était pas à lui, ça n'échappait à personne. S'il ne s'était pas trouvé une riche épouse, il serait encore à Seymour Road, à ne compter, pour vivre, que sur sa pitoyable galerie d'art hippie. Grâce à Cressida, il s'était haussé de quelques crans – et en principe Patrick n'avait rien contre. Mais il fallait voir comment il la traitait ! La laisser monter dans sa chambre toute seule hier soir ! Et puis disparaître dans le jardin avec Ella. Et maintenant encore, ne pas lui accorder la moindre attention.

Il observait Cressida, la pâleur de sa peau, ses battements de cils, la délicatesse de ses mains. C'était vraiment une dame, se dit-il. Elle n'était pas du genre à se plaindre, à faire des histoires, ou à savoir se défendre, mais plutôt à souffrir en silence. Et elle avait choisi pour protecteur ce Charles prétentieux et plein d'arrogance – qui ne l'avait épousée que pour son argent, de toute façon. Le cœur de Patrick brûlait d'indignation et, comme il ne prêtait pas attention à ce qu'il faisait, il laissa tomber une saucisse dans l'herbe.

« Papa ! s'écria Georgina. Quelle maladresse ! » Elle se mit à rire à gorge déployée et, voyant ce qui venait d'arriver, Caroline en fit autant.

« Zut ! dit Patrick en se penchant pour essayer de ramasser la saucisse avec les pincettes.

– De toute façon, on a assez mangé, il me semble, dit Annie. Assieds-toi donc, Patrick. Tu dois être mort de chaleur.

– Oui, pose-toi un peu, dit Caroline d'une voix moins hargneuse. Viens donc boire quelque chose. »

Au moment où Patrick prenait un siège, Don se colla à côté de lui.

« J'ai regardé le tableau de plus près, dit-il.

– Ah oui », répondit sèchement Patrick. Il y avait eu un léger accrochage quand Patrick avait annoncé que les finalistes du tournoi étaient Caroline et lui, Charles et Cressida. Don avait paru scandalisé. Valerie avait exprimé ses doutes avec la plus grande volubilité. Et Patrick, sans fléchir, était parti allumer le barbecue.

« Je vois comment vous avez calculé, insista Don. C'est une méthode qui se défend, sans doute, mais je ne l'ai encore jamais vue pratiquer nulle part.

– Ah bon.

– Et avec Valerie handicapée comme elle l'était, on n'avait guère de chances de gagner la partie.

– Non, sûrement pas, ironisa Caroline d'une voix forte. Vous n'auriez tout de même pas voulu lui imposer une finale avec une telle blessure. » Don piqua un léger fard.

« Mais, continua-t-il, lugubre, je me demandais si vous n'aviez pas besoin d'un arbitre pour votre finale. Comme je ne joue pas, je voulais me proposer. » L'air morose, il prit appui sur son autre pied.

« Bon, eh bien, dit Patrick, appelant les autres à la rescousse. Qu'est-ce que vous en pensez ?

– Mais oui, dit Annie, ça va faire très classe.

– Et puisqu'on a une chaise d'arbitre..., ajouta Caroline de sa voix traînante.

– Parfaitement, ce serait dommage de ne pas s'en servir, déclara Don.

– Oui, c'est vrai », dit Patrick, qui se montrait de plus en plus favorable à cette idée.

La chaise d'arbitre réglementaire, aux normes de

Wimbledon, qui se dressait sur le côté du court, avait été achetée à grands frais sur catalogue spécialisé, mais Georgina était à peu près la seule à l'utiliser.

« On pourrait demander aux enfants de faire le ramassage des balles, dit Caroline. Georgina, tu étais volontaire l'autre soir. Alors ?

— En fait, dit Georgina, il est presque l'heure de notre représentation. » Elle se leva d'un bond et appela les autres. « Fais asseoir tout le monde sur un rang, ordonna-t-elle à sa mère.

— Et pour le ramassage des balles ? dit Caroline.

— Oui, on verra. La pièce d'abord. On va descendre dès qu'on aura mis nos costumes.

— Bon, bon. Rien ne presse ! » Caroline se tourna vers Annie. « C'est curieux comme les enfants aiment bien jouer des pièces devant leurs parents ! Je faisais ça, moi aussi.

— Et moi aussi, dit Annie. J'adorais mimer les charades. On avait une malle pleine de déguisements. »

Patrick saisit cette occasion pour aller rejoindre nonchalamment Cressida à l'endroit où elle était assise, et il lui dit avec un sourire aimable : « Les enfants vont nous jouer une pièce. Vous ne voulez pas venir voir ?

— Nos enfants ? » Cressida avait l'air de ne plus savoir où elle en était. Elle regardait de tous les côtés.

« Ils sont allés mettre leurs costumes. C'est Georgina qui a organisé tout ça.

— Ah, très bien, oui, oui, bien sûr.

— Ils en ont encore pour un petit moment, dit Patrick en s'accroupissant. Belle journée, finalement, dit-il en levant les yeux vers le ciel.

— Oui, très belle, murmura Cressida.

— Par cette chaleur, j'ai tendance à perdre l'appétit, dit Patrick. Je ne sais pas si c'est la même chose pour vous.

— Ah oui, dit Cressida d'un air vague.

— Et quand il faut faire la cuisine pour tout le monde, c'est encore pire ! » dit-il en riant et en regardant Cressida en coin pour voir si elle se détendait un peu. Il ne savait pas très bien à quoi le menait tout cela. Mais, d'une certaine manière, il ressentait obscurément le besoin de lui démontrer que tous les hommes n'étaient pas comme Charles, qu'il en existait certains en qui l'on pouvait avoir confiance, et même peut-être à qui l'on pouvait faire des confidences.

Les yeux fixés sur ses ongles, Cressida sentit son visage se colorer peu à peu. Il lui était soudain venu à l'esprit que Patrick travaillait dans la finance. Il saurait peut-être lui dire si la lettre était une erreur ou pas. Peut-être devrait-elle l'interroger. Quel soulagement s'il pouvait la rassurer ! Elle ouvrit la bouche pour parler – puis elle s'arrêta net. Si elle mentionnait cette lettre, il y avait toutes les chances qu'il demande à la voir. Était-elle prête à lui faire lire sa correspondance, lui qui n'était en quelque sorte qu'un étranger ? Était-elle prête à lui faire savoir à combien se montait l'appel de fonds ? Peut-être pourrait-elle aborder le sujet de façon plus détournée.

Elle jeta un coup d'œil derrière elle. Charles s'était levé et s'en allait en direction de la terrasse. Il n'y avait personne à proximité.

« En fait, dit-elle, je voulais vous demander quelque chose. » Elle rougit et baissa les yeux.

Patrick sentit son cœur se gonfler d'orgueil et de crainte. Cressida le prenait pour confident. Il ne s'était pas trompé. Elle avait besoin de quelqu'un à qui elle puisse faire confiance. Mais qu'allait-il lui dire si elle l'interrogeait sur Ella ? Bien vite il prépara dans sa tête quelques paroles apaisantes. Évidemment, ce n'était pas bien de la part de Charles d'être parti ainsi avec Ella – mais par ailleurs, s'était-il vraiment passé quoi que ce soit ? Certes, il eût été enchanté de mettre Charles dans l'embarras en commettant quelque indiscrétion, mais il ne pouvait se résoudre à rapporter quelque chose qui ferait de la peine à Cressida.

« C'est au sujet d'une lettre », dit Cressida. Le cœur de Patrick se serra. Charles et Ella avaient-ils continué à s'écrire pendant tout ce temps ? Leur liaison n'avait-elle jamais pris fin ? Il maudit encore une fois Georgina d'avoir répondu à Ella qu'elle pouvait descendre chez eux. Pour sa part, il n'était jamais chaud pour donner l'hospitalité à cette espèce de Jézabel.

« Une lettre ? fit-il d'un ton léger, prêt à en minimiser l'importance. Personnellement, je n'ai jamais été très porté sur la correspondance.

– Mais vous rédigez bien des lettres d'affaires tout de même, dit tranquillement Cressida.

– Ça, oui », reconnut Patrick, surpris. Il ne s'agissait donc pas d'une lettre d'Ella ? « Sinon moi, du moins ma secrétaire. Et quand quelque chose ne va pas, c'est à elle que je m'en prends. » Il eut un petit rire. En un sens, il regrettait d'avoir incité Cressida à se confier à lui. Encore que, pour être honnête, il ne l'y ait pas vraiment encouragée. Mais il s'était montré prêt à recevoir ses confidences. Or, à présent, il n'avait plus guère envie de savoir quels étaient ses ennuis. Et si elle était impliquée dans un scandale quelconque ?

« Hier, j'ai reçu une lettre, dit-elle, et je crois que c'est peut-être une erreur. C'est certainement une erreur, en fait. Mais je voudrais en être sûre. » Elle leva la tête et le dévisagea de ses grands yeux bleus. Puis son expression changea, et son regard fut attiré au-dessus de l'épaule de Patrick. Se retournant, celui-ci vit Stephen arriver auprès d'eux à grands pas.

« Alors, alors ! s'exclama-t-il d'une voix délibérément pleine d'entrain. Patrick, pourrais-je te dire deux mots ? Vous permettez, Cressida ? » Le visage de Cressida se ferma.

« Oui, oui, bien sûr », dit-elle poliment. Stephen sourit.

« Les enfants vont bientôt nous présenter leur spectacle, je crois, mais je voulais te saisir avant qu'ils ne commencent. » Il s'arrêta, attendant manifestement que Patrick se lève. Celui-ci ne savait pas s'il devait déplorer cette interruption ou s'en réjouir.

« Très bien, finit-il par dire en se levant avec effort et

en brossant son pantalon. On pourra peut-être se reparler un peu plus tard », dit-il à Cressida, se demandant aussitôt si ces paroles n'avaient pas quelque chose de compromettant. Mais Stephen n'était pas du genre à chercher pourquoi Cressida et lui avaient un aparté.

Ils s'éloignèrent ensemble en silence, Stephen devenant de plus en plus écarlate. Il n'arrivait pas à parler comme il l'avait prévu. Aborder ce sujet le plongeait dans l'embarras et la honte. A présent, il était presque prêt à assumer ses engagements, à se débrouiller tant bien que mal, et à ne rien dire. Mais il était de plus en plus persuadé qu'il lui fallait régler tout cela au plus tôt, et il se décida enfin.

« C'est à propos de cette opération, commença-t-il, mal à l'aise. Je suis revenu sur ma décision. » Terriblement gêné, il détourna son regard. Mais Patrick continua à avancer d'un pas presque aussi assuré. Il avait l'habitude de ce genre de choses.

« C'est normal, dit-il d'un ton jovial. Quand on prend une décision importante, il arrive qu'on ait des doutes à un moment ou à un autre. Mais je peux t'assurer qu'avec cette opération tu as tout à gagner.

– C'est possible, dit Stephen, mais je n'ai pas envie de faire un très gros emprunt tant que je n'ai pas terminé ma thèse.

– Il ne s'agit pas d'un très gros emprunt. Tu en as largement les moyens.

– Je sais. Tu as sans doute raison. Mais tu vois... » Il se força à regarder Patrick en face. « Tout cela m'angoisse. Je ne suis pas comme toi, ou comme Charles. Je n'ai pas l'habitude de manipuler de grosses sommes, et je n'ai pas non plus l'habitude d'emprunter de l'argent. Cela m'empêcherait vraiment de dormir. Alors – il marqua un temps d'arrêt – j'ai décidé de retirer mes billes.

– C'est une véritable obsession ! plaisanta Patrick. Tu te rendras compte de ton ridicule dès demain en repensant à cette conversation. Mais ne t'inquiète pas. » Ses yeux brillèrent soudain. « Je ne vais pas te forcer la main.

– Non, franchement, insista Stephen d'une voix ferme, je veux annuler l'opération.

– Seulement, cela poserait un petit problème, dit Patrick d'un air songeur. L'ennui, vois-tu, c'est le taux de pénalisation pour rachat avant terme. Tu récupérerais sans doute une somme bien inférieure à celle que tu as engagée.

– Mais ça ne date que d'hier ! » Stephen haussa le ton d'indignation.

« Oui, c'est bête, je sais. Toutes ces souscriptions fonctionnent de la même manière. Elles sont rémunératrices à long terme, mais, si le contrat est rompu trop tôt, il y a pénalisation.

– Et qu'est-ce qu'on entend par trop tôt ?

– Dans ton cas, avant une période de dix ans. Mais ne t'inquiète pas, on va s'arranger autrement. Si tu veux, je t'aiderai à faire un plan de financement qui te permettra de faire face chaque mois aux dépenses de l'emprunt.

– Patrick, tu ne me suis pas. Ce que je veux, c'est annuler l'opération.

– Je sais, dit Patrick d'un air compréhensif, mais si tu annules, tu vas forcément perdre de l'argent. Tu vas devoir payer les frais d'annulation tout de suite, et ceux-ci pourraient bien s'élever à quelques milliers de livres. Je ne te le conseille vraiment pas.

– Ah ! » s'écria Stephen, déconfit. Il y eut un bref silence.

« En fait, dit Patrick après réflexion, il y a une solution. » Stephen leva les yeux. « Tu pourrais faire basculer ton contrat et prendre un plan d'investissement garanti.

– Garanti ? » « Garanti. » Le mot avait une résonance rassurante.

« Garanti, oui. Absolument sans risque. Je ne sais pas pourquoi je n'y ai pas pensé plus tôt. C'est un plan fait précisément pour des gens comme toi, qui ne sont pas enclins au risque.

– C'est tout moi, en effet, dit Stephen, qui essayait tant bien que mal de prendre les choses en plaisantant.

– Je comprends tout à fait. Tu n'es pas l'investisseur du siècle, hein ? fit Patrick, indulgent.

– Non, pas vraiment. C'est ça le problème. Je n'aime pas avoir des dettes. J'ai toujours été comme ça.

– Eh bien, alors, j'ai la solution, dit Patrick, d'un ton satisfait. Et te voilà soulagé. Tu me laisses faire. Je vais faire passer ce que tu as investi sur notre plan garanti à cent pour cent, et tu pourras dormir sur tes deux oreilles. De cette façon, tu couvriras forcément les traites de ton emprunt. »

Stephen se sentit entraîné par l'enthousiasme de Patrick.

« Alors tu crois que c'est une meilleure solution ? hasarda-t-il.

– Certainement. Bon Dieu, je me demande pourquoi je n'y ai pas pensé plus tôt. Avec ce plan-là, tu es gagnant sur tous les tableaux. Investissement et garantie. Je verrai tout cela en détail avec toi lundi, si tu veux. » Stephen le dévisagea.

« D'accord », finit-il par dire. Il n'avait guère le choix, apparemment. Il était bien obligé de faire confiance à Patrick et de rester optimiste.

Ils continuèrent à marcher en silence un moment.

« Par simple curiosité, demanda Patrick sur un ton désinvolte, pourquoi cette panique tout d'un coup ? » Stephen rougit.

« Aucune raison particulière, sinon que je ne supporte pas bien d'être endetté à ce point.

– Mais la dette n'existe pas si tu as un rapport d'argent plus que suffisant pour la couvrir ?

– Je sais bien. Mais je me suis dit qu'hier j'aurais dû emporter le dossier pour réfléchir à la question, tu ne crois pas ?

– Pas forcément, dit Patrick sans se sentir gêné. Il n'y a pas de raison de tergiverser quand il s'agit d'une bonne affaire.

– En général, on se donne tout de même une nuit de réflexion, insista Stephen. Du moins c'est ce que... » Il s'interrompit.

« Ce que quoi ?

– Rien, rien. » Patrick se raidit un peu. « Tu as parlé avec quelqu'un ? demanda-t-il d'un air détaché. On t'a donné certains conseils ? Cela m'intéresse de savoir », ajouta-t-il avec un sourire. Stephen prit un air gêné.

« Pas vraiment, dit-il. Enfin...

– Ne t'en fais pas. Je sais ce que c'est. Les gens vous demandent toujours de ne pas répéter ce qu'ils vous ont dit.

– Oui, c'est vrai. » Stephen regarda ailleurs.

Patrick avait les yeux rivés sur Stephen, tandis que montait en lui une certitude qui le rendait furieux. Charles. Ce ne pouvait être que ce foutu Charles Mobyn. Patrick en était presque sûr. Ça lui ressemblait assez, à ce salaud méprisant, de chercher à savoir de quoi Stephen et lui avaient parlé, et de donner à Stephen le conseil de se retirer. De quel droit se mêlait-il de tout cela ? Il entendait encore dans sa tête la voix douce de Charles lui disant : *Je trouve que tu ne manques pas de toupet d'essayer de faire des affaires avec un de tes invités. On était censés passer un week-end entre amis, non ? Garde donc ce genre de papiers pour ton bureau en ville.* Espèce de connard ! Il pensait rendre service à Stephen, sans doute. Il pensait le tirer d'un mauvais pas. Eh bien, il ferait foutrement mieux de se mêler de ce qui le regarde. De s'occuper de sa femme plutôt que de mettre le nez là où il ne faut pas.

« Mes chers peutits, vous avez passé l'âche de fifre à la maison, dit Martina en agitant vaguement les bras en l'air. Il faut aller chercher faurtune ailleurs. Mais preunez garde au loup ! »

Toby et les jumeaux Mobyn, tous les trois en tee-shirt rose, la regardèrent, comme frappés de stupeur.

« Sortez ! leur souffla Georgina, qui se tenait sur le côté. Allez, Toby ! » Se rappelant soudain ce qu'il était censé faire, Toby attrapa les jumeaux par la main et les fit sortir de la pelouse.

« On applaudit ? chuchota Annie.

– Je crois qu'on devrait, répondit Caroline qui se mit à les acclamer chaleureusement.

– Ce n'est pas fini ! s'écria Georgina avec un regard désapprobateur.

– Oui, on sait, dit Annie. On applaudissait la scène. »

Les adultes étaient assis sur un rang face à la pelouse, tenant chacun un verre à la main. Annie et Stephen étaient au milieu de la rangée, mais Stephen avait l'esprit ailleurs. L'enthousiasme que Patrick lui avait communiqué pendant leur conversation décroissait rapidement, et sa situation commençait à lui apparaître avec une netteté frappante. Il était toujours tenu par un emprunt énorme. Cela semblait clair. Il ne disposait pas des quelques milliers de livres qu'il aurait à payer, avait dit Patrick, pour résilier. Mais ce plan d'investissement garanti était-il vraiment la solution ? Qu'entendait-on par garanti ? Stephen ne s'y retrouvait plus. Patrick ne s'était pas expliqué sur ce point. Tout allait trop vite pour lui.

Un des jumeaux apparut sur la pelouse. Il regarda vaguement les spectateurs et se mit à sucer son pouce. Il est adorable, se dit Annie, et elle se tourna vers Charles pour lui sourire. Mais Charles, qui se tenait le menton, regardait par terre d'un air sombre.

« Bonjour, petit cochon ! » Annie leva les yeux, surprise. C'était Nicola, en costume et en cravate, avec une moustache peinte sur le visage. Elle sourit timidement à sa mère, puis elle s'adressa au petit garçon. « Puis-je attirer votre attention sur cette paille magnifique pour construire votre maison ? C'est la plus belle paille qui existe par ici. Vous n'en trouverez pas de meilleure, vous pouvez m'en croire. »

De sa mauvaise main, elle essaya maladroitement d'ouvrir les serrures de la mallette qu'elle portait. Silence parmi l'auditoire. Enfin, le couvercle céda, découvrant la paille contenue à l'intérieur. « Regardez ça, monsieur, continua Nicola. De la paille à construire les maisons de toute première qualité. Elle est à vous pour cinq pièces d'or seulement. »

Il y eut un bruit nasillard au bout du rang : Caroline se tordait de rire. « Elle est fantastique ! » s'écria-t-elle à mi-voix.

« Alors, monsieur, affaire conclue ? dit Nicola. La paille, je vous assure, est le meilleur matériau de nos jours pour construire une maison. La brique, ça ne se fait plus. C'est de la paille qu'il vous faut. » Elle fit un salut au jeune Mobyn, lui tendit la mallette et s'en alla. Les applaudissements crépitèrent et Caroline éclata de rire.

« Elle est merveilleuse ! Patrick, c'est tout à fait toi ! »

Choqué, Patrick releva la tête brusquement. Tous les visages se tournèrent vers lui et les rires cessèrent. Charles lui-même leva le nez et sourit.

Patrick pâlit de rage. Était-ce là l'image qu'on avait de lui ? Celle d'un VRP qui ne pensait qu'à l'argent ? De la part de Caroline, cela ne le surprenait guère – c'était le genre de remarque auquel il pouvait s'attendre. Mais qu'elle fasse cette remarque en public, en présence de gens dont certains étaient ses clients... il en était enflammé de fureur et rempli de confusion. En particulier vis-à-vis de Charles. Charles, qui avait recommandé à Stephen d'essayer de reprendre son engagement, et qui se croyait si supérieur aux autres. Avec sa face lisse et bronzée, que Patrick ne supportait plus. Stephen, après tout, n'était pas allé chercher plus loin. Mais Charles, lui, n'était pas dupe, il savait bien que Patrick avait absolument besoin de placer ce marché.

Et maintenant ils étaient tous là à se moquer de lui. En faisant un suprême effort sur lui-même, il s'obligea à ne pas quitter sa place. Il répondit par un sourire contraint et il prit une gorgée de Pimm's. Le deuxième des jumeaux arriva sur la pelouse, et Nicola revint avec sa mallette.

« Vous vous construisez une maison, monsieur ? » Le ton était désormais plein d'assurance. Manifestement, elle appréciait tout l'humour de son rôle. « Puis-je attirer votre attention sur ces jolies petites brindilles ? Des brindilles de toute première qualité pour construire une maison. Absolument inattaquables par les loups. Garanties contre les loups de tout acabit et de toutes tailles. Vous n'aurez qu'à vous en féliciter, monsieur. » Elle tendit la mallette au jumeau. Tout le monde s'esclaffa encore une fois.

« Elle est impayable, dit Ella en essuyant des larmes de rire.

– C'est fou, dit Annie. Je n'imaginais pas qu'elle puisse être aussi drôle. »

Toby arriva sur la pelouse.

« Je veux des briques, déclara-t-il bien fort.

– Pas maintenant ! » lui souffla Georgina. Nicola s'empressa de revenir.

« Bonjour, petit cochon, dit-elle. Puis-je attirer votre attention sur ces brindilles ou sur cette paille ? » Il y eut un silence.

« Allez, vas-y ! souffla Georgina à Toby, dont le visage s'éclaira.

– Je veux des briques, dit-il.

– Vous ne voulez pas de la paille ? Ou des brindilles ?

– Je veux des briques.

– Que diriez-vous d'un beau carton ? suggéra Nicola.

– Je veux des briques », dit Toby. Nicola soupira.

« Vous faites une grosse erreur. Vous ne pourrez pas dire que je ne vous ai pas prévenu. Eh bien voilà. » Elle lui tendit une brique, puis elle lui fit résolument quitter la scène.

« Entracte, annonça Georgina.

– Ils sont formidables, vous ne trouvez pas ? » dit Annie en se tournant vers Cressida. Mais celle-ci regardait fixement droit devant elle, les traits tendus et les yeux brillants de larmes prêtes à couler. Annie se détourna bien vite et croisa par mégarde le regard de Patrick, qui paraissait fulminer. Elle se tourna encore ailleurs. Stephen parlait avec Don et, apparemment, Valerie avait entrepris Ella, qui semblait étonnamment intéressée par ce qu'elle lui racontait. Annie jeta alors un coup d'œil à Caroline, qui s'était elle aussi aperçue de l'état de Cressida et la dévisageait avec une curiosité éhontée.

« Acte deux, annonça Georgina d'une voix sonore. Et prière de ne pas rire », dit-elle en toisant sa mère sévèrement.

Caroline ne releva pas. Elle continuait à observer Cressida. Le spectacle de cette jeune femme triste, au bord des larmes, touchait en elle une corde sensible. Il est vrai qu'au petit déjeuner Ella et elle s'étaient moquées allégrement de Charles, mais ni l'une ni l'autre n'avait à subir ce qu'endurait Cressida. A l'évidence, la malheureuse avait découvert ce qui s'était passé entre Charles et Ella. Peut-être envisageait-elle de le quitter. De divorcer. Soudain, Caroline eut des remords d'avoir traité Cressida si mal. Elle l'avait toujours considérée comme une garce indifférente et prétentieuse, mais elle la voyait à présent dans un état épouvantable à cause de ce crétin de Charles. Une vague solidarité féminine se fit jour dans son esprit. Pourquoi cette pauvre fille souffrirait-elle à cause d'un salaud qui ne l'avait épousée que pour son argent ?

Il y eut soudain des éclats de rire et Caroline se retourna vers la pelouse. Un des jumeaux était venu s'asseoir dans un grand carton recouvert de paille. Georgina entra derrière lui, vêtue d'une longue cape noire dans laquelle elle ressemblait davantage à Dracula qu'à un loup.

« Petit cochon, petit cochon, commença-t-elle, ouvre-moi donc. » Le petit garçon la regarda, interdit. Il était bien trop jeune pour pouvoir donner la réplique. Mais, sur le côté, on entendit la voix de Martina, haut perchée et grinçante :

« Non, non, par le poil que chai au menton, che t'ouvrirai pas !

– Alors je vais souffler de toutes mes forces pour faire envoler ta maison ! » hurla Georgina en fonçant sur le carton. Le visage du petit garçon se décomposa et il poussa un gémissement perçant et épouvanté. Ce qui n'empêcha pas Georgina de souffler sur le carton de toutes ses forces, si bien qu'aux geignements de l'enfant succédèrent des sanglots de terreur.

A cela s'ajouta soudain un cri dans l'assistance.

« Laissez-le ! sanglotait Cressida, des larmes commençant à rouler le long de ses joues. Laissez-le ! » Elle se leva d'un bond, se précipita sur la pelouse et attrapa son fils, qui se mit à sangloter sans retenue dans ses jupes. Des sanglots éclatèrent aussi sur le côté, l'autre jumeau décidant de se joindre à son frère dans ce concert de pleurs. Sans regarder ni à droite ni à gauche, Cressida l'attrapa lui aussi, se dirigea à grands pas vers la maison et disparut à l'intérieur par la porte de la terrasse.

Pendant quelques instants, Charles ne décolla pas de sa chaise, puis, comme tout le monde se tournait vers lui, il se leva en marmonnant, et il se décida à la suivre. Les autres restèrent quelques minutes sans rien dire. Chacun semblait hésiter à parler. Il y eut un moment de gêne. Puis une voix se fit entendre sur le côté.

« Ah, mon Dieu, dit Ella d'un ton altéré, j'espère que ce n'est pas moi qui suis la cause de tout cela. » Caroline la regarda sans bienveillance.

« Je l'espère aussi, dit-elle sèchement. Nous l'espérons tous. »

12

« Je suis vraiment désolée, dit Cressida à Caroline. Je ne sais pas ce qui m'a prise. C'est le soleil, je suppose. » Les deux femmes, près du court de tennis, attendaient l'arrivée de leurs partenaires pour la finale du tournoi.

« Je crois plutôt que c'est la faute de Georgina, avec son habitude de tout régenter. Un vrai dictateur en herbe. En fait, c'est moi qui devrais m'excuser pour elle. Elle a déjà réussi à faire assez de ravages ce week-end.

– Ah oui ? » répliqua poliment Cressida. Caroline se mordit la langue.

« Oui, expliqua-t-elle, gênée. C'est elle qui a fait venir Ella ici, sans même en souffler mot à Patrick ou à moi. » Elle évita de regarder Cressida et prit un air embarrassé. Comment avait-elle la grossièreté de parler d'Ella ? Mais Cressida paraissait tout à fait maîtresse d'elle-même.

« C'est toujours compliqué d'avoir des invités en plus, dit-elle d'une voix douce. Les gens ne se rendent pas compte. Ils vous téléphonent à la dernière minute pour vous demander s'ils peuvent venir avec leur grand-tante ou leur filleul, et on ne peut tout simplement pas refuser. C'est très agaçant. Maintenant, je prépare toujours un ou deux desserts en plus, pour le cas où... » Elle sourit d'un air las à

Caroline, qui fut soudain envahie par un sentiment de culpabilité irrationnel. Elle avisa le teint pâle et les traits tirés de Cressida, les cernes sous ses yeux, sa main fine qui serrait la raquette de tennis.

« Moi, ça ne me pose pas vraiment de problème, dit-elle avec franchise. Je ne fais jamais de cuisine.

– C'est vrai ? Pourtant, hier soir...

– Tout venait de chez un traiteur. Je croyais que vous le saviez. Vous me voyez faire des tartelettes aux fruits de mer ? » Elle plissa les yeux avec humour. « Je suis nulle en cuisine. La première fois que j'ai invité Patrick à dîner chez moi, j'ai demandé à un traiteur de me préparer du bœuf Wellington. Je me suis fait livrer par la porte de service, je suis montée avec le plat, j'ai traversé la cuisine et je l'ai apporté sur la table. Patrick a cru que je venais de le sortir du four ! » Elle éclata d'un rire rauque, et Cressida, choquée, fit entendre un petit gloussement. « Il est persuadé encore aujourd'hui que c'est moi qui l'avais fait. Vous êtes la seule à savoir, je n'ai jamais raconté cela à personne. Ne lui dites surtout pas !

– Bien sûr que non. » Cressida regarda Caroline avec des yeux ronds. « Et il vous a vraiment crue ?

– Oui, oui. Les hommes ne voient rien. Il n'a même pas remarqué le plateau du traiteur avec le papier alu. » Cressida se remit à rire doucement.

« C'est incroyable.

– Il lui arrive encore quelquefois de me réclamer du bœuf Wellington, et je lui dis que je n'ai pas envie d'en faire, parce qu'il faut que ce plat reste un souvenir unique.

– Alors vous n'en avez jamais remangé depuis ?

– Jamais. » Caroline sortit une cigarette, la porta à ses lèvres, et tendit le bras pour attraper son briquet. « Le traiteur a fait faillite, et je ne veux pas prendre le risque de m'adresser ailleurs. Ce serait peut-être cuisiné différemment. » Elles s'esclaffèrent encore une fois. Cressida émit quelques petits gloussements saccadés, pénibles presque, tout en regardant Caroline allumer sa cigarette.

« Vous en voulez une ? demanda-t-elle en levant les yeux.

– Une cigarette ? » Cressida hésita. « Je n'ai pas fumé depuis que j'étais au lycée.

– Ça vous ferait du bien. Ça vous calmerait les nerfs. » Caroline lui tendit le paquet. Au bout de quelques instants, Cressida en prit une.

« Elles sont mentholées. Vous n'allez peut-être pas aimer. » Cressida tira timidement quelques bouffées.

« C'est comme un goût de menthe, s'écria-t-elle.

– C'est bon, non ? » Caroline lui fit un grand sourire plein de sympathie. « Et en plus, ça vous nettoie les dents.

– C'est vrai ? dit Cressida, avant de voir l'expression de Caroline. Ah, je crois toujours ce qu'on me dit.

– Moi, c'est tout le contraire. Je ne crois jamais ce qu'on me dit. C'est une bonne habitude à prendre.

– Et si on vous dit la vérité ? » Caroline haussa les épaules.

« On s'en aperçoit toujours assez tôt. » Cressida hocha la tête d'un air perplexe et continua à tirer sur sa cigarette. Caroline la regardait aspirer par toutes petites bouffées qu'elle rejetait bien vite, et soudain elle éprouva pour Cressida une profonde tendresse, presque maternelle.

« Vous avez déjà essayé d'en faire ? demanda Cressida à brûle-pourpoint.

– Quoi donc ?

– Du bœuf Wellington. » Caroline aspira profondément et lui lança un regard sardonique.

« Moi, faire du bœuf Wellington ? Vous parlez à quelqu'un qui avait toujours zéro en cuisine. Je vous l'ai déjà dit. Je suis absolument nulle. » Elle rejeta un gros nuage de fumée.

« Je pourrais vous apprendre à le faire. » Caroline se tourna lentement vers Cressida, flairant une plaisanterie.

« M'apprendre à le faire ? Qu'est-ce que vous voulez dire ? » Le ton de sa voix était plus sec qu'elle ne l'aurait voulu. La mine de Cressida s'allongea légèrement.

« Je pourrais venir vous faire une démonstration, continua-t-elle d'une voix un peu hésitante, ou bien vous pourriez venir chez moi. J'ai fait du bœuf Wellington des tas de fois. Je suis sûre que vous y arriveriez vous aussi.

– Que j'aille chez vous ?

– A moins que ce ne soit pas commode pour vous, bien sûr. Dans ce cas, je viendrais volontiers ici.

– Non, non, dit Caroline. Je vais à Silchester très souvent. Je pourrais parfaitement venir chez vous. Et vous croyez vraiment que je pourrais apprendre à faire le bœuf Wellington ?

– Oui, j'en suis sûre, dit Cressida avec un sourire timide. Vous feriez cette surprise à Patrick.

– Ciel ! Il n'en croira pas ses yeux ! Mais je vous préviens, dit Caroline avec un grand sourire, je suis une élève épouvantable. Enfin, je tâcherai de faire un effort pour bien écouter. Vous êtes sûre que vous allez supporter ?

– Mais oui, ce sera très drôle », dit Cressida, les yeux brillants. Elle chercha où écraser sa cigarette.

« Comment, Cressida, tu fumes ? » C'était la voix de stentor de Charles. Les yeux de Cressida s'assombrirent et elle regarda tout autour d'elle d'un air affolé. Elle en perdit même ses couleurs.

« C'est entièrement ma faute, clama Caroline haut et fort. Il a un sacré toupet », marmonna-t-elle tout bas. Charles s'approcha d'un pas vif.

« Je ne savais pas que tu fumais, Cressida, dit-il. C'est une habitude coûteuse, tu sais. » Cressida gardait le silence. Il la fixait avec l'air d'attendre une réponse, le regard dur, le visage de glace.

« C'était juste pour essayer », dit-elle enfin, d'une voix un peu tremblante.

Caroline inspira et dévisagea Charles avec une haine soudaine et féroce. Il soutint son regard avec une expression de défi, puis il émit un soupir d'impatience et se détourna.

La voix joyeuse d'Annie parvint jusqu'à eux. « Nous voilà ! Tout le monde arrive, leur cria-t-elle. Patrick a été

223

retenu par un coup de téléphone. » Elle tenait un certain nombre de bouteilles et un seau à glace en plastique. « Je me suis dit que j'allais vous apporter de quoi vous soutenir. Quelqu'un veut boire quelque chose ? J'ai de la citronnade, et du jus d'orange.

– Il nous faudrait de l'eau sur le court, dit Caroline. Je vais aller en chercher. »

Quand elle partit, Cressida se sentit soudain vulnérable, comme si on lui retirait une barrière qui la protégeait de Charles. Elle le regarda subrepticement. Il avait toujours ce visage dur, ces traits tendus et rembrunis qui, en fait, le rendaient encore plus séduisant. Il avait l'air... elle cherchait le mot... lunatique. Pas commode et lunatique. C'est ce qui était censé plaire aux femmes et les rendre amoureuses. Mais Cressida n'avait jamais été attirée par ce genre d'homme. Elle était tombée amoureuse de Charles pour son caractère facile et sa bonne nature, son grand sourire, son humeur égale. Avec lui, elle s'était sentie à l'abri, protégée et en sécurité. Et à présent, elle ne pouvait pas s'empêcher d'avoir peur. Elle ne voulait pas se retrouver seule avec lui, elle ne voulait pas entendre ses cris et ses menaces, ni subir de nouveau ce silence lourd et méchant.

« Ah ! Voici nos grands finalistes ! » C'était Don, qui s'approchait à grands pas, un chapeau de paille sur la tête et portant une écritoire, qu'il alla déposer sur la chaise de l'arbitre. Puis il sortit un mètre à ruban et s'en fut au centre du court pour mesurer le filet cérémonieusement.

« Un peu bas, cria-t-il. Annie, vous voulez bien le régler ?

– Ma parole, tout cela devient vraiment sérieux », dit Annie en se levant avec son amabilité naturelle.

Cressida regarda droit devant elle, évitant les yeux de Charles, pendant qu'Annie tournait la manivelle. Stephen avait l'air d'un homme enjoué et sans détours, se dit-elle. Annie avait de la chance...

« Un peu plus haut, cria Don. Non, baissez un peu... doucement... remontez un tout petit peu, oui, c'est bon, stop, stop ! » Il se tourna vers Charles et Cressida, le visage épanoui. « Autant qu'il soit juste à la bonne hauteur avant de commencer.

– Parfaitement », dit Charles d'une voix tendue.

Caroline et Patrick arrivaient par le sentier.

« Il faut qu'on mette une raclée à ce petit salaud, tu m'entends », dit Caroline. Patrick eut l'air surpris.

« Qui ça, Charles ?

– Charles, oui, bien sûr. C'est vraiment un sale type. » Avisant la chevelure blonde et la mine impudemment bronzée de Charles, Patrick fit la grimace.

« Tout à fait d'accord.

– Alors, tâche de jouer de façon moins merdique que d'habitude.

– Tu ne manques pas d'air ! répliqua Patrick, indigné. Mais pourtant, ajouta-t-il, je croyais que tu l'aimais bien.

– C'est un salaud qui trompe sa femme.

– Ah oui ? Je m'en doutais un peu. Comment l'as-tu appris ?

– C'est Ella qui me l'a dit. Ça s'est passé la nuit dernière, dans un pré.

– Chez nous, dans notre pré ?

– Oui, ils ne se sont pas gênés, je trouve. »

Charles et Cressida étaient entrés sur le court.

« Je vais m'échauffer un peu, dit Caroline d'un ton brusque. » Elle se posta près du court pour se livrer à quelques exercices d'extension spectaculaires. « J'ai les jarrets coupés », gémit-elle tout fort avec une œillade à Patrick. Elle jeta un regard à Charles, qui était planté là et fixait le sol d'un air sinistre. Pauvre con, se dit-elle. L'adultère ne lui réussit pas.

Charles se demandait s'il allait pouvoir affronter cette partie. Tout le monde semblait plein d'entrain, alors que lui était plongé dans une sombre détresse. La seule à paraître aussi abattue que lui était Cressida. Et elle commençait à l'agacer au plus haut point avec ses battements de cils, sa mine pâle et cette crise de larmes stupide dont, manifestement, ils le tenaient tous pour responsable. C'était vraiment un comble !

« Prête, annonça Caroline. Allons-y pour un ou deux échanges. »

Charles ramassa quelques balles et se mit à bombarder méchamment Caroline de coups droits, essayant de se défouler sur elle.

« Mais je ne suis pas Steffi Graf, bon Dieu, cria Caroline, tandis qu'une nouvelle balle allait s'écraser contre le grillage derrière elle. A vous, Cressida, vous ne vous êtes pas encore servie de votre raquette. » Elle lui envoya la balle suivante, mais celle-ci alla dans le filet. « Ah, putain de merde, s'écria-t-elle.

— Euh, excusez-moi, intervint Don, en agitant le bras pour attirer son attention. Je dois vous mettre en garde contre l'usage des gros mots. C'est interdit dans le règlement de l'Association.

— Quoi ? » Caroline le regardait, stupéfaite. « C'est encore une de vos foutues blagues.

— Et en plus, c'est désagréable, aussi bien pour les joueurs que pour les spectateurs.

— Foutaise ! dit Caroline en se tournant vers l'assistance. Est-ce qu'il y a quelqu'un ici que ça dérange ? » Il y eut un silence.

« Oui, moi, en fait, dit poliment Georgina.

— Toi, tu ne comptes pas, dit Caroline. Et puis, je croyais que tu devais nous ramasser les balles.

— On ne peut pas rester longtemps. Nicola veut monter Arabia encore une fois avant de partir.

— Eh bien fais-le tout de même en attendant, dit Caroline avec impatience.

— En fait, je crois qu'on va s'en aller tout de suite. On reviendra voir où vous en êtes un peu plus tard, dit Georgina gentiment. Allez viens, Nick.

— Je ne comprends pas, dit Caroline en voyant Georgina déguerpir avec Nicola et Toby. La semaine dernière, il fallait à tout prix qu'elle ramasse les balles.

– Elle a dû se rendre compte que ce n'était pas de tout repos, dit Annie en riant. Elle n'est pas folle, ta fille !

– Alors maintenant, allons-y ! s'impatienta Patrick. A qui de commencer ?

– Je vais faire le tirage au sort, proposa Don avec empressement. Pile ou face ?

– Pile.

– Non, face. C'est donc à Charles et à Cressida de servir.

– Alors, à nous de choisir notre côté, dit Caroline. Je te laisse décider. » Patrick la regarda, furieux. Il n'avait jamais compris à quoi rimait ce choix au tennis. Quelle importance ? Ce n'était pas comme si on restait du même côté pendant toute la partie. Il leva les yeux vers le soleil, qui s'était temporairement voilé de petits nuages légers, puis il contempla le court, guère plus avancé. Que disait-on ? Qu'il fallait choisir le côté au soleil. Mais où était le soleil ? Il regarda autour de lui. Tout le monde était suspendu à sa décision.

« Prenons celui-là », dit-il par esprit de contradiction, en montrant l'autre côté. Sa décision ne reposait sur aucune raison valable mais, au moins, il allait obliger ce salaud de Charles à parcourir pour rien toute la longueur du court.

En faisant le tour du filet, Charles vit la silhouette d'Ella, qu'on ne pouvait manquer de reconnaître dans sa robe bleue, descendre nu-pieds le long du talus. Elle s'assit à côté de Martina et se mit à parler à l'un des jumeaux. Il fut saisi d'une fureur glacée en la voyant là, dégagée de tout, libre, sans responsabilité aucune. Elle avait l'air de quelqu'un qui ne fait que passer avant de partir pour une destination beaucoup plus attrayante, qui est gentiment venu dire un rapide bonjour, mais qui ne songe déjà qu'à s'envoler ailleurs vers des plaisirs plus grandioses.

Or, la nuit dernière, il avait vraiment cru qu'il allait partager ces plaisirs. En l'observant, il lui apparut qu'en fait elle n'avait cure des visites qu'il pourrait lui faire en Italie. Elle n'en avait pas reparlé, elle ne lui avait adressé aucun regard complice, aucun signe de connivence. Elle allait juste s'en aller vivre son idylle italienne et le laisser là avec son épouse, ses deux enfants, et peut-être ruiné. Sale garce égoïste, se dit-il rageusement.

Comme si elle savait ce qu'il pensait, Ella dirigea son regard vers lui et ôta ses lunettes de soleil pour mieux voir. Charles tourna vite la tête et se trouva sous l'œil amusé de Caroline qui s'approchait du filet.

« Tu as l'air bien fatigué aujourd'hui, Charles, lui dit-elle. J'espère que tu as bien dormi.

— Oui, oui, s'empressa-t-il de répondre.

— C'est juste que tu t'es couché très tard, peut-être, dit Caroline en suivant des yeux Cressida qui passait de l'autre côté du court. Ella m'a dit que vous aviez passé une fameuse nuit. » Elle ramena sur lui son regard bleu d'un air plein de mépris. Charles eut un coup au cœur. Elle sait ce qui s'est passé la nuit dernière, se dit-il. Cette garce d'Ella lui a tout raconté. Pourquoi ? Pourquoi aller dire cela à Caroline ?

Elle le dévisageait toujours, et il n'arrivait pas à détourner les yeux. Il se sentait piégé, tel un lapin hypnotisé par un serpent. Elle le tenait en son pouvoir, et elle le savait. Si elle en avait envie, elle n'hésiterait pas à tout révéler à Cressida, et même à toute la compagnie. C'était bien son genre, insensible, vulgaire et indiscrète qu'elle était. Rien d'étonnant à ce que Cressida ne puisse pas la supporter. Il aurait dû écouter sa femme, ils auraient dû refuser l'invitation, ils n'auraient jamais dû venir.

Elle finit par le laisser partir.

« Je crois qu'on nous attend, dit-elle. On ferait bien d'aller se mettre en place. » Charles la regarda rejoindre Patrick avec nonchalance, sa queue de cheval tressautant dans son dos et ses bracelets en or de mauvais goût scintillant au soleil. Que savait-elle des ennuis qui l'accablaient ? se dit-il haineusement. Patrick et elle n'avaient pas le moindre problème d'argent. Ils vivaient dans la facilité et la paresse, comme des sybarites, alors que lui n'avait que des soucis. Il alla se placer au fond du court et ramassa deux balles.

« Je sers, dit-il sèchement à Cressida.

– Finale du tournoi de la Maison Blanche, annonça Don, entre Caroline et Patrick Chance et Charles et Cressida Mobyn. Les arbitres de lignes en place. Il y a des volontaires ? demanda-t-il en se tournant vers l'assistance.

– C'est votre tâche, dit Stephen qui avait un bras autour d'Annie. Nous, nous sommes ici pour applaudir. D'ailleurs, c'est vous qui vous y connaissez.

– Oui, sans doute », acquiesça Don, d'un ton satisfait. Il rajusta son chapeau et s'assit bien au fond de son siège. « Prêts ? » Il regarda d'un côté, puis de l'autre. « Allez-y. »

Cressida était au filet et fixait le gazon devant elle. Elle se sentait indifférente au jeu, et comme détachée de la vie réelle. Sa position était correcte, elle tenait sa raquette prête à recevoir la balle, elle écoutait Charles grogner dans son dos à chaque service – un bruit qui la faisait tressaillir intérieurement, tant il paraissait hargneux et brutal. Et quand la balle vint s'écraser dans le filet à côté d'elle, elle fit un véritable bond. Le bruit des coups de raquette résonnait de plus en plus fort à ses oreilles, les balles passaient à côté d'elle de plus en plus vite. Le tennis était un sport plein de dangers, se dit-elle, l'air malheureux. Un sport très violent, somme toute.

« Double faute, annonça alors Don d'une voix sonore. 30 partout.

– Pas de chance », dit Cressida tout bas. Mais Charles n'entendit pas. Il donnait de grands coups de raquette dans le vide, l'air furieux.

Son service suivant passa le filet, mais mollement. Patrick renvoya la balle à Cressida, qui ne bougeait pas de sa place au filet et contemplait tristement le sol. Trop tard, elle brandit sa raquette comme par un réflexe conditionné. La balle passa à côté d'elle et atterrit juste à l'intérieur de la ligne.

« Et tu parlais de mon jeu merdique ? » dit Patrick à Caroline. Charles fusilla Cressida du regard.

« Celle-là, tu aurais pu la renvoyer, chérie, lui dit-il sur un ton de jovialité feinte.

– Pardon, susurra-t-elle d'une voix à peine audible.

– 30-40 », clama Don. Charles fit la grimace et lança bien haut la balle. Il se jeta dessus et l'expédia de toutes ses forces dans le carré de service. Caroline la frappa vaillamment quand elle arriva sur elle en trombe, et la projeta en l'air. Cressida se prépara à frapper à la volée au-dessus de sa tête, mais derrière elle la voix de Charles lui cria : « Laisse-la, c'est pour moi. » Il courut au-devant de la balle et rabattit sa raquette en un smash furieux.

« Dehors ! » Patrick leva les yeux et sourit à Charles d'un air suffisant. Voilà qui allait lui rabaisser un peu le caquet. « Sortie d'une bonne trentaine de centimètres, insista-t-il. Pas de chance. Jeu pour nous, je crois. »

Charles lança des regards noirs à Cressida pendant qu'ils changeaient de côté. Voilà qu'elle n'était même plus capable de faire une partie de tennis correcte. Ciel ! C'était à peu près la seule chose qu'elle était censée faire convenablement.

Il lui revint soudain en mémoire une partie de tennis depuis longtemps oubliée et qui devait remonter à quelque temps avant leur mariage. Cette fois-là, il regardait Cressida jouer dans l'ombre mouchetée d'un cèdre. Où était-ce ? Il ne se rappelait plus du tout, mais il la revoyait, dans sa robe de tennis vieux style à taille basse, telle une jeune fille des années 20. Il se souvenait aussi de son jeu, élégant, agile, plein d'assurance, mais sans agressivité. Et puis, après le coup qui lui avait fait gagner la partie, elle avait capté son attention et elle lui avait souri timidement en tortillant du bout des doigts le collier de perles qu'elle portait toujours autour du cou. A ce moment-là, il l'aimait vraiment. Du moins le croyait-il. Mais peut-être cela revenait-il au même.

13

Au fur et à mesure que la partie progressait, Cressida perdait toute assurance. Elle n'arrivait pas à fixer son attention sur la balle. Sa raquette tremblait dans sa main. Ses coups étaient mous et hésitants, ses réflexes semblaient inexistants ou ralentis. Sur le point de servir, à sa grande horreur, elle sentit des larmes chaudes lui monter aux yeux. Elle les essuya avec la manche de sa chemisette de tennis, puis, pour que personne ne s'en aperçoive, elle lança vite la balle et frappa en aveugle.

« Faute », s'écria Don. Cressida essaya de se reprendre pour son second service. Mais à la vue de Charles au filet, tendu et furieux sur ses deux jambes, la nuque implacable, elle fut complètement démontée. Elle envoya une balle trop basse qui alla échouer mollement dans le filet.

« Faute, annonça Don. 0-15. » Cressida s'empressa d'aller ramasser des balles pour le service suivant. Il fallait absolument qu'elle se ressaisisse. Elle jouait tellement mal qu'ils avaient déjà perdu deux jeux. Charles était furieux.

En temps normal, elle aurait réussi à tout refouler et à se contenir. Mais à la fin du dernier jeu, comme elles venaient toutes les deux près du filet pour ramasser les balles, Caroline avait posé sa main tiède sur la sienne et

lui avait fait un clin d'œil encourageant. « Sacrés bons-
hommes ! Tous les mêmes ! lui avait-elle dit. Ne vous laissez pas abattre. » Cressida avait répondu par une ébauche
de sourire en s'obligeant à faire bonne figure. « Et dites à
votre foutu mari, avait ajouté Caroline bien haut, que s'il
vous engueule encore une fois, je lui donne des coups de
pied dans les roubignoles. »

Cette sympathie chaleureuse et grossière fit à Cressida
le même effet qu'une vague d'eau de mer. Elle se sentit
revivifiée un instant, puis se remit à trembler et à larmoyer,
incapable de recouvrer sa maîtrise d'elle-même. Elle
ramassa lentement deux balles et respira à fond. Il n'y en
avait plus pour longtemps. Ce serait bientôt la fin du set
– sauf si Charles et elle se mettaient à gagner quelques
jeux. Elle retourna derrière la ligne de fond et fit rebondir
les balles plusieurs fois, baissant les yeux dans une sombre
perplexité. Était-ce mal de souhaiter perdre ce set le plus
vite possible ? Elle ne savait même plus de quel set il s'agissait – du troisième ? Peut-être que s'ils perdaient cette manche, c'était fini. Terminé. Elle eut soudain une envie
désespérée de rentrer chez elle, de se retrouver en sécurité
dans un lieu familier.

Patrick observait le visage angoissé de Cressida tandis
qu'elle faisait rebondir sa balle avant de servir. Même sans
ses griefs personnels contre Charles, se disait-il, il aurait
été ému, comme le serait tout homme qui se respecte, par
le spectacle de cette pauvre malheureuse. Quelle importance si, aujourd'hui, elle ne jouait pas aussi bien que
d'habitude ? En tout cas, elle savait se tenir sur un court.
Elle était d'une politesse et d'une courtoisie indéfectibles.
Elle apportait à leur partie de tennis une réelle note
d'élégance.

La balle de service qu'elle lui envoya enfin était minable
et pathétique. Il se demanda un instant s'il n'allait pas, par
sympathie, faire exprès de la mettre dans le filet. Mais en
voyant la mine suffisante de Charles, il ne put s'y résoudre.
S'avançant pesamment, il renvoya la balle sur Charles aussi

fort qu'il le put. Celui-ci s'écarta prestement, mais non sans qu'un certain effroi paraisse sur son visage pendant une fraction de seconde, remarqua Patrick avec satisfaction. Il n'était donc pas si sûr de lui ! Tous deux regardèrent la balle glisser le long de la ligne.

« Dehors ! dit Charles, triomphant. Sortie de justesse.

— Vous êtes sûr ? contesta Don de l'autre côté du court. J'ai eu l'impression qu'elle était bonne.

— Elle était dehors, dit Charles d'une voix qui se faisait d'acier. N'est-ce pas, Cressida ?

— Je ne l'ai pas vraiment vue tomber, je m'excuse, dit Cressida.

— Impossible que tu ne l'aies pas vue. Elle était dehors, oui ou non ? » Ce ton impérieux fit sourciller Patrick.

« Très bien, dit-il, elle était dehors. Admettons. Don ? 15 partout. Faisons-leur cadeau de quelques points, marmonna-t-il en passant à côté de Caroline.

— Faire un cadeau à ce salaud ? Tu plaisantes, non ?

— Ce n'est pas pour lui..., dit Patrick avec impatience.

— Heum, intervint Don, Mme Mobyn attend pour servir. »

Le premier service de Cressida arriva dans le filet. Le deuxième était long et atterrit au fond du court.

« Joli service ! s'écria Caroline avec un coup d'œil à Patrick et un grand sourire à Cressida.

— Je m'excuse, protesta Don. Mais il était dehors, et très largement.

— Jamais de la vie ! dit Caroline.

— Si, je suis désolé.

— Absolument pas.

— Si, si, cria Valerie, qui était assise sur le talus près du court. La balle était nettement dehors, je regrette, dit-elle à Cressida. Je l'ai bien vue.

— Pauvre conne, marmonna Caroline. Très bien, dit-elle à voix haute. Le point est pour nous.

— 15-30, annonça Don avec un air de reproche. Le service est à Mme Mobyn. »

Cressida sentit que l'atmosphère avait changé. Patrick et Caroline échangeaient des regards de conspirateurs. Ils envoyaient des balles dehors à répétition et leurs exclamations étaient trop bruyantes. Voilà que, tout d'un coup, elle avait gagné son service.

« Beau service, Cressida », lui dit Caroline pendant qu'ils changeaient de côté. Charles la regarda d'un air méfiant.

Pendant la manche suivante, Caroline se mit à faire des services étonnamment faciles quand ils étaient destinés à Cressida. Et Cressida sentait qu'elle retrouvait de l'assurance chaque fois qu'elle faisait passer une balle au-dessus du filet. Après un certain nombre de coups droits réussis, elle se sentit assez sûre d'elle pour monter au filet et renvoyer à la volée une balle qui traversa le court en passant à côté de Patrick et atterrit dans le coin.

« Jeu pour M. et Mme Mobyn, annonça Don. Quatre jeux partout. » Charles regarda Caroline et Patrick en alternance, plusieurs fois de suite.

« Vous nous donnez des points, dit-il brusquement.

— Pas du tout, répondit vivement Caroline. A toi de servir, Charles. » Mais Charles ne bougea pas.

« Vous voulez nous faire cadeau de la partie ? dit-il. Qu'est-ce que ça veut dire ? Vous trouvez qu'on ne sait pas jouer ?

— Charles ! dit timidement Cressida.

— Tu dis des bêtises, Charles, répliqua Patrick.

— Tiens donc ! Je sais ce que tu penses. Tu te dis que cette pauvre Cressida joue absolument comme un pied, et qu'il faut lui donner quelques points.

— Espèce de salaud ! s'écria Caroline. Comment oses-tu dire ça ?

— C'est pourtant la vérité, putain ! Patrick et toi, vous avez décidé d'être charitables envers nous. Eh bien, merci beaucoup, mais on ne veut pas de votre aumône. Je crois pouvoir me passer de la charité des Chance. » Il prononça leur nom d'une voix cinglante, avec un ricanement de mépris.

« Et qu'est-ce que tu veux dire par là ? demanda soudain Caroline dans une attitude de défi, les pieds bien écartés sur le court, les mains sur les hanches.

— Je te laisse deviner toute seule. » Ils se dévisagèrent soudain avec fureur.

« Allons, calme-toi », dit bien vite Patrick. Il jeta un coup d'œil sur le côté. Personne ne bougeait. Ils regardaient tous avec émoi cette scène entre Charles et Caroline. « Allons, Charles, dit-il en essayant de prendre un ton enjoué. Tu devrais jouer le jeu.

— Ça te va bien de me demander de jouer le jeu, rétorqua Charles.

— Charles, franchement...

— Charles, je ne crois pas...

— Ne le prends pas mal...

— Et c'est quelqu'un comme toi qui me demande de jouer le jeu ? hurla-t-il, les ignorant tous. Espèce de foutu nouveau riche, qui nous invites ici parce que tu t'imagines qu'on est chic, qu'on a de l'argent et qu'on risque de t'acheter un de tes ignobles petits plans d'investissement à la con. »

Il s'arrêta pour reprendre son souffle. Mais la voix furibonde et frénétique de Caroline l'empêcha de continuer.

« Tu ferais mieux de fermer ta gueule ! » et sa voix résonna tout autour du court. Il y eut un temps mort, pendant lequel chacun essaya en silence de prendre la mesure de la situation. Stephen, qui était sur le point de se lever, décida de ne pas bouger. Don, qui allait proférer quelques paroles d'apaisement, n'ouvrit pas la bouche et piqua du nez sur son écritoire. Les autres regardèrent Caroline s'approcher de Charles sans dire un mot. « Oui, tu ferais mieux de fermer ta gueule, reprit-elle en prononçant ces mots avec une lenteur mesurée. Tu te crois supérieur à nous ? Tu crois que tu vaux mieux que Patrick ? Eh bien, en tout cas, lui ne m'a pas épousée pour mon argent ! Et puis ce n'est pas lui qui se permettrait d'être invité chez quelqu'un et de passer la nuit à baiser dans un pré avec une putain ! » Elle se mit à crier tout fort d'une voix perçante. « C'est pas parce que tu sors d'une foutue *public school* que tu es mieux que les autres ! Patrick vaut mille fois mieux que toi ! » Elle se tourna vers Cressida. « A votre place, je le quitterais », commença-t-elle. Mais Cressida la regardait avec des yeux ronds, toute blanche, prise de tremblements.

« De quoi parlez-vous ? De quel pré ? » murmura-t-elle. Caroline la considérait, sans saisir ce qui se passait.

« Ella, vous savez bien », dit-elle sans réfléchir. Trop tard – elle comprit quand elle vit Cressida se décomposer. « Ah, merde ! Je croyais que vous saviez. Quelle connerie ! Je suis vraiment désolée. J'ai cru que c'était ce qui vous mettait dans un tel état. »

Cressida eut l'impression d'être dans un cauchemar. C'était un fait. On étalait leur vie privée sur un court de tennis. Devant tout le monde. A peine si elle entendit les excuses renouvelées de Caroline. Son humiliation était complète.

Annie et Stephen, toujours assis sur le talus, se regardèrent avec inquiétude.

« Dis quelque chose, lui glissa Annie. C'est horrible !

– Je ne peux pas, siffla Stephen. Que veux-tu que je dise ? C'est à Don d'intervenir. C'est lui l'arbitre. » Ils jetèrent un coup d'œil du côté de Don qui fixait obstinément son écritoire.

« Partons, Cressida ! aboya soudain Charles de sa voix de stentor. Nous n'avons plus rien à faire ici. » Cressida ne bougea pas. Elle ne sembla même pas entendre son mari. « Cressida ! » Charles, apparemment, commençait à perdre son sang-froid.

« Pourquoi devrait-elle te suivre ? » Caroline le repoussa de la main. Il chancela légèrement, comme si elle l'avait frappé, et il la fusilla du regard. « Pourquoi devrait-elle suivre un coureur comme toi, qui mène une double vie ?

Pardon, Cressida, je ne voulais pas enfoncer le clou. »
Cressida leva les yeux, et un vague sourire apparut sur son
visage.

« Ce n'est pas grave », susurra-t-elle. Caroline répondit
par un grand sourire.

« Restez ici avec nous ce soir si vous voulez. Vous
n'avez pas besoin de partir avec lui. Vous pouvez passer
toute la semaine ici si vous le souhaitez. »

Charles fit entendre un petit rire.

« Ça, c'est le comble ! dit-il. Eh bien, passe la semaine
chez Caroline et Patrick et vois combien de plans d'investissement ils sont capables de te vendre pendant ce temps-
là. Tu t'imagines avoir là des amis ? Tu trouves Caroline
très gentille ? D'ici demain à l'heure du petit déjeuner, ils
t'auront extorqué une signature. Nom de Dieu !

– Stephen ! lui souffla Annie. Dis quelque chose. Ça
devient vraiment affreux. » Mais Stephen écoutait, impa-
tient de connaître la suite, tandis que Charles se tournait
vers Caroline.

« Tu crois que ton cher Patrick est un type formidable ?
Essaie donc d'aller dire ça à tous ceux à qui il a escroqué
de l'argent. » Il lança à Patrick un regard méprisant. « Tous
les mêmes, ces courtiers ! Il n'hésiterait pas à te vendre
s'il pensait pouvoir tirer de toi un bon prix, ce foutu
escroc. » Il se tourna bruquement vers Patrick. « Pourquoi
nous as-tu invités ici ? Pas parce que tu nous aimes et que
tu avais envie de nous voir ? Bon Dieu non ! Uniquement
pour essayer de me fourguer ton espèce d'ignoble souscription. Uniquement pour pouvoir ajouter quelques milliers de livres à ton score. C'est la seule chose qui t'excite ?
C'est ça qui te fait bander ?

– Et nous aussi, c'est pour ça que tu nous as invités ? »
Tout le monde leva les yeux, ahuri. C'était Stephen. Il
s'était levé et, le visage écarlate, il dévisageait Patrick.
« C'est pour ça que tu nous as invités, Annie et moi, pour
nous vendre ce plan d'investissement ? »

Il y eut un silence de stupéfaction.

« Quel plan d'investissement ? De quoi s'agit-il ? »
Annie regardait Stephen avec des yeux ronds, mais il évita
son regard. Charles pivota lentement de son côté.

« Nom de Dieu, ne me dis pas que tu t'es laissé faire,
Stephen. » Il y eut un silence. Stephen baissa les yeux.
Charles se retourna vers Patrick.

« Espèce d'ordure, dit-il doucement. Tu crois vraiment
que Stephen a les moyens d'investir dans tes foutues opérations que tu prétends être des occasions uniques ? Tu
crois vraiment qu'il a les moyens de risquer son argent
dans des spéculations de ce genre ? Grands dieux ! » Il
se tourna vers Stephen. « Combien t'a-t-il extorqué ? »
Stephen ne répondait pas. « Nom de Dieu, gronda Charles,
il t'a demandé un maximum, hein ? Je ne peux pas croire
que tu te sois laissé avoir.

— Ah, fous le camp maintenant, explosa Patrick. Ça suffit comme ça ! Je sais que tu as parlé à Stephen. Je sais
que tu lui as dit qu'il n'aurait pas dû signer. C'est pas la
peine de faire semblant de ne pas être au courant.

— Qu'est-ce que ça signifie ? Je ne lui ai rien dit du tout.

— N'essaie pas de me faire croire ça, répliqua Patrick,
furieux. Je sais bien que tu lui as dit de réfléchir jusqu'au
lendemain, de ne pas signer immédiatement. Tu lui as dit
de ne pas me faire confiance, je le sais.

— Je ne lui ai pas dit un seul mot. » Charles et Patrick
se tournèrent tous deux vers Stephen.

« En fait, avoua-t-il, un peu honteux, c'est avec Don que
j'ai parlé.

— Don ? » La nouvelle sembla faire un tel coup à Patrick
que c'en était comique. Tous les regards se portèrent sur
Don, qui était toujours perché sur la chaise de l'arbitre.

« Pardon ? Que disiez-vous ? demanda-t-il en levant les
yeux de son écritoire. Je vérifiais le score. On en est déjà
à dix-huit doubles fautes, vous savez.

— Vous n'écoutiez donc pas, dit Patrick, incrédule.

— Je n'aime pas la discorde, répliqua Don en faisant une

238

moue, que ce soit sur un court de tennis ou ailleurs. Vous vouliez me demander quelque chose ? »

Patrick était tellement décontenancé qu'il trouvait à peine ses mots.

« Non, non », dit-il simplement. Il regarda autour de lui. « On reprend la partie ?

– Comment cela, on reprend la partie ? » Annie parlait sur un ton net et décidé. « Je suis en droit de demander quelques explications, il me semble. Qu'est-ce que c'est que ce plan d'investissement ?

– Ne t'en fais pas pour ça, dit Patrick pour couper court. C'est bon, Stephen, je vais déchirer les papiers. On va faire comme s'il ne s'était rien passé. On va tout annuler.

– Tout annuler ? Vraiment ? dit Stephen, ébahi. Mais tu m'as dit que c'était impossible de faire marche arrière.

– Il t'a dit cela ? railla Charles. Il a oublié de t'informer que tu as deux semaines pour changer d'avis. C'est ce qu'on appelle le délai de réflexion. N'est-ce pas, Patrick ?

– C'est vrai ? » Stephen regarda Patrick d'un air incrédule. « Tu as prétendu qu'il était trop tard, que ça allait me coûter quelques milliers de livres si je voulais résilier.

– Eh bien, conclut Charles d'un ton vindicatif et triomphant, il semble que notre gracieux hôte n'ait pas agi très honnêtement vis-à-vis de ses invités. Est-ce qu'il n'existe pas une réglementation concernant la vente des investissements ? Il n'y a pas moyen de porter plainte d'une manière ou d'une autre ?

– Écoute, dit Patrick en évitant le regard de Stephen, je t'ai dit que nous allions tout annuler.

– Tu m'as trompé sciemment. C'est de l'escroquerie. » Stephen aurait voulu manifester quelque colère, mais il éprouvait un tel soulagement qu'il était incapable de toute autre émotion. Il était presque euphorique. Tout était annulé. Il était libre de toutes dettes. Tout était en ordre. Soudain, il sentit ses jambes se dérober sous lui.

En s'affalant dans la chaise longue, il vit qu'Annie le regardait d'un œil sévère.

« Pas tout de suite, dit-il.

– Si, tout de suite ! Je veux savoir exactement ce qui s'est passé !

– Rien du tout. Je voulais juste investir un peu d'argent auprès de Patrick. Mais à présent, il n'en est plus question.

– Quel argent ? Nous n'avons pas d'argent. » Stephen ne répondait pas.

« Allez, tu ferais mieux de tout avouer. De toute façon, je finirai par savoir.

– Je voulais faire un emprunt hypothécaire, dit Stephen. Mais à présent, tout est annulé. N'est-ce pas, Patrick ? » Patrick acquiesça, le visage vide de toute expression.

« Un emprunt ? A quoi songeais-tu ?

– Ah, ne commence pas, dit Stephen avec humeur.

– De combien ? » Stephen se taisait toujours. « Stephen...

– Quatre-vingt mille livres.

– Quoi ? » Annie éclata d'un rire accablé. « Tu n'es pas sérieux. » Stephen haussa les épaules. « Quatre-vingt mille livres ? Un emprunt de quatre-vingt mille livres, alors que nous n'avons pas de revenus ?

– Ah, bon Dieu, tais-toi ! Oui, j'ai fait une erreur. Oui, ça représentait beaucoup d'argent, comme je m'en suis rendu compte après. Est-ce qu'on pourrait cesser d'en parler ?

– Quatre-vingt mille livres, répéta Annie pensivement. Tu imagines ? » dit-elle à Caroline en se tournant vers elle. Caroline mit un peu trop de temps à feindre l'étonnement. Elle eut l'air de s'excuser et Annie la regarda comme si elle ne voulait pas y croire. « Tu étais au courant depuis le début, dit-elle tout net. Tu savais que Stephen avait engagé tout cet argent, n'est-ce pas ? » Caroline haussa les épaules.

« Ce sont les affaires de Patrick et je n'y peux rien. J'ai trouvé que c'était mal et je le lui ai dit.

– Mais pourtant, nous sommes amis, en principe, déclara Annie d'un air incrédule.

– C'est ce que j'ai dit à Patrick, expliqua Caroline pour se défendre. Je lui ai dit que tu étais ma seule véritable amie.

– Eh bien, si c'est vrai, dit Annie sur un ton d'une douceur inquiétante, pourquoi ne m'as-tu pas prévenue ?

– Je ne pouvais pas, répondit Caroline, gênée. Patrick a prétendu qu'il perdrait sa réputation si j'allais dire aux gens de reprendre leurs engagements.

– Donc, tu trouves qu'il vaut mieux le laisser persuader les gens de faire un emprunt alors qu'ils n'en ont pas les moyens ?

– Mais vous en aviez sûrement les moyens, dit Caroline, décontenancée. Ça n'est pas une telle somme. Et puis, si nous payons les frais de scolarité de Nicola... » Elle s'interrompit brutalement.

« Comment ? Alors c'est donc ça ! C'est pour cela que vous avez proposé de prendre en charge l'école de Nicola ! Je ne peux pas le croire ! »

Descendant le sentier en courant pour voir qui avait gagné la partie de tennis, Nicola entendit les paroles émues de sa mère s'élever au-dessus de la haie, et elle ne comprit pas. Faisant irruption parmi les adultes et voyant tous ces visages accablés, elle s'écria d'une voix chevrotante : « Mais je ne vais pas dans une école payante. Je ne suis pas dans une école privée. On ne paie rien. » Elle regarda autour d'elle, avec ses lunettes qui miroitaient, mais, apparemment, les adultes étaient tous incapables de prononcer un mot. Finalement, Valerie prit son souffle.

« Ta maman parlait d'une autre école, dit-elle d'une voix sucrée, une belle école à la campagne, avec de gentils professeurs et tout plein d'espace autour. » Elle sourit à Nicola.

« Une école... une école spéciale, bégaya Nicola.

– Oui, c'est ça, une école pas comme les autres, dit gaiement Valerie. Pour des petites filles pas comme les autres. »

Nicola pâlit et avala sa salive. Elle regarda alternativement Annie et Stephen, et ses yeux revinrent sur sa mère. Puis elle fit demi-tour et partit en courant, en traînant sa mauvaise jambe d'un air pathétique. En disparaissant en haut du chemin, elle fit entendre un gros sanglot.

« Ah, mon Dieu ! dit Stephen, qui se leva pour rappeler Nicola.

– J'y vais, dit Annie, avec colère. Tu as déjà fait assez de ravages, tu ne crois pas ? »

Après le départ d'Annie, il y eut un silence. Stephen regarda autour de lui. Valerie était toujours assise dans son fauteuil, observant la situation d'un œil brillant. Martina et les jumeaux demeuraient invisibles. Ella aussi était partie. Patrick et Caroline échangeaient des regards furibonds. Cressida s'était assise tranquillement sur le court ; elle était ramassée sur elle-même et se tenait les genoux. Elle devrait se rendre compte, se dit Stephen, que sa jupe est un peu courte pour s'asseoir ainsi. Mais il fut interrompu dans ses pensées quand Charles s'écria :

« Tu es complètement taré, Stephen ! Qu'est-ce qui t'a pris de signer un truc pareil ? Toi qui es censé être le brillant sujet parmi nous.

– Oui, bon, maintenant c'est réglé, marmonna Stephen.

– Mais ça aurait pu vraiment mal tourner ! Tu aurais pu te ruiner complètement ! J'ose à peine y penser ! Je ne sais pas ce qui t'est passé par la tête.

– Et si c'était de l'envie pure et simple ! répliqua Stephen dans un soudain accès de colère. Si c'était rien d'autre que le fait que vous tous ici êtes des riches, alors que nous, nous sommes des pauvres. Si c'était ça, au départ ? » Charles le regarda, stupéfait.

« Je n'aurais jamais cru cela de toi...

– Je n'ai jamais été comme ça. Vraiment pas. Mais regarde un peu ! Nous approchons de la cinquantaine, tout le monde a fait son chemin, et moi je n'ai même pas de situation.

– Tu as ta thèse, dit Charles avec un certain embarras. C'est plus qu'une situation, c'est un accomplissement.

– Tu as beau dire, ce n'est pas ça qui paie les factures.

Tout le monde n'est pas, comme toi, dans une situation privilégiée.

– Une situation privilégiée ! » Charles eut un petit rire amer. « Ciel, tu n'as pas idée de la situation dans laquelle je suis.

– Elle ne me paraît pas trop mauvaise, dit Stephen sèchement.

– Tu dis cela parce que tu ignores tout. » Charles resta un instant silencieux, inspira profondément et, quand il reprit la parole, ce fut sur un ton différent. « Je ferais aussi bien de vous l'avouer. Nous sommes pratiquement ruinés. » Il laissa échapper un grand soupir. Il y eut un silence de stupéfaction. Caroline s'empressa de regarder Cressida, qui resta immobile, la tête baissée. Les autres échangèrent des regards hésitants. Charles leva les yeux au ciel.

« C'est presque un soulagement de vous l'annoncer », murmura-t-il. Patrick le regarda avec curiosité. Parlait-il sérieusement ? Était-il fou ?

« Quoi ? La galerie ? hasarda Caroline. Ce n'est pas possible que tu aies fait faillite ?

– Si seulement ! dit Charles amèrement. Au moins, je serais en faillite et ça s'arrêterait là. Ce ne serait pas illimité. » Il articula le mot avec soin, dans un accès d'auto-dérision désespéré. « Responsabilité illimitée, ajouta-t-il. Responsabilité à perpétuité. Ah, bon Dieu ! » Il poussa un cri de désespoir et d'accablement qui se répercuta tout autour du court. Pendant quelques instants, personne ne bougea. Puis Patrick demanda :

« La Lloyds de Londres ? » De surprise, Charles redressa brutalement la tête.

« Comment diable... ? » Son regard se tourna vers Cressida, qui était toujours assise en boule, comme si elle voulait se fermer au monde extérieur. « Je suppose que c'est elle qui t'a informé, dit-il avec mépris.

– Non, pas du tout, répondit calmement Patrick. Ce n'était qu'une supposition. »

Cressida leva doucement la tête. Elle était pâle et elle tremblait. « Vous voulez dire que ce n'est pas une erreur ? » demanda-t-elle d'une voix qui était à peine plus qu'un murmure. Le cœur de Patrick se serra.

« Je n'en suis pas certain, dit-il avec douceur. Mais probablement pas, me semble-t-il.

— Bien sûr que ce n'est pas une erreur, hurla Charles. Espèce d'idiote ! C'est ce que tu as cru ? Tu es vraiment complètement demeurée ! » Cressida se décomposa, et elle se recroquevilla encore davantage. Caroline jeta à Charles un regard indigné, mais, par pure curiosité, elle se retint de parler.

« Vas-y, dis-le que je suis un salaud, lança Charles à Caroline en saisissant son expression. Que j'ai épousé Cressida pour son argent. C'est ce que tu penses. Et c'est peut-être vrai. Mais je peux dire à présent que ça m'a foutrement réussi. » Stephen fit une grimace.

« Franchement, Charles, dit-il, tu ne parles pas sérieusement.

— Tu crois cela ? continua Charles, les yeux brillants. Qu'est-ce que tu en sais ? Bon sang, tu commençais à te lamenter pour un emprunt de quatre-vingt mille livres. Tu sais combien d'argent nous devons ? » Il s'arrêta un instant pour produire son effet. « Je vais te le dire. Un million de livres. » Il observa les réactions autour de lui. Caroline avait l'air abasourdie. Patrick ne paraissait pas surpris. Stephen piquait du nez, gêné. « Peut-être moins, poursuivit Charles, d'une voix plus calme. Ou peut-être plus. Notre dette est illimitée. Il se peut que nous soyons encore en train de payer quand les jumeaux auront vingt et un ans. Dieu sait si nous pourrons les envoyer dans une école convenable. Mais j'en doute fort. » Ses yeux brillèrent encore plus. « Comment crois-tu qu'on se sente dans un cas pareil ? » Il regarda autour de lui et vit Stephen, tout rouge de confusion.

« Le veinard, c'est toi, dit-il sans rancœur. Tu as des amis qui ont les moyens de t'aider à t'en sortir. Quelqu'un ici a-t-il un million de livres à nous prêter ? demanda-t-il d'un air railleur. Nous vous en serons terriblement reconnaissants. Et nous essaierons de vous rembourser. Promis. » Il s'esclaffa d'un petit rire pénible, envoya une balle en l'air et la lança de toutes ses forces à l'autre bout du court. Puis il jeta sa raquette dans la même direction, s'effondra par terre et enfouit sa tête dans ses mains.

14

Quand Annie la rejoignit, Nicola sanglotait sans pouvoir s'arrêter. Elle était par terre, recroquevillée, et à demi cachée par un buisson. Elle leva les yeux, surprise, quand Annie la toucha, et elle essaya de se relever. Mais Annie la serra fermement dans ses bras pour la retenir. Elle se débattit un instant en silence, puis elle céda, enfouissant ses yeux brûlants de larmes dans le chemisier de sa mère, tremblante et haletante. Annie la serra bien fort contre elle sans rien dire et la berça doucement en lui caressant les cheveux pour apaiser ses sanglots.

« Eh bien, dit-elle au bout d'un moment, quand Nicola fut un peu calmée. Que se passe-t-il ?

— Je ne veux pas m'en aller ! gémit Nicola, qui se remit à sangloter, inondant d'un nouveau flot de larmes le chemisier de sa mère. Je ne veux p-pas aller dans une é-éc-cole spé-é-ciale.

— Qu'est-ce que tu veux dire ?

— Tu sais bien, une école pour les gens comme moi, pour les anormaux.

— Ma chérie ! » Stupéfaite, Annie écarta un peu Nicola pour la regarder bien en face. « Tu as cru cela ? Que nous allions t'envoyer dans ce genre d'école ?

– C'est ce que me disent les filles de ma classe. Qu'on va m'envoyer dans une école spéciale pour les gens comme moi. Elles me disent tout le temps ça. »

Accablée, Annie garda les yeux fixés sur Nicola. Essaie de dominer ta fureur, se dit-elle. Si tu laisses éclater ta colère, cela n'arrangera rien pour Nicola.

« Écoute-moi, dit-elle, en pesant ses mots. Il n'est pas question d'aller dans une école spéciale. Tu vas rester où tu es, c'est tout. Ces filles-là sont des cinglées. » Nicola pouffa vaguement de rire, mais son regard restait méfiant.

« Valerie a dit...

– Valerie parlait d'autre chose. » Annie sentit Nicola se raidir. « Écoute-moi. Je vais te dire de quoi elle parlait, de quoi nous parlions tous. Et après, tu pourras y réfléchir. Tu veux ? » Nicola fit oui de la tête, mais elle restait très tendue. « Quand tu vas être un peu plus grande, tu iras dans une école secondaire.

– A Marymount, dit Nicola.

– Peut-être à Marymount, oui, peut-être. Ou peut-être ailleurs. Est-ce que Georgina t'a parlé de son école ?

– Oui, dit Nicola avec circonspection.

– Est-ce qu'elle te paraît bien ?

– Oui.

– Eh bien, c'est juste une possibilité, mais si ça te plaisait, tu pourrais décider d'y aller toi aussi.

– A Sainte-Catherine », dit Nicola, l'air pensif. Annie sentit qu'elle se détendait un peu.

« Tout juste. Mais il faudrait que tu réfléchisses bien pour savoir si tu en as envie. C'est un internat.

– Je sais, dit Nicola en hochant du chef. On est en dortoirs. Et on vous donne des permissions de sortie. » Annie essaya de déchiffrer son expression, mais le soleil brillait sur ses lunettes.

« Eh bien, n'en parlons plus si tu n'en as pas envie. On a tout le temps de prendre une décision.

– C'est vrai, je pourrai y aller si je veux ?

– Je ne suis pas encore sûre, dit Annie avec franchise.

Cela dépend d'un certain nombre de choses. Tu serais déçue si ça n'était pas possible ? » Nicola regarda sa mère un moment, puis elle secoua la tête, acquiesça vaguement, et se mit à rire.

« Je ne sais pas, dit-elle.

– Petite fofolle ! dit Annie en commençant à chatouiller Nicola sur le ventre. Petite folle ! Toujours chatouilleuse à cet endroit-là ? On dirait que oui. » Nicola riait à gorge déployée.

« Arrête, maman, dit-elle à bout de souffle.

– Pardon, je ne comprends pas. Tu as dit quelque chose ? » Nicola continuait à se tordre de rire.

« Arrête, arrête ! »

Annie céda enfin. Elle leva les mains au-dessus de la tête.

« Tu vois ! J'arrête. » Nicola resta tendue quelques instants, prête pour une nouvelle attaque, puis elle s'affala, encore toute secouée de rire. « On retourne auprès des autres ? lui demanda Annie en baissant les yeux sur elle. Ou bien tu veux rester ici encore un peu ?

– Rester ici », dit Nicola. Elle se cacha le visage dans le giron de sa mère et ferma les yeux. « Valerie a dit que j'irai dans une école pas comme les autres. Pourquoi ? demanda-t-elle au bout d'un moment.

– Elle voulait dire une bonne école, belle et accueillante, dit Annie. "Pas comme les autres" ne veut pas dire que c'est mal, tu sais. Il y a des tas de choses qui sont merveilleuses justement parce qu'elles ne ressemblent pas aux autres. » Elle s'arrêta un instant. « Par exemple, toi dans la pièce cet après-midi. Tu n'étais pas comme les autres, tu étais mieux, tu étais tellement drôle ! » Nicola leva les yeux, ses joues avaient rosi.

« C'était une idée de Georgina.

– Mais Georgina n'aurait jamais réussi à jouer la scène aussi bien que toi. » Ces paroles firent plaisir à Nicola, qui rougit un peu plus. « Je crois que ce que j'ai préféré, c'est le moment où tu as dit au petit cochon que les brindilles étaient inattaquables par les loups. » Nicola se mit à glousser de rire.

« Oui, c'était vraiment drôle, dit-elle. Et puis le loup qui arrive et qui fait tout envoler !

– Pauvre petit cochon, dit Annie.

– Petit imbécile, plutôt, dit Nicola avec véhémence. Il n'aurait jamais dû me croire. Il aurait dû réfléchir et se demander : est-ce que des brindilles empêcheront le loup d'entrer ? Non, certainement pas.

– Oui, je sais, c'est ce qu'il aurait dû se dire. Mais, vois-tu, tout le monde n'est pas aussi sensé que toi. » Elle regarda sa fille en lui souriant et la serra soudain farouchement dans ses bras. « Tout le monde n'est pas aussi sensé que toi, répéta-t-elle doucement. Et de loin. »

Au bout d'un moment, Nicola se leva. Elle repoussa ses cheveux en arrière et elle renifla.

« J'étais venue voir qui avait gagné la partie de tennis, pour le dire à Georgina.

– Je crois que personne n'a gagné. Il me semble bien qu'ils ont décidé d'arrêter. » Dieu merci, tu n'es pas arrivée plus tôt, se dit Annie, soudain honteuse des querelles sordides qui avaient eu lieu, de ces braillements et de ces empoignades entre des êtres civilisés, qui, de surcroît, se prétendaient amis.

« Bon, alors je vais aller leur dire. » Nicola parut soudain avoir envie de s'en aller, peut-être parce qu'elle se sentait un peu gênée, pensa Annie. Il est vrai qu'elle allait bientôt arriver à cet âge difficile qu'on appelait l'âge ingrat. Peut-être qu'il commençait plus tôt qu'autrefois.

« Oui, va vite. Tu pourras annoncer à Georgina que le score a été très serré.

– D'accord. » Sans se retourner, Nicola partit en courant, et Annie resta là avec sa chemise mouillée et une sensation de vide à l'endroit où Nicola avait appuyé sa tête contre elle. Elle s'attarda encore quelques minutes, la tête renversée en arrière, face au soleil, laissant son esprit vagabonder ; et puis un nuage passa lentement devant le soleil, l'air fraîchit, et une rafale de vent s'engouffra dans sa jupe.

Lentement, se sentant vieille et raide, elle se remit sur pieds et brossa ses vêtements. Tout doucement, à contre-cœur, elle retourna vers le court de tennis, se demandant quelle terrible scène d'affrontement l'y attendait. Mais elle ne trouva là que Stephen qui, ...sis dans une chaise longue, sirotait une canette de bière.

Elle alla s'asseoir à côté de lui. Ils gardèrent l'un et l'autre le silence un moment. Puis Stephen demanda : « Comment va Nicola ?

– Mieux à présent. Elle a cru que nous voulions l'envoyer dans une école spécialisée. » Annie poussa un soupir. « Des élèves de sa classe lui ont dit qu'on allait la mettre dans une école pour anormaux. Tu imagines ?

– Ces gamines-là sont capables de tout.

– Je lui ai dit qu'il y aurait peut-être une possibilité pour Sainte-Catherine.

– Et qu'en pense-t-elle ?

– Je ne sais pas exactement. »

Il y eut un bref silence.

« Quel imbécile je suis ! dit brusquement Stephen. Je ne sais pas ce qui m'a pris ce week-end. J'ai eu envie... Ah, je ne sais pas, j'ai eu envie d'être riche, de réussir, d'être... comme les autres, tu comprends. J'ai cru que Patrick allait me faire gagner une fortune, et qu'on allait pouvoir s'acheter une maison plus grande et Dieu sait quoi...

– Mais je ne veux pas d'une maison plus grande, dit Annie.

– Non. Moi non plus. Mais on a vite fait de changer d'avis. » Il lui sourit bêtement. « Je ne suis pas équilibré comme toi.

– Moi, équilibrée ? dit Annie, surprise. Pourtant, moi aussi il y a des choses dont je rêve.

– C'est vrai ? » Annie rougit.

« Tu sais, des choses idiotes. Des vêtements, des bijoux.

– Je t'offrirai tous les vêtements et tous les bijoux que tu voudras, dit Stephen avec fougue.

– Tu crois ? » Annie fondait.

« Attends que je sois publié et unanimement salué. On célébrera cela en commandant une collection de vêtements et de bijoux.

– Formidable ! Je meurs d'impatience », dit Annie en riant. Stephen prit une gorgée de bière.

« Je vais peut-être y travailler un peu dès ce soir. Il m'est venu quelques idées.

– Bonne initiative », dit Annie avec enthousiasme. Elle vit que tout était désert autour d'eux. « Alors, le tournoi est terminé ?

– Oui, je suppose, si tous les invités sont repartis.

– Ils sont partis ?

– Don et Valerie, en tout cas. Ils m'ont prié de te dire au revoir. A vrai dire, Don n'était pas très content. Il a trouvé qu'on ne prenait pas ce tournoi assez au sérieux.

– Pauvre Don, dit Annie en riant. Je crains que nous n'ayons pas été à la hauteur. » Elle continua à rire quelques instants, savourant sa plaisanterie puérile, la tiédeur du soleil, la paix du moment. Puis elle bâilla longuement, en s'étirant et en se tortillant dans son transat.

« Il est temps de rentrer ? demanda-t-elle en regardant Stephen.

– Oui, je crois. » Stephen se leva, tendit les mains et hissa Annie pour la faire mettre debout. « Allons chercher nos affaires. Je n'ai pas envie de traîner par ici plus longtemps. »

Quand ils remontèrent à la maison, ils trouvèrent Caroline dans le hall.

« Ah, Caroline, dit Annie, mal à l'aise, je crois que nous allons bientôt partir.

– Oui, je m'en doutais, dit Caroline d'un air pathétique. Je suppose qu'à présent vous me détestez.

– Mais non, pas du tout, s'écria Annie. Nous avons passé un excellent week-end, n'est-ce pas Stephen ?

– Excellent.

– Même après ce que Patrick vous a fait ?

– Il n'a rien fait, affirma Stephen. C'est entièrement ma faute. J'ai voulu m'engager dans une chose que je ne souhaitais pas vraiment. Ce n'est pas grave.

– Ah bon. » Caroline leur adressa à tous deux un large sourire. « Alors nous sommes toujours amis.

– Nous sommes toujours amis.

– Et vous êtes toujours d'accord pour nous laisser payer les études de Nicola à Sainte-Catherine ? » Annie jeta un coup d'œil à Stephen.

« On verra, dit-elle prudemment.

– Ah, ne refusez pas, gémit Caroline. Ou alors, vous êtes persuadés que j'ai proposé cela uniquement pour compenser ce qu'avait fait Patrick. Or, c'est faux. J'aime Nicola et je veux qu'elle ait ce qu'il y a de mieux. Alors, dites-moi que vous acceptez. » Annie sourit. Caroline était irrésistible.

« Bon, c'est entendu, dit-elle. Si c'est ce que souhaite Nicola, du moins. C'est à elle de décider.

– Bien sûr qu'elle sera partante. » Caroline était d'un optimisme irréductible.

« Pas forcément. On ne peut pas dire que nous lui ayons annoncé la chose avec beaucoup de tact. » Caroline prit un air déconfit.

« Elle vous a dit qu'elle ne voulait pas y aller ?

– Non, pas exactement, reconnut Annie.

– Alors tu vois bien. J'ai hâte qu'elle y soit, ce sera tellement bien pour elle. » Annie se tourna vers Stephen en roulant les yeux.

« Cette femme est folle, dit-elle.

– Pas du tout. Simplement, je ne veux pas perdre mes amis.

– Nous restons amis.

– Mais il faut vraiment que nous partions à présent, dit

252

Stephen. Je regrette que ce week-end se soit terminé aussi mal. » Caroline haussa les épaules.

« Il faut qu'un week-end entre amis se termine mal, sinon ça n'est pas drôle. Tout cela avait été soigneusement prévu d'avance, vous l'avez bien compris j'espère, dit Caroline en éclatant de rire.

– Oui, oui, dit Stephen. Je voulais juste m'en assurer. »

Patrick entra dans le hall au moment où ils montaient à l'étage.

« Ils s'en vont ? demanda-t-il à Caroline.

– Oui. Tu seras heureux d'apprendre qu'ils ne t'en veulent pas. Et tu seras aussi heureux d'apprendre qu'ils nous laisseront payer les études de Nicola.

– Parfait, dit Patrick d'une voix sarcastique. En fait, continua-t-il sur un autre ton en regardant Caroline, voilà une bonne chose. Cette gamine mérite bien qu'on lui donne sa chance.

– C'est aussi ce que je pense. » Patrick gardait les yeux sur sa femme.

« Tu es vraiment rentrée dans le chou de Charles tout à l'heure, je n'en revenais pas.

– Ce type est une ordure, dit vivement Caroline.

– Je sais, mais tu n'étais pas obligée de t'en mêler.

– Bien sûr que si : il te débinait tant qu'il pouvait », dit-elle en regardant Patrick avec des yeux étonnamment brillants. Dans la seconde qui suivit, Patrick la serrait dans ses bras.

« Je t'aime vraiment, dit-il. Tu sais ça ?

– Je l'avais vaguement entendu dire. Mais je ne crois jamais les bruits qui courent. » Il la réduisit au silence en collant ses lèvres sur les siennes.

« Très touchant », dit une voix qui venait de la porte d'entrée. C'était Ella. Elle avait le soleil dans le dos, de sorte que ses cheveux formaient un halo autour de son visage qui était à contre-jour. « Désolée de vous interrompre. Je viens chercher mes affaires.

– Ah bon, tu t'en vas ? dit Caroline, qui n'arrivait guère à feindre un regret quelconque.

– Je crois que ça s'impose, tu ne trouves pas ? » Les deux femmes se regardèrent quelques instants, puis Patrick desserra son étreinte. Il salua Ella de la tête d'un air bourru et il sortit.

« Je m'excuse de t'avoir traitée de putain », dit bien vite Caroline. Ella haussa les épaules.

« Aucune importance. Ces mots-là ne signifient rien pour moi.

– Comment peux-tu rester si calme ? » Caroline la regardait, stupéfaite. « Après tout ce qui s'est passé.

– Qu'est-ce qui s'est passé ? J'ai baisé avec Charles. Rien de plus.

– C'est assez pour qu'on ne l'oublie pas.

– Tu as changé d'attitude. Voilà qui est intéressant.

– Ma foi, dit Caroline, inflexible, nous changeons tous. »

Ella scruta le visage de Caroline et fit un petit signe de tête.

« Je vois. Je suis vraiment devenue indésirable ici, n'est-ce pas ? » Caroline ne répondit pas. « Très bien, j'aurai vite fait de rassembler mes affaires.

– Et après, qu'est-ce que tu fais ? demanda Caroline, cédant à la curiosité.

– Ce que je fais ? Je crois que je repars pour l'Italie tout de suite. J'en ai assez de l'Angleterre.

– Ah... » La curiosité de Caroline s'éteignit aussi vite qu'elle s'était éveillée. D'après ce qu'avait décrit Ella, la vie qu'elle allait mener en Italie était si éloignée de ce que Caroline souhaitait pour elle-même qu'elle en perdait tout intérêt.

Comme Ella se dirigeait vers l'escalier, Caroline se demanda si c'était bien la même personne rondelette et sympathique qui vivait autrefois avec Charles à Seymour Road et le tenait pour un dieu. Ils avaient décidément tous changé depuis qu'ils avaient quitté Seymour Road, se dit-elle. Sauf peut-être Stephen et Annie, qui y habitaient toujours. Caroline réfléchit encore un moment, presque prête à croire qu'elle était au bord d'une découverte surprenante. Mais elle renonça à l'effort d'étudier la question plus avant. Elle secoua la tête avec humeur et regarda autour d'elle.

« Eh bien, nous sommes prêts à partir maintenant. » C'était la voix timide de Cressida sur le palier. Ella, arrivée à mi-étage, regarda Caroline d'un air perplexe et haussa les épaules. L'instant d'après, la tête blonde de Cressida apparaissait au coin de l'escalier. Elle descendit deux marches puis, à la vue d'Ella, elle s'arrêta. Les deux femmes se dévisagèrent pendant quelques secondes. Cressida eut un léger mouvement de recul. Les épaules d'Ella se raidirent. Caroline avait l'impression de voir deux chattes qui se retrouvent inopinément dans une même pièce.

Puis Cressida sourit. En femme bien élevée. Par obligation. D'un sourire qui pouvait cacher mille émotions.

« Au revoir », dit-elle. Elle attendit un instant, apparemment prête à ajouter autre chose, mais elle sembla changer d'avis. Caroline fit un signe de tête approbateur. Il n'y avait vraiment plus rien à ajouter.

« Au revoir », dit Ella d'une voix tranquille. Il y eut un bref temps mort, aucune des deux n'ayant l'air de savoir de quel côté avancer. Mais, brusquement, Ella grimpa les marches deux à deux. Arrivée à l'étage, elle disparut dans le corridor. Cressida, baissant les yeux, rencontra le regard de Caroline et lui sourit avec un soulagement manifeste.

« Vous n'êtes pas obligée de partir, dit Caroline, les yeux sur la valise de Cressida. Vous pouvez toujours rester ici.

– Je sais, mais je crois que j'ai envie de rentrer chez moi pour mettre de l'ordre dans ma tête. »

Charles descendit à son tour, chargé de bagages. Il regarda Cressida d'un air inquiet, puis Caroline. « Merci de nous avoir supportés. Et toutes mes excuses. Que dire de plus ?

– Ce n'est pas à moi qu'il faut faire des excuses »,
répondit Caroline d'un ton plus sévère qu'elle ne le voulait.
Pour compenser, elle gratifia Charles d'un sourire plein de
gentillesse. « Prenez bien soin de vous, dit-elle, et faites-
nous savoir si nous pouvons vous aider d'une manière ou
d'une autre. » Charles fit oui de la tête sans ajouter un mot.

Caroline les accompagna jusqu'à l'allée et agita la main
quand ils démarrèrent dans leur Bentley. Penché à la portière, Charles avait le visage défait, et Caroline chercha en
elle un peu de *Schadenfreude* pour se remonter le moral.
Généralement, elle parvenait à se réjouir des malheurs de
ses amis, même les plus proches. Mais cette fois, c'était
trop énorme pour qu'elle se frotte les mains. Rien que d'y
penser, elle en avait des picotements désagréables en bas
du dos.

Après leur départ, elle rentra dans la maison sans but
précis, se demandant ce qu'elle allait faire. Tout le monde
était parti, ou se préparait à partir. Mais il faisait encore
chaud. Elle allait peut-être réussir à prendre un petit bain
de soleil de dernière minute.

Elle alla à la cuisine se verser un verre de vin blanc, et
ouvrit un paquet de cacahuètes qu'elle mit dans une cou-
pelle. Pour faire bonne mesure, elle sortit un bocal d'olives.
Elle plaça le tout, avec la bouteille de vin, sur un plateau
qu'elle emporta sur la terrasse. Son transat était juste dans
la bonne position pour capter les rayons du soleil et elle se
retrouva vite agréablement installée, les yeux clos et les
pieds en l'air. Au moins, ils n'avaient pas eu de pluie, se
dit-elle paresseusement. Ils avaient vraiment eu beaucoup
de veine pour le temps. Et demain, avec un peu de chance,
il ferait encore chaud, et elle pourrait bronzer seins nus.

Quand Stephen et Annie accompagnèrent Nicola et Toby
sur la terrasse pour dire au revoir à Caroline, ils la trouvèrent endormie sur son transat.

« Ça ne fait rien, dit Annie tout bas. On pourra toujours
lui écrire un petit mot gentil. »

Patrick attendait près de leur voiture pour leur faire ses adieux.

« Merci pour ce bon week-end, dit Annie. C'était vraiment formidable.

– Merci Patrick, dit Stephen un peu confus. Et désolé de tout ce tintouin.

– Je t'en prie. C'est ton droit de décider de ce que tu veux faire de ton argent.

– Eh bien oui, je suppose. »

Ils sortirent de la propriété prudemment et prirent la route, en continuant d'agiter la main pour dire au revoir.

« Eh oui, Dieu merci.

– Merci pour quoi ? demanda aussitôt Nicola.

– Rien.

– Pour ces bons moments, dit Annie. C'est ce que tu voulais dire, n'est-ce pas, Stephen ?

– Euh, oui, c'est ça. Pour ces bons moments. » Il appuya sur l'accélérateur et la voiture fit un bond en avant, comme si elle était aussi pressée que lui de quitter ces lieux, de fuir ces bons moments, pour retourner à la vie réelle, chez soi.

La dernière à partir fut Ella. Elle posa son bagage sur le siège arrière de sa voiture et voulut dire au revoir avant de s'en aller. Mais elle eut beau chercher, elle ne vit personne dans les parages. Haussant les épaules, elle se glissa au volant, manœuvra avec dextérité et sortit rapidement de la propriété. Bientôt, sa petite voiture fila sur l'autoroute. Elle ouvrit le toit et se mit à fredonner. Elle avait déjà oublié Caroline et Patrick, Annie et Stephen, la partie de tennis... Ses pensées étaient dans les collines de Toscane, avec son amante, Maud Vennings. En ce moment, Maud était peut-être assise devant la villa, à boire du Strega, en se demandant si Ella lui reviendrait. Une affaire à régler en Angleterre, lui avait dit Ella. Une affaire en suspens. Mais, à présent, il n'y avait plus rien pour l'y retenir.

Cet ouvrage a été imprimé en France par

C P I
Bussière

à Saint-Amand-Montrond (Cher)
en août 2009

POCKET - 12, avenue d'Italie - 75627 Paris Cedex 13

— N° d'imp. : 91320. —
Dépôt légal : mai 1999.
Dépôt légal nouvelle édition : avril 2009.
Suite du premier tirage : août 2009.